JN191889

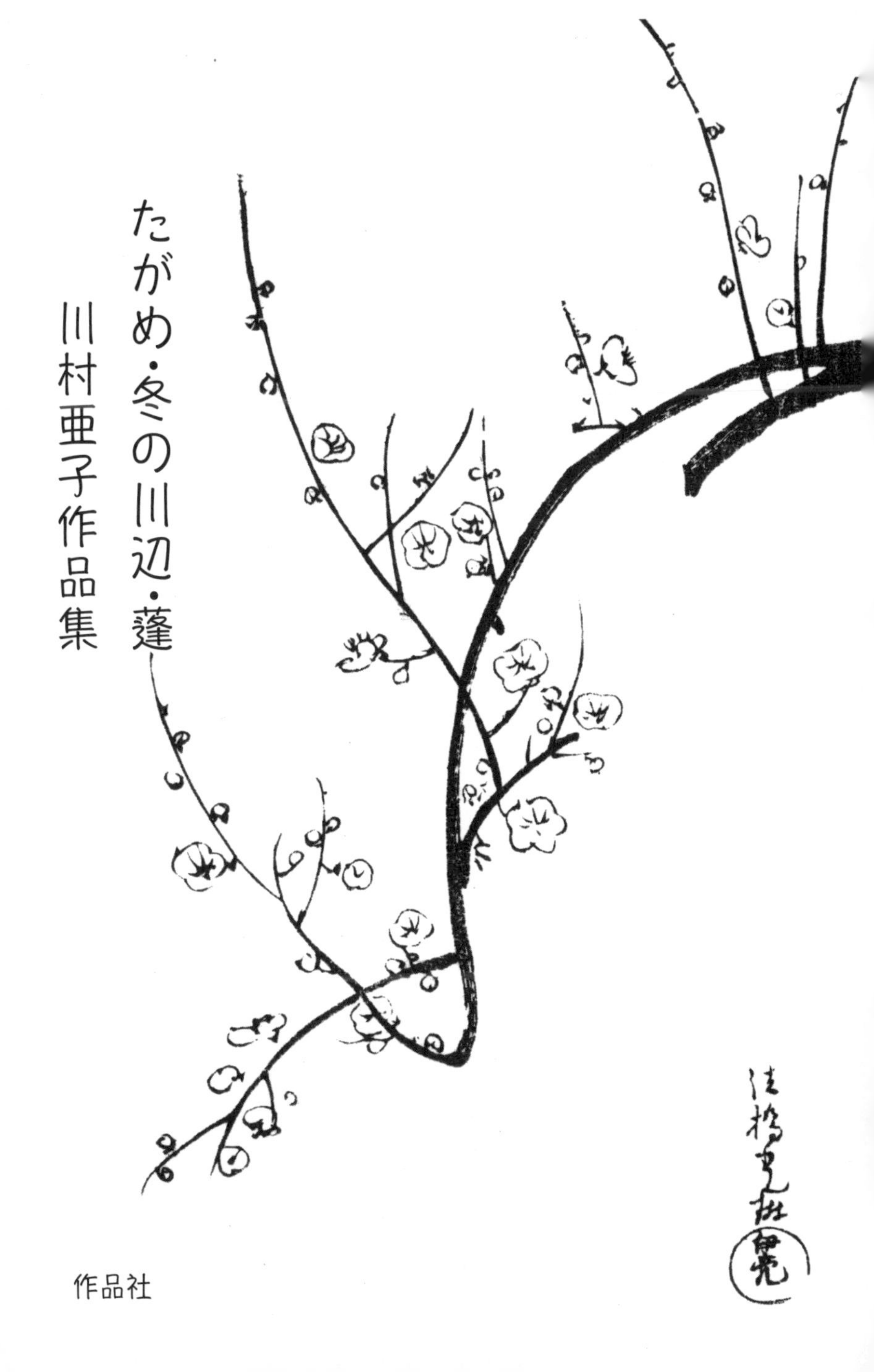

たがめ・冬の川辺・蓬

川村亜子作品集

作品社

たがめ・冬の川辺・蓬／目次

創作

エッセイ

紀行

たがめ・冬の川辺・蓬

――川村亜子作品集

創作

たがめ

玄関先で待っていると、ゆきこさんの車が滑るように走ってきて、ふわりと静かに止まった。光沢のあるシルバーベージュで不思議な色をしている。ハイブリッドのプリウスで最新型だと聞いた。もう何台目だろうか。彼女がこんなに車好きだとは知らなかった。いや、車好きとは少し違うかも知れない。別に車に凝るわけではないし、車内を飾りたてたりもしない。新車が好きなのだ。二、三年も乗らないうちに買い替える。一番短かったのは一年も経っていなかった。シルバーゴールドで、よく目立っていたが、この車に乗ると、なんだか嫌な感じやにおいがするの、だんだん気持ちが沈んでくるようで、そんなのに乗っていたら危ないでしょ、だから変えたわ。そう言っていた。

確かにそういうことはあるかも知れない。ゲンを担ぐ方ではないが、今の私の車も因縁が良いかもしれない。前のワインレッドの車はカローラだったが、センサーがいろいろついていて乗りやすく、何より故障しないのが良かった。だがその車は台風の集中豪雨であえなく水没してしまった。あっという間に家の前の道路が川と化すほど水が溢れて、車も座席の辺りまで水に浸かった。台風も去り、空が明るくなって陽射しが出てきた頃、音もなく不意に水が湧いてきた。近所の人の話ではみるみるうちに水嵩が増し、地を這う生き物のように静かに広がっていったそうだ。朝の通勤や通学でどの家も忙しく、またたくまに増えた水にほとんどの人が気づかなかったらしい。私もそうだった。気づいた時には、車はもう車庫から出せないほどの深さになっていた。それどころか、どこからかひたひたと押し寄せる水は、悪魔の舌のように周囲を舐め玄関先にまで押し寄せてきた。こんな怖い水は初めてだった。もうあと数センチで家の中に入ってくると思った時、ぴたりと水位が止まった。玄関のドアの下をぴちゃぴちゃと洗っていた水が不意に静まった。一メートルはあった水位も、小一時間ほどすると、また音もなく徐々に引き始めた。あんなおびただしい水が、どこからきてどこへ行ったのか。今でもあの膨大な水の量を思うと、ひょっとしたら私たちは地面に暮らしていると思っているが、実は水からかろうじて出ている中洲のような、頼りないところに生きているのかも知れないと思われた。

台風の被害がひどかった地域というわけか、数件先の家の老人がゴムボートで運ばれる映像が、何度もテレビのニュースの時間に流れたりした。水没したのは私の車だけではなかった。川と化した道路沿いの家はみんな被害に遭った。向かいの家の新車も私の家の慣れ親しんだ車も、レッカー車に乗せられ、憐れにも墓場に引かれていった。あるいはどこかの国に転売されるか、まるで内臓の移植のように、ドアや、ハンドルやミラーやカセットなど、パーツごとに抜き取られた部品がアフリカなどに行って、ほかの車に取り付けられているかも知れない。

それでやむなく新車にしたが、二回もリコールはかかるし、ガードレールの端にボディが突き刺さって、いや、ガードレールの端が、誰かがぶつけたせいで、鉄板がねじれて細いナイフのように飛び出ていたところに、私が車をひっかけたのだ。それで一年も経たないうちに修理に出す羽目になった。こんなに立て続けにいろんなことが起こるのは、ゲンが悪いと思った。嫌な感じ、不吉な感じがしないでもないし、何か起こるのではないかと、ちらっと思ったりする。

だがゆきこさんと違って、私は車のせいというよりは、年をとって運転が下手になった、カンが鈍くなった、違う車種なので車幅感覚が狂ったと、一応それなりの理由を考えて、なんとか合理的なものに落ち着こうとした。本当はゆきこさんのように、買い替えようと決めて、嫌な感じをさらっと捨てたいのだけれど、車はあまりに高いので、服やバッグのようにはいかないからだった。

ゆきこさんは、私の性格はキリギリスという。人生一度きり。今したいことをする。お金も使っちゃう、と。情けないアリンコ型の私は、年金暮らしの身もあって、まとまったお金を出すのは身を切られるような、どきりとする不安感がある。別にお金に困っているわけでもないのに、これから先の老後もそれなりに暮らせるのに、お金を惜しもうとする。もったいないと思う。アリンコの貧乏性が身に染みついている。これはきっといいことではないに違いない。現在は過去になり、今日は昨日に、明日もおとといになるのだから、そうやって少しずつ積み上がる過去をたっぷり楽しく生きた方が、良い人生と言えるかも知れないのだ。我慢しても不満が残るだけだろう。いや、それほど我慢しているわけではないし、不満もないけれど、どうも身の丈に合わない気がする。一万円払って、車のナンバーはおめでたい数字にした。私にしては思い切った出費だった。買わない宝くじは当たりようがないが、事故に当たるのは嫌だと思い、ゲンを担いだのだった。

それなのにすぐあとから、私のアリンコ的部分が顔を出した。三日ほどしてなんだかとても無駄遣いした気になった。車なんて乗れればいい、走ればいい。足だ、雨の日の傘だと思っているのに。だから洗車も掃除もあまりこまめにはしない。リコールの時、セールスマンに、鳥の糞ぐらいは拭いておきましょうねと言われた。彼らにしても車を大事にしていないようで、嫌なのだろう。別に粗末に扱っているわけではないが、洗車の列に並ぶのが嫌なのだ。

「待った？」

助手席に乗り込むと、ゆきこさんが冷たい缶コーヒーを握らせてくれた。六月に入って、日中は汗ばむ陽気になってきた。こういうときの冷たい飲み物は嬉しい。

「かっこいい」

私は車のディスプレイを指差した。ガソリン車と違って、表示が多い。室内も黒で統一されていてスタイリッシュだ。ゆきこさんによると、運転の仕方によって燃費が違うので、常にリッターあたりの燃費が表示されるという。それに前に車が止まっていて、ウィンカーを出さずに追い越したらすぐに警報音が鳴るとか。車に運転を指図されるのが嫌という男性も多いという。今はすべてがコンピュータなしには成り立たないらしい。私の車も自動制御のブレーキが付いているので、時速三十キロ以下だと、前に障害物があればいくらアクセルを踏んでも、勝手にエンジンがストップして止まることになっている。したがってアクセルとブレーキを踏み間違えて、コンビニに突っ込んだり、駐車場の空きを探してうろうろしているうちに、うっかりよその車にぶつけたりしないで済むらしい。らしいというのは、まだそういう状態になったことがないからだ。それでもうっかりエンジンを切り忘れて、ドアを閉めてしまい、車内に警報音を響かせたことが二、三度ある。すぐにエンジンが落ちるので、何の音もしないから、エンジンを切ったものと錯覚してしまうからだった。機械を使っているのか、機械に使われているのか。人の耳を信じず作られた製品の方が、より優れているという発想は気に入らないが、人間の判断力より優れているものはいくらでも作り出せるようになっているのだから仕方がないのだろう。

「ねえ、タガメを獲るにはこの魚キラー、ちょっと大きくない？」

私は魚キラーとラベルの貼ってある、折り畳み式の網を手に取った。助手席に置いてあった魚籠だ。ゆきこさんはメダカのような水生の小魚を飼っていて、今度はタガメを捕る網を仕掛けに行くので、山を一つ越した里山の水田までドライブしないかと私を誘ってくれたのだ。黄緑色と若葉と少し濃緑の葉が重なり合い、陽射しの加減で瑞々しく光る木々の間を新車で走るのは、とても気分がいい。少し若返る気がする。

「タガメ？　タナゴよ」

私は思わずゆきこさんを見つめ、それから笑った。

どうりで、ヘンだと思った。タガメを飼うなんて、変わった趣味だと思ったが、ゆきこさんならあり得るかもしれないと思いなおし、一人納得していたのだった。それともカメの餌を買って、それでおびき寄せると言っていたので、カメからタガメを連想してしまったのだろうか。あるいはスッポンやカミツキガメがかかったらどうしよう、スッポンなら食べちゃおう、コラーゲンたっぷり、とつまらない冗談を言って笑っていたせいで、カメがくっきりと頭に残っていたのだろうか。いずれにしろタガメに比べたら、カブトムシやカミキリの方がまだかわいい気がする。クワガタはタガメの親戚のような感じで、どう猛に噛み千切りそうだから気味が悪いけれど、タナゴなら昆虫ではなく魚なのでほっとする。色も銀色にきらきら輝き、透き通るところもあって、自然はとても美しいものを造るという気持ちにさせられる。ゆきこさんが小魚を飼うのは、こんなか細い美しさが好きなのかも知れない。

「前のうちのタナゴちゃん、覚えてる？」

そういえばかなり前に見た記憶がある。すっと立った美しい葦や水草の間を数匹、ちょろちょろと泳いでいた。私にはタナゴよりも、それを飼っていた陶器の大きな平甕が印象に残っていた。茶色い肌に鮮やかな睡蓮模様の浮いた、一抱えはある鉢は、小さなタナゴにはもったいないほどの器で、ゆきこさんの家の玄関先に、ローズマリーの茂みを背に置いてあった。そのまるまる太って大きくなったタナゴが、青大将にぱくりとやられたのだという。口からタナゴの尻尾が出ているのよ。もう怒ったわよ。そばにあったごみバサミで青大将を摑んだら、ぐるぐる巻きついてきて、えーいとハサミごと思い切りぶんなげたら、隣の庭に落ちちゃった。隣の家には豆柴の犬がいるけど、ものすごく臆病な犬なので、青大将を見たら腰を抜かしたのね。吠えなかったもの、とゆきこさんは笑った。蛇。太い青大将。とぐろを巻き、鎌首をもたげた形を想像すると、私は聞いているだけで気持ちが悪くなってきた。私の家の庭にも、以前、蛇がいたことがあった。茶色の小さなものだったが、草むしりをしていて、縄ひもだと思い摑もうとして、にょろりと動いたので蛇だとわかり、大声で叫んでしまった。蛇はするすると草の間に逃げて行ったが、しばらくはその場所に近寄ることができず、草刈り機で草をきれいに刈ってから、ようやくそこに植えてあったラベンダーの手入れができるようになった。いっそ草刈り機で蛇の胴体を真っ二つにして、二度と庭に住みつけないようにしてやりたかった。「かってみーな」という名前の草刈り機の歯はプラスチック製だが、モーターの威力が強いので、少々の太さの木の枝でもガリガリと切り取れるのだった。

車は杉木立や青竹が茂る山間の道を滑らかに走っていた。

この辺りは春先になるとよく筍が取れた。たいてい誰かしらが、一本、二本と掘りたてのものをおすそ分けしてくれて、さっと湯がいて柔らかいうちに刺身と称して、わさび醤油で食べていた。だが今はそれもなくなった。福島の原発が爆発して以来、私の家も含めて一帯がホットスポットになって、もう五年以上、筍の出荷停止が続き、誰も掘りに行かないし、立ち入らなくなったからだ。一見、普通の竹林にしか見えないが、放射能は一杯で除染など誰もしないから、事情を知っている人は近寄らない。みんな知らないふりをしているけれど。放射能は目に見えないけれど、漂っている。あるいは暗い木陰から、私たち生き物の細胞や遺伝子を変質させる、鋭い光の矢を放ち続けている。

ずっと昔の子供の頃、原子力は輝かしい未来だった。ららら、星の彼方、行くぞアトム、ジェットのかぎりい〜。鉄腕アトムが飛ぶときの格好をして、みんなで歌っていた。お茶の水博士の作り出したロボットのアトムは、子供たちに勇気を与える正義の味方だった。妹はウランちゃん、弟はコバルト君。そして怖ろしい原子爆弾を作るプルトニウムは、闇の帝王プルートからとられているという。福島が爆発するまでは、原子力は安全なものだった。というより危険なものだとはろくに知らされていなかった。チェルノブイリの爆発でヨーロッパ中が震え上がっても、日本ではたいしたことではなかった。だが福島が「フクシマ」と世界で語られようになって、ようやく目に見えない放射能の怖さは、結局、想像力に比例すると知らされた。想像力のない人は、怖くないのだ。勇気と蛮勇が違うように。

これら森や地上にまき散らされた見えない放射能は、半減期まで二十万年もかかるという。人類が存続しているのさえ定かではないような、途方もない年月なのに、政府や偉い人たちや学者たちは、大丈夫と言っている。原発から出る放射能のゴミを埋める場所すらないのに、日々せっせと放射能のゴミを増やし、ただただ大丈夫とお経のように唱えている。国民もそれを信じてか、あるいは仕方ないと思っているのか、いつの間にかなかったことのように平気になっている。あと五、六年もしたら、この暗い竹やぶからとれた筍が、出回るかも知れない。都会のスーパーに並ぶかも知れない。何一つ変わっていないのに、もういいかと。誰も立ち入らないせいで、竹林は勢いを増し、恐ろしいほどに黒々と茂り、深い闇を作っていた。

きれいに舗装された道をしばらく走って脇道にそれ、砂利を敷いただけの狭い道の行き止まりで車を止めた。そこから歩いて少し山道を下ると、目の前に水田があった。広葉樹が鬱蒼と茂る小高い山に囲まれた水田が、十枚ほど広がっていて、整然と植えられた、まだ丈の短い早苗がかすかな風に葉先を揺らし、張られた水が鏡のように周囲の黒々とした森を映していた。私たちはここを秘密の田んぼと呼んでいた。普通の田んぼとは違うからだった。ほんの少し、十四ていどだが夏には螢も飛び交った。

　私の家から車で少し走れば、広大な水田が広がり、夏には風にそよぐ稲群れが草原のように見える。視界を遮る大きな建物もない電車の窓からは、冬晴れの日は富士山がくっきりと見えた。田んぼと森と遠くの富士山しかない、そんな場所の田んぼには、小さなグライダーのような飛行機が飛び、農薬を撒いていた。田んぼの近くに病院や学校があると、飛行機での散布は禁じられているので、手で撒かれた。そういう米は手間暇がかかるせいか、減農薬米として高い値段で売られている。

　この秘密の田んぼのお米は出荷されないから、誰も買うことができない。農家が自家用米として作っているからだ。除草剤も農薬も使われない田んぼは、まだそんな薬がなかった頃の、ずいぶんと昔のままの姿をしていて、あぜ道の草は鎌で刈り取られ、不揃いの茎がぼそぼそと生えているでこぼこした姿をしているし、稲の葉は固く太く荒々しい。田んぼに張られた水は近くの水路から来ているが、湧水なので澄みわたり、水温が低いのか水草も無駄に繁殖していない。何もかもいびつな感じで、それがほどよいものに見える。ほどよいから螢も飛ぶのかもしれない。人工的なものは四角いが、自然は丸みを帯びると何かの本に書いてあった。

　私たちは用水路の上に渡してある、手製のコンクリートの小さな橋の下に魚キラーの魚籠をしかけた。一週間もすれば、小さなタナゴが数匹は入っている予定だった。

　少し遅くなったが私たちは、きまぐれ蕎麦屋でお昼をとることにした。本当は更科という、ごく平凡な店の名前があるのだが、私たちは気まぐれ蕎麦屋と呼んでいる。不定期に開いたり閉まったりしているからだが、店主が癌になって、体調の悪いときはそばを打つのが大変らしく休むのだという話だった。

　幸い、きまぐれ蕎麦屋は開いていた。お昼時を過ぎているせいか、客は隅のテーブルに一組いるだけで、店内はとても静かだった。この店の名物は手のひら大の巨大なかき揚げだった。私たちはよく磨かれた欅の一枚板のテーブルについた。椅子は無骨な丸太で、木の切り株に腰を下ろしている感じだが、厚手の座布団が敷いてあるので、座り心地が悪くなかった。客席の間仕切りには、衝立や竹や焼き杉などの古い欄間がはめ込まれていて、こういう古民家風のしつらいが店主の趣味らしい。ゆきこさんも私もファミレスは嫌いだった。

「今日は夫の月命日なの」

　そういえば今日は八日だった。ゆきこさんは若い時にご主人を癌でなくしていて、月命日はいつもご主人が好きだった蕎麦を食べていた。それまでは蕎麦はあまり好きではなかったが、毎月食べているうちに、好きになったという。私はゆきこさんのご主人は知らない。ゆきこさんと親しくなったのは、ご主人が亡くなってずっと後のことだ。娘さんが父親似だと言っていたから、目元の深い意志の強そうな顔立ちだったろうと思う。

「あのね」

私が言いかけた時、ちょうど蕎麦が運ばれてきた。間が悪い。ゆきこさんと話したいことがあった。いや、いつ話そうかと思っていた。だが黙っていたい気持ちもあった。

結局私は何も言わないまま、蕎麦を食べた。飲み込んだ言葉がつっかえている気がしたが、蕎麦は腰があっておいしかった。うどんも蕎麦も手打ちがおいしいのはなぜだろう。やはり機械のように揃っていないからだろうか。

気まぐれ蕎麦屋を出た後、私たちは骨董品屋によることにして、山道を引き返した。宝飾品からブランド物のバッグや靴など、何でもそろっているリサイクルショップや、ガラクタを寄せ集めたような古道具屋まで、この狭い町に骨董品屋はたくさんあった。それでも本当に手に入れたいものはあまりなく、ゆきこさんは家具はもっぱらヤフオクで落札している。私は時々服を買う。三百円ぐらいの服が私のホリダシモノだった。

どのぐらい走っただろうか。

交差点にさしかかった瞬間、いきなり横から車が突っ込んできた。私のシートのすぐ後ろ、後部ドアあたりにぶつかり、大きな音とともに車が激しく揺すぶられ、私は急ブレーキで前につんのめり、ふくらんだエアバッグで押し戻され、横に倒れた。シートベルトが食い込み、息苦しさに喘ぎ、急に目の前が暗くなって、何がなんだかわからなくなった。

私は夢を見た。夢だとわかっていた。

ゆきこさんが若い男の人を抱えて、庭の道祖神の前で泣いていた。ゆきこさんの家は十五代続く古い家で、なぜか庭に道祖神があった。昔は街道だったのかも知れない。苔むした古い石造りの社(やしろ)の、なかにはすり減って顔も定かではなくなったお地蔵さんが一体刻んであった。

男の人はゆきこさんのご主人だった。会ったことがなかったが私にはわかった。力なく倒れて目を閉じ、だらりと伸びた大きな手足は庭の踏み石の上で、ゆっくりと溶けはじめていた。だめよ、だめ、溶けるのを防がないと、土に染み入ってしまうじゃないの。私は泣いているゆきこさんに大きな声で言った。だがゆきこさんはただ抱きしめて泣いているだけだった。男の人はずるずると、まるで地に吸われるかのように埋もれて行き、やがて跡形もなく消えてしまった。ゆきこさんは空っぽの自分の腕をじっと見つめていた。

不意に景色が飛んで、いつのまにか私の家の庭になっていた。いい匂いがして、金木犀の大きな木の下に男の人が立っていた。グレーのコットンセーターに、ベージュのチノパン姿は夫だった。こちらに背を向けて、じっと立ち尽くしたままでいる。ふと、背中に虫がついているのが見えた。お父さん虫が、そう声をかけたら振り返りもしなかった。うじゃうじゃと増えて行き、夫の背中を這い回り、首や肩を埋め尽くし、どこからか執拗に湧き出ていた。お父さんたがめよ、たがめ、その虫はたがめなのよ、どう猛な頭のハサミで食いちぎられてしまう、そう叫んだ瞬間、夫が肩越しに振り返った。だが顔がなかった。ぼやけていてとらえどころがなく、ふわふわと飛んでいきそうに見えた。その瞬間、目が覚めた。

気がつくと私は救急車のベッドに横になっていて、白いヘルメットをかぶった救急隊が覗き込んでいた。ベッドはひどく揺れ、上下の振動が大きく、内臓をゆすぶられている感じがする。吐きそうな気がして生唾を飲み込んだ。「気がつきましたか」と、うっすら目を開けた私に、隊員が言った。頬と顎にニキビが出ている。私はドキリとした。こんなに間近に若い男の人を見たことはたえてなかった。病院に行っても医者も患者も年配の人ばかりだった。うなずいた私に「どこか痛むところはありますか」と聞いた。私は首を振ったが、どこが痛いのかよくわからなかった。体も腕も他人のそれのように、痺れて遠いところにあるようだった。ええ、意識はあります。あと五分ほどで到着しますと、隊員は無線でそんなことをいっている。

ふと、ゆきこさんはどうしたのだろうと思った。それを聞くと、ほかの人はみんな大丈夫でしたよ、という返事だった。私たちの車に横から別の車が突っ込んできた。こんなことってあるだろうか。グレーの車がちらっと見えた気がする。どんな人が運転していたか知らないが、首を絞めてやりたい。もし大けがでもしていたら、もうこの歳だから絶対に後遺症が残るだろう。そう思うと段々怒りがこみ上げてきた。

救急車は山の上に立つ大きな大学病院に到着し、私は待機していた看護婦や医者に診察室に運ばれて行った。五十半ばぐらいの医師は、立てますかと、起き上がった私を立たせ、痛むところなどを聞いた後、看護婦に心電図とＭＲＩを撮るように指示し、念のために一泊しましょうというと、慌ただしくどこかへ行ってしまった。

どなたかご家族の方、ご自宅にいらっしゃいますかと、三十ぐらいの小太りの看護師に聞かれて、いいえ、誰もいませんというと言うと、じゃ、保険証とかどうしますかと言うので、後で友達が来てくれると思いますと答えた。だが、ふと不安になった。ゆきこさん来てくれるだろうか。

ここに運ばれたことを知っているだろうか。財布も携帯もみんな車のバッグの中だった。お金も一円ももっていないが、東京にいる娘の連絡先も、ほかの友達、こんな困ったときには駆け付けてくれる友達や娘の連絡先もすべて携帯の電話帳の中だった。ふと、情けないことに夫の携帯の番号だけは諳(そら)んじていたことに気がついた。二ヶ月に一度、どうしている、変わりはないかと連絡があり、短い言葉を交わすせいだろうか。それとも何かあった時の、金銭的に困った時の命綱だと思っているからだろうか。夫の美点はお金や物への執着が薄く、私が困っていたら最後まで助けようとするところだった。

私は看護師さんからもらった診察券のネーム・プレートを首から下げ、採血室で採血や採尿をした後、放射線科に行って名前を呼ばれるのを待った。体はもう大丈夫だった。どこかにぶつけたのか、左腕に薄いあざができていたが、どこも悪くないのは自分でもよくわかった。不幸中の幸いだった。あんな大きな衝撃だったのに、ドンという大きな音もしたのに、体が波打つのもわかったのに、肩も首も無事だった。どうして気を失ったんだろう。ぶつかったショックだろうか。死んだふりをする昆虫がいるが、それと同じように人間も一瞬にして仮死状態になって、何も感じないようにできているのだろうか。

ゆきこさんが来てくれたのは夕方の六時頃だった。娘の真美さんと一緒だった。救急用の病室は広く、四つずつ合計八つのベッドが並び、それぞれが天井から下がった、長いクリーム色のカーテンで囲われている。入り口近くの一台を除いて、カーテンの向こうにはみんな人がいて、駆けつけた家族や見舞客などの話し声がよく聞こえた。向かいの高校生ぐらいの女の子は、トラックの後輪に自転車ごと巻き込まれたようで、自転車がベコベコになって、飛ばされたから足のけがだけで済んだとか。足に食い込んだ砂を落とすのが、死ぬほど痛かったとか、そんなことを大きな声であっけらかんと話していた。今は食事が出て、少し静かになった。私もちょうどベッドに座って、病院の夕飯を食べていた。

クリーム色のカーテンが開いて、ゆきこさんと真美さんが顔を出した。「あら、おいしそうね」と真美さんが言う。「遅くなってごめんね。車がベコベコになって修理工場に持って行って、代車を借りようとしたら出払っていて、明日にならないとだめだったのよ。それで娘の仕事が上がるのを待って、拾ってもらったの」とゆきこさんが言って、はい、と私のバッグをベッドに置いた。真美さんはコンビニでパートをしていた。

「けがをしてないみたいで、よかった。びっくりしたわよ」ゆきこさんは私をじっくり見たあと、容態を聞いた。別に異常はなさそうだと告げると、ふんふんと頷き、事故のことを話してくれた。

信号無視のグレーの軽自動車が突っ込んできたのだと言う。それがね、運転したのが八十六のおじいちゃんなのよ。隣に乗っていた奥さんが八十八だって。二人ともしばらく車から降りられなかったの。へなへなとへたっちゃって。あれでも無傷なんて奇跡よ。年寄りだからのろのろ走っていて、スピードが出ていなかったのが幸いしたという。それでも信号は青だったと言い張って、なかなか自分の過失を認めなかったが、事故で止まった周囲の車のドライバーや、交差点の角にあるコンビニの駐車場の舗装工事をしていた人が、口々におじいさんは赤で入ってきたと証言してくれて、渋々認めたのだと言う。かわいくないおじいちゃんよ。ほんとに自分の行くところしか見てないのよ。周囲のことなんか何も考えてないの。そのあと、警察を呼んだり、交差点から車を出したりと、大変だったらしい。車の保険にちゃんと入っているようなので、なんとかなるでしょうと言う。私の病院の費用も相手の保険から出ると思うから心配ないし、出なかったとしても、同乗者には一千万まで出る保険にしてあるので、そこから出るわと言った。

ゆきこさんはまた車を買い替えるのだろうか。修理に出したと言っていたし、気に入っている車なので、そのまま乗るのかも知れない。それにしてもそんな高齢になって運転するのは、危ないではないか。自分ではしっかりしているつもりだろうが、とっさの判断力は衰えているし、仕事でも何でもとっくにリタイアしている年齢だ。それが車の運転だけは年齢制限がない。「そのおじいちゃんはどうしたの」私は気になって聞いた。

「どうしたもこうしたも。相手の車は前方がベコベコだったけど、真っ直ぐ突っ込んだのがよかったのね。動いたから。おまわりさんに大丈夫かと聞かれても、家はすぐそこだからって運転して帰ったわよ」私は思わず笑った。きっと修理してまた乗るのだろう。そして誰かを巻き込むのだ。私とゆきこさんが何歳まで車を運転できるか、視力も聴力も衰え、三日前のこともろくに覚えていないし、月日が流れるように去ってゆく感覚だけははっきりしている、この老いをどう受け止めたらいいのだろうか。そんなことを話していると、真美さんがふと、「あら、おばさんの名字は井村さんじゃなかったっけ」と、ベッドの頭のところにある私の名札を見て言った。ゆきこさんも私の顔を見る。

「旧姓に戻ったの。いつ話そうかと思っていて、つい、言いそびれちゃった」私は小声で言うと、ニコッと笑って見せた。別にこんなところで、笑みを浮かべることもないのにと思いながら。真美さんはちょっと罰の悪そうな顔で頭をひょいと下げ、ゆき子さんは黙って頷くと、「未亡人クラブにようこそ」と言った。それを聞いて私も真美さんも思わずニヤニヤと笑った。胸につかえていたものがするっと落ちた気がしたが、そのあっ気なさに、年を取ると気持ちもざわめかなくなるのだと思った。

夜、ベッドを抜け出して中庭に出た。夜の病院は不思議なほど静かだった。人で混雑していたロビーも、広い廊下も人影はなくひっそりしている。ベンチに腰掛け、空を見上げた。骨の色をした半月が浮いている。半年前に離婚した。夫はここ数年、家に帰ってこない日が多くなっていた。うすうす気づいていた。ほかに女性がいるのだと。だが知らないふりをしていた。後ろにはたくさんの過ぎた年月が折り重なっているが、前を向くと、そう長くない向こうに死が控えている。一人でいるのも、留守がちだった夫といるのも、そう変わらない気がした。老いることは一人になることだから。

私は肌寒くなって入院服の前をかきあわせ、病室に戻ろうと歩き出した。しばらく歩いて振り返ると、まだ月は白く冴えざえと天空にかかっている。小さな子供だった頃、歩いても歩いても月が付いてくるようで、怖かったことをふと思い出した。

（『朝』三十七号、二〇一七年三月）

冬の川辺

正月三日の小さな駅は、人影も少なく閑散としていた。シャッターの下りた売店の、注連縄(しめなわ)の緑と蜜柑の黄色が、ひっそりと新しい年の色に光っている。振り袖姿の女の子が二人、華やかに笑いながら裾を押さえ、駅の階段を上って行った。

由希は買ったばかりの切符を手に、改札口のそばに立った。父の誠治との待ち合わせは、いつもここだった。わざわざ階段を下りなくても、どうせ電車に乗るし、ホームにしたらと言ったことがあったが、誠治は、なんとなく改札口の方がいいじゃないか、デートするような感じで、と笑っていた。たぶん、改札口の方が見つけ易いのかも知れない。それとも幼い時のように、いつまでたっても、由希を子供扱いする気分が抜けないのだろうか。改札口でじっとしているんだ、動いちゃいけない、お父さんが迎えに行くからと。

三本目の電車が過ぎたあと、まばらな降車客と一緒に、誠治が階段を下りて来た。暖かそうな茶色のランチコートを着ている。たしか、去年も同じコートだった。襟の白いボアがすこし汚れていて、母の光枝が見たら、小言の一つも言いそうだと思ったが、すぐにもうそんな場面はないのだと、思い返した記憶がある。誠治も光枝も、とっくに赤の他人で、長いこと会っていないのだし、会うこともないに違いなかった。

「待ったかい」

にこやかに笑いかけた誠治の、頬の辺りがうっすら赤みをおびている。寒さのせいではなく、酒のようだった。甘く粘り気のある臭いが、きれいに髭を剃った口元から立っていた。

由希は、並んで階段を上がりながら、

「飲んでるの？」

と聞いてみた。意外だった。父は酒は強くなかった。好きでもなさそうだった。それでも飲んでいるのは、お正月のせいだろうか。

「うん、ちょっと人と会ってね、それで一杯やった」

誠治は照れたように頬を撫で、まあ、いいじゃないかと、由希を促しながら、入って来た電車に乗り込んだ。

由希は誠治と年に一、二度会っていた。子供に会わせるというのが、離婚の時の誠治のたった一つの条件だった。だが、まがりなりにも守っているのは由希だけで、兄の弘は、かってな親父に会ってもしようがないやと、高校の時から会うのを拒んでいる。それに弘はもう大学を卒業する歳で、別れた親にことさら会いたがるような子供でもなかった。由希も、いつまでも会いたいと思うか、自分でもわからなかった。ただ、会わなくなったら、親子といっても、別れて暮らしている分、ずいぶん遠くなりそうな気はした。飯でも食おうかという誠治のたった一本の電話で、親子がかろうじて繋がっているようなものだった。

電車は車輪の音を響かせ、ゆっくりとカーブを曲がった。電車の動きにつられ、立っている乗客もふわりと揺れる。由希も誠治の腕に摑まり、バランスを取った。窓の外には立て込んだ町並みが見え、松飾りや日章旗が正月らしく飾ってある。

空はよく晴れて、いい天気だった。

「ねえ、今日はどこへ行くの」

誠治と会う時は、遊園地や映画やスケートなど、いつも由希が楽しめそうな所に連れて行ってくれた。中学から高校、大学と、由希が大きくなるにつれ、行き先も少しずつ変わって行ったが、まだ誠治が家にいた頃は、忙しかったのか、それともいつでも行けるからなのか、めったに二人きりで出掛けることはなかったし、遊びに連れ出してもらったことも、数えるほどしかなかった。むしろ別れてからの方が、皮肉にも、親子で楽しい時間を過ごすようになっている。

「今日は、お父さん用があるんだ。ちょっと飯でも食って、それで勘弁してくれないかな……」

誠治は言いにくそうに、言った。

「用ができたのね。だったら、今日じゃなくてもよかったのに」

由希は少しがっかりした。暮れに誠治から電話があって、たまには正月に会おうかと言われた時、たぶん正月休みの間は、一人ひっそり、あの古いアパートで過ごすのだろうと思い、父の侘しさを紛らわせてやろうと、友達と映画に行くのを断って、わざわざ時間を作ったからだった。

もあった。

家族揃って過ごす年末や正月は、一人身には淋しいだろうと、父親の役に立てそうなのが嬉しく

「いや、用といっても、それほどの用でもないんだが……」
誠治は歯切れの悪い言い方をした。
「いいのよ。遠慮しなくても。私、適当に買い物でもして帰るから」
由希はふと、どうせお金のことだろうと思った。誠治が困っていたり、由希との時間を潰して
も行かねばならないとしたら、それしかなかった。
誠治が家を出たのも、離婚したのも、一人では、一生かかっても払いきれないような借金のせ
いだった。友人の小さな出版社の役員に、形ばかり名を連ねていたが、資金繰りに困って、あち
こちから融資を受けるようになった際、誠治もいくらか用立てたのだった。
借りた金額は、最初はたいしたものではなかった。だが、一年、二年とたつうちに、アメーバ
ーが増殖するように、じわじわ増え始め、サラリーマンの給料では危うくなった頃、出版社が倒
産し、支払いを催促されるようになった。誠治は会社を辞め、いくらかの退職金をあてたが、払
いきれず、残った借金の利子がまたかさみ、細胞分裂のようにまたたく間に増え始めた。泥沼に
足を取られているようなもんだと、母の光枝は、きっぱり離婚することにしたが、泥沼に落ちる
のは誠治一人でたくさんと、見離してしまったも同じだった。
「また、お金のこと?」
由希にはどうしようもなかったが、話ぐらいはもう聞ける年齢だと思い、誠治の顔を窺った。

「なんだ、おまえが心配しなくてもいいさ」

誠治は苦笑すると、空いた席に腰を下ろした。

「いいの。心配したいの。お婆ちゃんに言ってあげようか」

救えるのは祖母だけだと思い、そう言ってみたのだが、誠治は怖い顔で由希を睨み、

「もうおまえの家とは関係ない」

と怒った声でぴしゃりと言った。

由希は肩をすくめた。祖母のことは、やはり誠治の前では禁句だった。

祖母のマツミはアパート一つと土地を持っていて、誠治が出て行ったあとの家族の生活は、家賃と駐車場の上がりの中から援助してもらっていた。光枝も誠治が家にいた時から、市役所の保健婦として働いていたから、弘や由希が大学に進学できたのも、家族が誠治をことさら恨みがましく思わないで済んでいるのも、祖母の経済力のおかげだった。

もっとも、だからこそ、誠治も家を出なければならなかった。祖母が土地を売って、誠治の借金を清算してくれたらなんとかうまく納まったかも知れなかったが、祖母はがんとして首を縦に振らなかったし、誠治は誠治で、家族と離婚し、縁を切らなければ、借金取りに祖母の土地が巻き上げられると考えたようだった。

借金は死ぬまで負うだろうが、死んだ人間からは取れやしないから、大丈夫だと、いつだったか、誠治はくたびれた顔で言ったことがあるが、そんな時には、光枝や祖母がずいぶん薄情に思え、家に帰って頼んでみたこともあった。だが、光枝にも、あんたは親がかりで、お金の苦労を

知らないからそんなことが言えるのよ、結婚して子供を持って、自分たちのお金で生活してごらんなさい、そんな甘いことは言えなくなるからと、逆に叱られてしまった。

「お父さんが行くと言った所はね、あんまりいい所じゃないんで、由希を連れて行くのはよそうと思ったんだが、行ってみるか」

誠治はしばらく窓の外を見ていたが、少し迷った顔で由希に聞いてきた。

「どこ？」

「競艇場だ」

由希はびっくりして、誠治を見返した。

「なに、ちょっとした気晴らしさ。由希が嫌だったらやめてもいいんだ」

誠治は皮肉っぽい笑みを浮かべ、由希の視線を逸らすように、ちらっと車内の客たちに目を走らせた。混んできた車内では、タブロイド版の白い予想紙を広げた男たちが数人、黙々と紙面に見入りながら立っていた。

「どうだ、行くかい？」

誠治は行きたそうに見えた。

「うん、いいわよ」

「正月は客の懐具合がいいから、けっこう穴が出るんだ。うまく行けば、儲かるよ」

誠治は、由希に言っているのか、自分に言っているのか、一人頷き、口の端でかすかに笑った。よほど、お金に困っているのだろうか。

誠治が家を出たのは、由希が中学一年で、誠治はまだたしか四十前だった。それから七年近くがたっている。その間、何度も会ったが、一度も賭事の話などしたことはなかった。由希の前では、父親らしく振る舞いたがり、言葉にも着るものにも気を使っていた。

それが今日は、お酒といい、競艇といい、なりふり構わないように見える。それだけ、切羽つまった所に来ているのだろうか。

由希は、バッグを膝に置き直した。さっきから出しそびれていた、父へのお年玉が入っていた。去年の祖父の法事に撮った、家族の写真だった。少し大きく伸ばし、木製のフレームに収めたもので、明るい秋の陽射しを浴び、みんなにこやかに微笑んで写っている。祖母を真ん中に、家族揃った写真は、誠治へのいい贈り物になると思って、持って来たのだった。だが、祖母や光枝も一緒だから、嫌がるかも知れない。

首をめぐらせて、窓の外を見ている誠治の膝に、由希は思い切って写真を置いてみた。

「お、なんだい？」

「去年、撮ったの。私からのお年玉」

ほうっと言う顔で、誠治は写真を手に取った。

「そうか。もうお爺さんの十三回忌か。弘も大きくなったな……」

写真を指でなぞり、じっと見入っている。電車の揺れのせいではなく、指がかすかに震えているようだ。

「ヒロちゃん、就職が決まったわ。証券会社よ」

「そうか。だが、あいつは真面目そうだから、株屋が務まるかなあ……」

誠治は写真から顔を上げ、軽く目を閉じながら呟くように言った。

「いや、まいったな……いいお年玉だ」

目をしばたき、もそもそと写真を袋にしまった。

「ね、受け取ってくれる？」

「もちろんだよ。大事にするよ」

誠治はコートの内ポケットにしまうと、由希の肩を叩き、降りるよう促した。競艇場のある駅には、乗り換えが必要だった。

乗り換えた電車は、混雑していた。乗客の大半は競艇場に向う客らしく、切れ切れにレースの話をする声が聞こえ、髭を生やした外国人の男たちの一群も目立った。振り袖や和服の若い女の子もいる。みんな遊園地にでも行くような、どこか浮き浮きした雰囲気なのは、一攫千金の夢のせいだろうか。

電車は、駅に停まるたびに混んできた。由希はドアの上の路線図を見上げた。

「ほら、この電車は、ギャンブル線って言うんだ。競馬、ボート、オートレース、競輪、みんなこの電車の路線にあるだろう」

誠治がプレートのイラストを指さしながら言った。駅名のそばに、馬やボートや自転車の絵が描いてある。たぶん、誠治はこの電車によく乗ったりするのだろう。借金に追われて、借金を返す為にまた借金を重ね、いつかどこかで一発当てることでしか、帳消しにならないと、運を頼りに電車に揺られているのかも知れない。

「お嬢ちゃんもギャンブルやるのかい。この電車に乗ったら、おしまいだよ。なんてったって、貧乏人から、金を巻き上げる電車なんだからさ」隣の赤ら顔の男が、酒臭い息を吐き、笑いながら割り込んで来た。だいぶ飲んでいるらしく、電車の揺れと頭の揺れがずれている。

「そうだよ。ギャンブル線、またの名を親不孝線って言うんだからさ」

連れらしい男が、あいづちを打つように酔った男の肩を叩き、何がおかしいのか高い声で笑った。由希は酔っ払いから逃げるように、誠治の横に回った。誠治は眉を顰め、苦笑している。やはり由希を連れて来たのは、まずかったという顔だった。

電車が止まり、客がぞろぞろと降りて行く。由希も仲のいい親子のように、誠治に腕を絡めて降りた。

駅前の広場では、耳に赤鉛筆を挟んだジャンパー姿の男たちが、予想紙を振りながら声高に叫んでいる。だが、ほとんどの客は見向きもせず、人の流れに沿って黙々と歩いて行く。恋人や親子連れ、高校生じゃないかと思われる一団もいる。誠治は、花柄のスカーフを頬かむりしたおばさんから、予想紙を買った。川が近いせいか、よく晴れた空の下を、冷たい風が吹きつけてくる。誠治は、自分のマフラーを由希の首に巻いてやった。昔から誠治が気に入っていた、バーバリのマフラーだった。それから、ポケットから帽子を出して被った。バスケット・チームのロゴ入りのキャップだった。なんだか、急に人が変わった感じがした。

「別人みたい」

由希は気に入らない顔で言った。

「こうすると落ち着くんだ」

誠治は、わざと帽子の鍔をぎゅっと引き、深く被って見せた。顔の辺りが暗くなり、チンピラのような格好になる。四十七という年齢より、いくつか若く見えたが、周囲の男たちと同じような、安っぽい臭いが立ってくる気もした。

競艇場の中は、人で溢れていた。黒い皮のジャンパーを着たイラン人らしい男たちが、ぞろぞろとスタンドの奥に行き、声高に耳慣れない言葉で喋り合っている。誰かが、アラーの神がついてりゃ、勝てるよなと、笑って通り過ぎて行く。由希は、観覧席のプラスチックの椅子に腰を下ろし、舟券を買った誠治が戻って来るのを待った。

スタンドはかなり寒かった。缶コーヒーを手で挟んで暖を取りながら、人ごみの頭越しに川を見下ろした。水の上では、色とりどりのボートが出走を待って、ゆっくりとエンジンを噴かしている。やがて誠治が戻って来た。

「どうだ。由希も買ってみるか」

誠治は、無造作に紙幣をポケットに突っ込みながら、一万円を由希の手に押しつけた。

「どうやって買うの？」

「何でもいい、好きな番号の組み合わせを窓口で言えばいい。そうしたら券をくれるよ」

誠治はスタンドの横の建物を指さし、あそこで券を売っていると言ったが、気持ちはうわの空で、目はもう川の方を向いていた。水の上では、三角の尖ったボートが六艘、軽い水しぶきを上げながらモーター音を響かせ、船の調子を見るように、ゆっくりと水面を滑っている。ボートから流れる真っ白い航跡が、青い水の上にいく筋も流れていた。

「そろそろ時間だな」

誠治が立ち上がって目を凝らした。エンジン音が青い空に抜けるように響き出すと、一斉に客の視線が水の上に注がれ、一瞬の緊張を切るように客の声援があちこちで上がる。ひと固まりになった男たちの声は、波のように下から盛り上がって来て、スタンドの壁や屋根に反響し、ボートの立てる水しぶきのように激しく散った。

レースの勝負はすぐについた。あっけないほど簡単で、ボートが二周すると終わりだった。スタートの早い順にゴールするだけの、単純なものだった。だが、こんなにあっけなく終わるレースにもかかわらず、川べりのフェンスにしがみついていた男たちは、怒鳴ったり叫んだりしながらはずれた舟券を紙ふぶきのように散らし、未練がましく濁った川に群がっている。

「どうだった？」

由希は、いつのまにか椅子の上に乗って見ている誠治を見上げ、聞いてみた。

「ハズレだな」

誠治が肩をすくめて笑ったが、目は真剣だった。スタンドに群れている客たちと同じように、誠治も興奮し必死になっている。いや、それ以上かも知れない。誠治は遊びではなく、稼ぎに来ていて、負けては帰れないのだった。

「これ、なくすといけないから、ちょっと持っててくれないか」

誠治は、ポケットの写真を由希の膝に置いた。また、次のレースの舟券を買いに行くのだ。今度はうまくやるぞ。由希の肩を軽く叩くと、敏捷な若者のように椅子を跨ぎ、弾む足取りで舟券売場の方へ行った。

そのうち、由希も誠治がくれたお金で、思いつくままの番号を二枚ばかり買ったりしたが、みんなはずれた。誠治もレースのたびに買いに行ったが、ちっとも当たらないようで、はずれるたびに固い表情になってきた。口数も少なくなり、尖った目でボートを見つめたり、やった、やったと、的中して小躍りする男の姿を目で見、あんなのが当たるなんて、どうかしている、バカヤロウと小声で吐き捨てたりしている。

勝った人間と負けた人間は、ここではっきりしていた。水の上のボート・ゲームが一つ終わるたびに、払い戻しに走る男たちは、天国にでも行きそうなほど満面に笑みを浮かべていたし、負けた男たちのほとんどは、皮肉な笑みを浮かべ、すねたような目で辺りを眺め、ゆっくりと次のレースの舟券を買いに行った。こぶしを突き上げて怒鳴ったり、飛び上がって喜ぶのは、男も女も外国人も一緒だった。なけなしの五十円や十円玉を数えて、百円の自動券売機の前に行く。薄汚れた身形(みなり)の老人も、勝った瞬間、由希のそばで空を見上げ、アーメンとお祈りし、歯のない口でにやにや笑った。勝った人間だけが笑えるのだ。

「今日はだめだな。運が悪い」

何度も、スタンドと売場とを行ったり来たりしたあと、誠治は疲れたように腰を下ろした。プラスチックの椅子がきいきい鳴いた。ここに来るまでの、お金がうまく稼げそうな浮き浮きした

【書籍ご購入お申し込み欄】

お問い合わせ　作品社営業部
TEL 03(3262)9753／FAX 03(3262)9757

小社へ直接ご注文の場合は、このはがきでお申し込み下さい。宅急便でご自宅までお届けいたします。送料は冊数に関係なく300円（ただしご購入の金額が1500円以上の場合は無料）、手数料は一律230円です。お申し込みから一週間前後で宅配いたします。書籍代金（税込）、送料、手数料は、お届け時にお支払い下さい。

書名	定価　円	冊
書名	定価　円	冊
書名	定価　円	冊
お名前	TEL　(　　)	
ご住所 〒		

フリガナ
お名前　　　　　　　　　　　　　　　　男・女　　　　歳

ご住所
〒

Eメール
アドレス

ご職業

ご購入図書名

●本書をお求めになった書店名	●本書を何でお知りになりましたか。
	イ　店頭で
	ロ　友人・知人の推薦
●ご購読の新聞・雑誌名	ハ　広告をみて（　　　　　　）
	ニ　書評・紹介記事をみて（　　　　　　）
	ホ　その他（　　　　　　）

●本書についてのご感想をお聞かせください。

ご購入ありがとうございました。このカードによる皆様のご意見は、今後の出版の貴重な資料として生かしていきたいと存じます。また、ご記入いただいたご住所、Eメールアドレスに、小社の出版物のご案内をさしあげることがあります。上記以外の目的で、お客様の個人情報を使用することはありません。

気分は影を潜め、重苦しそうに眉根を寄せている。

「だいぶスッたの？」

聞いても、口の端でちょっと笑っただけだったが、ポケットに突っ込んであった紙幣はもうなくなったらしく、内ポケットから財布を出し、中をちらっと見てまたしまった。こんなことをして、どうやって借金が返せるのだろう。むしろ逆で、増えるばかりだろうと、由希は川を見下ろしている誠治の横顔を見つめた。愚かな気がして、急に父親がなさけなくなった。いくら切羽つまっていても、他に方法がないのだろうかと、気が滅入ってきた。「だんだん風が冷たくなってきたね。このレースで、そろそろ終わりにしようか」

誠治が自分に言い聞かせるように、立ち上がった。陽射しはゆっくり傾き始めていた。スタンドの客もいくらか減り始めている。

「さっきもらったお金、まだあるわよ」

由希はポケットの中の千円札を数枚、急いで誠治の予想紙の上に乗せた。いくつかのレースや、舟券を買う人を眺めていて、ここではみんな、ありったけのお金をはたいて行くのだと、わかってきた。たぶん、誠治だって、財布の中には、もういくらも残ってないはずだった。

「いいよ。お父さんはまだ持ってるよ。最後だから、何か買えばいい」

誠治は苦笑して、由希の手に紙幣を押し戻した。すでに次のレースは諦めているような口振りだった。ただ、財布の底をはたく為に買いに行くだけで、賭事の終わりは空っぽになることだとでも思っているのかも知れない。

「じゃあ、私が的中させて、お父さんにご馳走してあげる」

由希は、誠治の気持ちを引き立たせるように、わざとはしゃいで言ってみた。どうせ当たらないに違いなかったが、誠治と同じように、最後の望みを託したい気分になっていた。でないと、今日一日がだいなしになるだけでなく、誠治の切羽つまった状態もちっとも変わらないのだ。

「よし。勝って、後で、うまい物でも食べよう」

誠治は帽子の鍔に手をやり、気を取り直したようにかぶり直すと、これがお父さんのジンクスだと言い、舟券売場の方へ一緒に歩いて行った。歩きながら、由希は何番の組み合わせにしようかと、迷った。ふと、誠治の誕生日が浮かんだ。三月六日だった。三と六。誠治の持って生まれた運を占う気分で残っていたお金を全部、四千円で誠治の誕生日を買った。

「お父さんの誕生日だって？　バカだな。当たらないよ。お父さん、負けっぱなしなんだから、ママの誕生日の方がよかったんじゃないか。ママは強いからな」

誠治はおかしそうに、大きな声で笑うと、由希の舟券を指で弾いた。

スタンドに戻って来ると、散っていた人が集まり始めていた。由希は椅子に腰かけ、誠治は他の男たちのように、下まで下りて行った。もうどんづまりだと思っているのか、茶色の誠治の背中は、張り切っている感じがした。

六艘のボートが、ポジションを巡ってゆっくり動き始めた。スタンドの視線が一斉に川に注がれる。エンジン音が高くなった。赤や白や黄色のボートがスタート位置を巡り、尖った舳先をラインに向かって突っ込ませた瞬間、歓声と同時に一斉に船が飛び出した。船は水面から浮くようなスピードで滑り、真っ白な水しぶきが、薄青くなり始めた空に激しく散って行く。由希も椅子の上に立って、男たちの頭越しに川を見つめた。

　ボートは、流線型の鳥の群れのように、水面を滑空した。尖った船の先が浮き、船底が見え、波の上を激しくバウンドして行く。先頭のボートが三角の船底を見せながら、カーブを曲がったと思った瞬間、船はいきなり空を這い上がる紙飛行機のように、宙に舞った。

「うおーっ」というどよめきが走った。由希も思わず息を飲んだ。宙を飛んだ船が、ひっくり返って水面に叩きつけられた。後続のボートが次々とぶつかり、弾かれたボートがコマのように回転する。スタンドからは一斉に声が飛び、拍手や紙切れが舞った。残った三艘のボートが次々にゴールインした。興奮した客たちは、総立ちになって身を乗り出し、「出たぞ」「大穴だ」「八百長だ」と口々に叫んでいる。スタンド全体が、どよめきと汗の滲むような熱気に揺れた。

　由希も目の前の光景に、身体が熱くなってきた。男たちの興奮が伝染したように、胸が高鳴った。信じがたい光景だった。まるで、美しい鳥のように宙を舞ったボートは、今までの負け続けたような気分を、すかっとさせてくれるのに充分だった。

「おい、3―6だぞ、3―6が入ったぞ」

　誠治が大声を上げ、予想紙を振りながら、一気に階段を駆け上がって来た。

「今審議中だが、たぶん確定だ。あの衝突のおかげで、無印のビリから二番と三番が入った。万券だよ、万券」

　興奮した誠治は、早口でまくしたて、由希の手を握って、子供のように大きく振り回した。まわりの観客たちが、振り返って見ている。こんな誠治を見たのは、初めてだった。

「どうしたの。当たったの？」

「大当たりの大穴だよ。一万はつくよ」

一万の配当だと、ざっと四十万になる。アルバイトでせっせと働いても、とうてい手に入らないような額だった。それが、魔法のように、一瞬でこの細長い舟券がお金の膨らみに変わったのだ。

別に神様に祈ったわけではなかった。誠治に最後に勝たせて欲しいと思ったが、勝つとは信じてもいなかった。じわりと、嬉しさが込み上げてきて、由希も大声で叫んだ。

「やった、お父さん、やった」

「ああ、ビギナーズ・ラックだ」

場内アナウンスが、真偽確定と配当金を報せると、再び、スタンドの壁に響くどよめきが、重い風のように吹き抜けた。

予想が当たるというのは、いい気分だった。どんな単純なものでも、当たると、ほんの少しであれ、自分の価値や能力を認めてもらえたような気分になれる。ここでは、勝てば一瞬の幸福に浸れるのだ。

払い戻しの窓口で舟券を出すと、一万円札の膨らみが返って来た。興奮で手が震えた。もう次のレースが始まるというのに、競艇場の中はまだどよめきの余韻が続き、予想屋の男たちが、世界がひっくり返ったかのように、「大穴」「的中、的中」と、声を張り上げている。由希は笑いたくなるのを無理に抑えスキップしたい気分で出口に向かった。ポケットには、もらったばかりのお金が突っ込んであった。

最終レースを残すだけになった出口には、帰りの客たちが詰めかけていた。

「そろそろ、なにかある頃だと思ったんだよな」

「八百長だよ、八百長」

「事故るからいいんだぜ、勝ち馬に乗りゃいいんだよ。バカ野郎」

由希のそばを通り過ぎて行った男たちの一人が、いきなり八つ当たりぎみに、ゴミ箱を蹴った。門の前では、負けた男たちが寒そうに背を丸め、ぞろぞろと競艇場から出て行く。由希は誠治を見上げた。硬い顔だった。

立ち止まって誠治の手を取ると、窓口でもらったお金を「はい」と手渡した。誠治の手はびっくりするほど冷たかった。

「よしなさい。当てたのは由希なんだから、運は由希にあったんだよ」

誠治は口でそう言ったが、手は引っ込めなかった。

「お父さんの誕生日が入ったのよ。運がいいのは、お父さんだったの。お金、いるんでしょ」

由希はつっけんどんに、誠治の手に押しつけた。

誠治は一瞬、こわばったように立ち止まり、由希を睨んだ。帰りの男たちがぞろぞろ歩きながら、ちらっと由希たちを見て行く。誠治のみじろぎしない目は、なじるような感じで、頬は怒ったように赤みを帯びていた。由希も負けずに睨み返した。一歩も引くつもりはなかった。こんな天から落ちて来たようなお金は、誠治のような人間にこそ、必要だと思った。誠治が、ふっと、気の抜けたような笑いを浮かべた。大きく息をつき、ゆっくりお金を握りしめた。

「悪いね…」

そう呟くとくるりと背を向け、一目散にスタンドの方へ走り出した。まだ最終レースが残っていた。

「お父さん、これ！」

由希は急いで、写真の入った袋を振って叫んだが、誠治には聞こえないようで、茶色の背中は、みるみるうちに人の流れに掻き消えた。

由希は父のマフラーを巻きなおし、駅に向かった。傾きかけた陽射しが、柔らかく顔に当たった。誠治からの、飯でも食おうという電話は、もうかかって来ないかも知れないと思った。

（第六回浦安文学賞受賞作『うらやすニュース』第193号、
一九九五年五月一日、筆名・川村眉子）

狐

親類の男の子を見舞いに行ってきた。男の子といっても、もう二十六になるからいい若者だが、小さい頃から知っているせいか、私にはいつまでも男の子のような感じがしている。

彼は丘のうえの病院に二十日ばかり入院していたが、もう退院するという報せをもらい、急いで出かけたのだった。

当初はもう少しいる予定だったが、経過がいいので、退院することになったという。彼の病名は詳しくは知らないが、入院しているのは心療内科だった。軽いノイローゼのようなものだろうと思う。

彼、光一君は、見舞い客用の談話室にパジャマで、にこにこしながらやってきて、「ちょっと不精髭が伸びてて、ごめんなさい」と言いながら、椅子に腰掛けた。しばらく病院にいたせいか、頬が白いことを除けば、よく知っている光一君と変わりなく、ちっとも悩んでいるようにも、苦しんでいるようにも見えなかった。

もっとも退院できるほどだから、以前と変わらない彼になっていて当たり前だったが、それでも、どこがどう悪いのか想像がつかないのは、何だか騙されているような妙な気持ちである。あるいは、優しくて頭のいい彼が、仕事のことで悩み果てるような状態になるなんて、信じられなかったからかも知れない。そういうこととは無縁で、彼なら困難があっても、うまく乗り切って行けると、誰もが信じていたせいかも知れない。

光一君の母親の話だと、不意に様子が変わったのだそうだ。家族と口をきかなくなり、食事に文句を言ったり、食べなくなったりして、不眠に悩むようになったが、当人にはその変化がよくわからないのだという。思い当たることといえば仕事ぐらいしかなく、いつも忙しく飛び回っていた航空会社の仕事を少し休ませる為にも、病院に相談に行ったら、それなら少し入院しましょうかということになったそうだ。

精神的な疲労で、何日か会社を休むというのは、日本ではほとんど受け入れられない。というより、妙な烙印を押されたり、異常なのではと思われたりしてしまう。それならいっそ、胃腸でも悪いことにして、内科に入院した方がリラックスできるだろうと、無理に休ませたのだった。

私たちは短い世間話をし、窓の外に冬枯れの林が広がる病院を後にした。

光一君の経過は、退院後も順調なようだったが、三月（みつき）ほどして、彼のお母さんから電話がかかってきた。青森のイタコさんのところに、行ってきたという。光一君がまた疲れてきたようなので、いっそイタコさんに見てもらった方がいいと思い、よく当たる人を知っているので、すぐに飛んで行ったらしい。

イタコさん？　あの恐山の占い師のイタコさん？

私はびっくりして聞き返した。ずいぶん突飛な気がしたが、考えてみると、光一君の家はもともと青森で、伯母も従姉も古くからイタコさんとは馴染みだった。私が胡散臭く思うほど、従姉たちはイタコさんをインチキとも、単なる迷信だとも思っていなくて、むしろ、よく当たる、何か不思議な力があると信じているようだった。あるいは、困った時にイタコさんに占ってもらえば、気が休まるし安心できると思っているようだった。何度もイタコさんにかかってきたせいか、私などよりは、遥かに信じる力があるのかも知れない。

イタコさんは、占ってほしい人の肌着を持って行けば、見てくれる。大きな太鼓を鳴らして呪文を唱え、いろんな神様にお祈りし、太い数珠で肌着を叩き、お祓いをしてくれる。

光一君は目の中に狐が住んでいて、目から出たり入ったりしていると言われたそうだ。何とも気味の悪い表現で、ぞくっとする。目から出入りする狐は、女の狐で、真っ白なのだそうだ。光一君は旅行好きで、おいしいものが好きで、優しい人だから居心地がよく、絶対に目から出て行かないと狐は言い張っている。だが、出さないと、近々、水で命を落とすと、イタコさんは断言したとか。

命を落とすと言われれば、光一君の母親でなくても、どきっとしてしまうが、不思議な一致があれば、なおさらだった。光一君の母親も知らなかったが、光一君は週末、鎌倉の海に遊びに行く予定だった。気が滅入るので、海辺にでも行って、一人ぶらついてみようと思っていたのだった。もちろん、このことは誰も知らない。それに水で命を落とすことが鎌倉の海のことかどうかはわからないが、水と海の一致に、光一君のお母さんは、仰天して家に飛んで帰り、光一君を引き止めたのだった。

それに、不思議な一致はまだ他にもあった。

目の中に狐が住んでいると聞かされて、今度は光一君が驚いた。

まだ学生の頃、四国からきた学友に、「あれ、おまえの目の中に狐が見えるよ」と言われたことがあって、そのことをまざまざと思い出したからだった。

冗談でも何でもなく、ふと、見たことを口にしたような学友の口調に、一瞬驚いたが、「何、ばかなこと言ってるの」と、その時は笑ってすませた。友人は嘘を言ったりするような学生ではなかったし、第一、そんな気持ちの悪いことを言って、うとまれることをするほど光一君を嫌っているわけでもなかった。むしろ仲のいい友人だった。百歩譲って、友人がからかっているとしたら、目の中にいるのは、鬼でも狸でもゴジラでもいいはずだった。それが、なぜか狐だったのである。

狐が目の中にいるかいないかはともかく、イタコさんがいると言うなら、来てもらってお祓いをし、連れ帰ってもらおうということになった。

イタコさんは高齢で目が不自由だったが、一人電車でやってきた。一晩泊まってお祓いをし、誰にも見えなかったが、背中に狐を背負い、また電車で帰って行った。青森の山に放してやるのだそうで、二、三日して、狐は無事、岩木山の雪山に帰って行ったという報せが届いた。

イタコさんは、狐憑きをお祓いすると、何かの本で読んだことがあるから、狐がいるというのは、そう珍しい表現ではないのかも知れないが、この見えない狐を巡って、光一君の家族も私も、半信半疑ながら、日が経つに連れ、段々狐が見えるような気持ちになって行ったのが不思議だった。イタコさんが背中に背負って、家を出た時には、何かしらほっとした。これで晴れやかな気持ちになれると、誰も口にはしなかったが、心配事が軽くなった気がしたのだった。

狐を信じるというより、狐の形をした心配事を、イタコさんが背負って行ってくれたからで、そういう心の病の治し方をするのかも知れない。精神分析は、患者からいろんなことを聞き、その原因を探り出して治療する。ところがイタコさんは、何も聞かないし、原因を探ったりもしない。原因は狐だから、狐を連れ出せばいいのである。なんとシンプルで、楽な治療だろう。あとは、信じる力があれば、救われる力も大きくなるだけである。この信じる力の弱い私は、やはり迷信だと、心の底では思っているから、なかなか心の悩みが救われない気がするが、病院に行くようなことになったら、いっそイタコさんの方がいいかも知れない、その時は、イタコさんに狐を連れて行ってもらおうと、ちらっと思ってみたりはしている。

さて、光一君はすっかり元気になった。会社をやめ、今は歯医者さんになろうと、編入試験をうけて歯学部の学生になってしまった。もともと仕事が合わなかったのだから、好きな道を行けば、元気になるのも当たり前だし、小さい頃から医者になりたかったのだから、今度の狐事件は、彼にとってとても良い転機になったと思う。

だが、だいぶたって、上野駅でばったり彼と出会った瞬間、どきっとした。彼はガールフレンドと一緒だったのだが、その女の子が、どことなく狐に似て見えたのだった。というより、狐と手を繋いで立っている気がして、ぞくっとした。

もちろん、単なる錯覚かも知れない。だが、この時以来、鏡の中の自分の目は深く覗かないことにしている。

（『朝』十号、一九九五年三月）

臥待月

なんにも無いのは気持ちがいい。

後ろの家がとり壊され、今まで日陰だった座敷の窓から風や光が入るようになった。なかなかいいじゃないか。他人の不幸はわが家の幸福だよと、夫の高彦は湯上りのほてった身体を窓のそばで冷ましながら、気持ちよさそうに空き地を眺めていたが、ほんとうにそうだった。日が差さなくてじめじめしていた裏の土が乾き、花の付きが悪かったツバキやウメやサザンカもなんとなく勢いが増したようになったから、今年の冬はたくさんの花を付けてくれるかも知れない。

それにすぐにでも新しい家が建ちそうなことを近所の奥さんたちが言っていたが、いつのまにかそんな話は立ち消えになり、まだ当分建ちそうにない感じだ。どうぞ、いつまでも家が建ちませんように。夏、家が壊された頃、娘の可奈子と一緒に海へ行った帰り、通りすがりにあった小さな神社にお祈りしてきたから、その御利益がまだ続いているのかも知れない。

しばらくは可奈子と顔を合わせると互いに合掌しあい、呪文のように、どうぞ誰も来ませんように、どうぞ後ろに家が建ちませんようにと唱え、笑い合っていた。「阿夫利神社」と書いてあったから、可奈子は「阿夫利の神様」と呼んでいる。

ママ、誰か来たらね、言ってやろうよ。ここはひどい家が建っていた所でね、家族がバラバラになる不幸があったんだよって。奥さんが血迷ってしまう土地柄なんだよって。血迷うなどという言葉をどこで覚えてきたのか、可奈子は後ろの家の和田さんの奥さんが男と蒸発したことをそんなふうに言い、脅してやるのが一番効き目があるよ、きっと、と。中学一年にしてはマセた言葉を使い、「阿夫利の神様」より効き目があるかもと言うのだ。

もし、本当に誰か土地を見に来たり、家を建てたりする人がいたら、そう言ってやろうかと思う。こっそり囁いてやろう。嫌なヤツだと思われるだろうが、ほんとのことなんだからかまわない。近所中、みんな知っていることで、いずれ耳に入るに決まっているのだから。

不意に、開け放った座敷の窓をこんこん叩く音がした。

網戸の向こうの空き地になった後ろの家の向かいの奥さんが、手招きしながらこっちを覗いている。

「ごめんなさい。こんな所から。でも、ほら、道路をぐるっと回らなくて済むから」

奥さんは消防青年団の会費を集めに回っていた。

「空き地になったからさっぱりしちゃって。風通しがよくなったでしょ」

髪の生え際が右だけたっぷり白くなっている奥さんは、ふふふと笑い、うちもおかげで窓や庭がずいぶん明るくなったわよと、悪いことをこっそり話すような顔で言う。「うちもおんなじ」私も大げさに肩をすくめて見せた。

この辺りはフラットな低地に家が建て込んでいた。どの家も狭い道路を挟んでわずかな敷地を奪い合うように建っている。日当たりがいいのはお日様の角度次第で、風が流れるのは窓ガラスをことことと風が揺するような強風の日ぐらいだった。それが家が一軒欠け、凹地のような空き地になっただけで、はっとするような空間ができたのだった。

午後からは郊外にある大きなショッピングセンターに出かけた。

パッチワークの布を買いに、いつもはめったに行かない「アメリカン・ハウス」という手芸屋さんまで足を延ばした。わざわざ車を飛ばして来たのは、ここには手芸用のこまものがたくさん置いてあるからで、いろんな色の青い布が欲しかったからだ。暮れてゆく薄暗い空を少しずつ重ねて縫うには、たくさんの青い布が必要だった。布を折りアイロンを当て、ミシンをかけ、デザインに合わせ一針ずつ縫って行く。狂わないように、ズレないように、息を止める速度で針を刺し糸を引く。三ミリの返し布が透けないように気を使い、三ミリの幅が揺れないように待ち針を打つ。並んだ待ち針のたくさんのとがった針先は、光を留めるようにいつも美しく輝いている。

作っているのは「サマンサの月」と自分でかってに名づけた壁掛けだった。薄暗い夜の青さの空に黄色い月がかかり、深い森と田畑の間に一軒の家がある。家の窓には影絵のような女の横顔が見え、女は一人針仕事をしている。しんとした森、星のない空、枯れかかった夜の田畑。そんな絵を作るつもりだった。

　ママ、そんな面倒くさいことよくできるわね。家中、パッチワークだらけじゃない。いいんだよ。好きなようにしたらいいさ。後ろの家の奥さんみたいに、暇を持てあましてあんなことになったら、一家崩壊だよと、可奈子も高彦も、根をつめて縫い、ポットカバーやランチョンマットや、可奈子のお弁当入れやウォールポケットなど、いろんな物を作り続けることを、からかったり笑ったりしているが、作ることを休んだり止めたりすると、他に何をしたらいいのかうまく思いつかないのだった。

　青い布。それも一番濃い青が水に溶けるように、少しずつ薄くなって行くような、色の変化をそのまま布にしたたくさんの青い布。人の気持ちの変わり具合のようなわずかな色の違いがあるもの。「アメリカン・ハウス」のたくさん並んだ端布の棚を眺め、手に取り色を重ね合わせているると、誰かが背中をぽんと叩いた。

　振り返ると、太った白い頬が横に広がったような女の人がうっすら笑って立っていた。

　後ろの家を壊し、空き地を作ってくれたという意味で〈救世主〉だわね、と近所の奥さんたちとたまに思い出したように話したりしている、田原静枝だった。

「こんにちは……」

　私はびっくりし、口ごもるように言った。思いがけない人と偶然会ったというより、彼女だったからよけいに驚いたのだ。彼女は〈変な人〉と近所の奥さんたち言われていた。その〈変な人〉に肩を叩かれ、親しげに微笑まれると、ちっとも親しくないだけにどういう顔をしていいのかわからない。

「偶然ね、こんな所で会うなんて」

「ええ……」

「ちょっと通りすがりに見かけたもんだから……。ねぇ、後ろの家、壊れてなくなったんですって？」

ねぇ……というところから声を低め、静枝は囁くように聞いた。相変わらず派手な身なりで、赤く染めた短い髪の縁からメタル色のイヤリングが、動物の鼻輪を連想させる大きさで揺れながら下がっている。黄色い花模様のワンピースに包まれた身体も、白いたっぷりした肉が内側の圧力に負け、ゆるゆるはみ出てきそうなほど横に膨らんでいる。

「人づてに聞いたのよ。ほんとになくなったのね」

「ええ……」

「じゃ、今度見に行かなくちゃね」

家が壊されたのは夏の暑い盛りで、あれからもう二ヶ月近くたっている。静枝がふらりとうちの町内に現われたのは風の強い春先だったから、それから数えると半年がたってしまった。その間、何度か彼女の姿を見たという話が、まるで、スターのゴシップを噂するような口調で話されていたから、てっきり彼女は家が壊された跡も見に来たと思っていたが、そうではなかったのかも知れない。

「きれいさっぱりなくなったわよ」

私は少し皮肉を込めて言ってやった。彼女にそんなに意地の悪い気持ちを持っているわけではないが、つい、そういう口調になってしまうのだ。彼女は家を壊した〈救世主〉のようなものだったが、風や光のためにだけ彼女のやり方に賛成する人はいなかったし、心のどこかでは彼女の気持ちがわかるものの、誰も彼女には同情する気になれないのだった。優しくなれそうにもないが、気持ちはわかる。わかるけれど、どこか人の気持ちをさかなでする。きっと彼女が太っていて、肉感的で、濡れたような女っぽい女をきつい香水のようにかもしているせいかも知れない。

「そう。そのうちに、見に行くわ」

静枝はむっちりした腕を振りさよならという仕草をすると、白い顔の中で赤い唇だけがぼって
り浮いて見える口元に笑みを浮かべ、ワンピースの裾をひらひらさせながらエスカレーターの方へ歩いて行った。

私は青い布を持ってレジの方に行きながら、ふと、気になってもう一度エスカレーターの方を振り返った。いきなり会って、一瞬、ほんとに彼女だったんだろうかと不安な気がしたからだった。

エスカレーターで降りて行く彼女の赤く染めた髪が見えた。赤い髪がゆっくり下がり、沈むようにもう一つ実感がない。

田原静枝が玄関先にやってきた午後は、ひどい風の日で私はパッチワークの布を切り、一つ一つアイロンを当てていた。

家の中は外の風の音のせいか、空気がわずかに渦を巻いているような気配で、誰もいないのに、

部屋のそこかしこに砂が動くようなざらざらした感じがあった。

アイロンの熱できれいにのされる布を丁寧に箱に納め、魚の鱗のように重ね合わせ、積まれて行く布の色模様を見ながら、高彦は今日も遅いのだろうか、ほんとに仕事なんだろうかとぼんやり考えていた。どこがどうとははっきりしないが、ある日、ふと気がつくと、高彦が家ではほとんど喋らなくなっていた。もともと口数は少ない方だったが、遅く家に帰って来て寝て会社に行き、休日はゴルフに行く。休みに家に居るときでも、テレビを見ているかごろごろしながら本を読んでいるかで、一緒に買い物に行くこともなくなった。

下宿人のようになった高彦が、なんだかいつもと違うように見えたのは、どういうわけだろうか。身体が触れ合うことが少しずつ遠のいて行ったせいだろうか。高彦が夜遅いことや家に居ないことに慣れ、慣れていることに突然気がついてしまったせいだろうか。

そんなことを思いながら布を切り、布を積み、ああ、これは高彦がむかし好きで着ていたボタンダウンのシャツから裂いたはぎれだと、時間を遡るように、高彦の若い頃を思ったりしていると、玄関のチャイムが風の音の隙間に響くように鳴った。

出てみると見知らぬ女の人だった。

「あの、私、こういうものですが、後ろの和田さんの奥さんのことで、ちょっとお話があって来たんですけど……」

名刺には大手の保険会社の名前の下に、田原静枝とあった。風にあおられるように入ってきた静枝の赤い髪は風の方向に毛先が散っていた。

彼女は今日はひどい風だとか、後ろの和田の家の四季咲きのバラは誰が手入れしているんだろう、せっかくの花がこの風に無残に散ってしまったとか、この辺りはどこも庭木が多くてたたずまいが落ち着いているなどと言いながら、下げていたバッグから保険のセールス用の、料理のレシピカードやティッシュやかわいい漫画の絵のタオルを取り出し、私の膝に押しつけるように渡すのも忘れなかった。

「あのね、後ろの和田さんの奥さん、奥さんのことご存知ですよね」

急に静枝が声を低め、玄関のたたきに膝を突きながら身を乗り出した。太っているせいで中腰になっているのが辛くなったのだろう。だが、私は反射的に背を反らした。まぢかにくっつくようになった静枝の顔や、不意に縮まった距離にどきりとしたのだった。息がかかりそうな距離は、歯の痛みに似てどこかいらだたしかった。

だが、そんなことにはおかまいなく、「和田さんの奥さん、男と駆け落ちしたんですよ」と囁いた。

「えっ?」

私は聞き返し、「冗談でしょ」と笑った。

「ほんとですよ。うちの主人と逃げたんだから、ほんとよ」

静枝はハーフコートの下にあるたぶん豊かに違いない胸をたっぷり揺するように息をつき、ゆっくり言った。へーえ。私は大げさに二、三度うなずいた。自分ではわからなかったが、きっと好奇心がむき出しになった顔をしていたのかも知れない。

「うちの主人は板前をしていたんですよ。朝の仕入れが終わると夕方まで昼間時間があるでしょ。あの奥さんね、昼間、うちに来ていたんです。私、ほら、保険で昼間いないから。それが、私が知っても、ちょくちょく来て、寝て帰るの」

私は聞きながら眉をひそめた。おかしな人だ。なぜこんな話を見ず知らずの人にするんだろう。そう思ったが、気持ちのもうかたほうは自然に彼女の話の続きを聞きたがっていた。

あの奥さんね、平気なの。私がいても平気で寝て行くのよ。止めなさいって言ったら、ほら、夫が私の髪のここんとこ摑んで、引き回したの。イタイ、イタイって叫んだら、あの奥さん笑ってたのよ。静枝は頭の右の方をふっくらした指で差し、私の目の前に頭を差し出した。ね、見てよ、と言っているように聞こえ、覗き込むと染めた髪の根もとの黒い毛の間に薄く血が固まったようにあざができ、そこの所が気味悪く熱を帯びたように腫れていた。髪がごっそり抜けたのよとも言ったが、地肌には黒く堅そうな髪の毛が肉付きのいい身体と同じように、豊かに生え揃っている。

「信じられない……」

信じているとかいないとかではなく、静枝の言っていることに対し、そのまま肯定することがはばかられ、そういう言葉が口をついて出た。

「ほんとよ、だからいなくなったのよ」

静枝はうなずきながら言った。そういえば、ここしばらく姿を見ていないような気もするが、今までだって、別に親しくはなかったし、会えば挨拶する程度だったから、居ても居なくても気がつかないのだった。

「あの奥さんもう五十に手が届くのよ。夫より七つも上で、私とは九つも違うのよ。それなのにねえ……」

静枝は不意に言葉を詰まらせた。それなのに……の後は、もういい年をした婆さんなのに、と言いたげで、そのいい年をした女にあっさり夫を奪われたことに腹を立てているようだった。目を潤ませているのはたぶん、くやし涙の方だ。

私は静枝と見比べるように和田の奥さんの顔を思い浮かべた。

和田の奥さんは静枝に比べると、うんと地味な人だった。身体も瘦せて小さく、顎が少ししゃくれてとがっている。とても男好きのする顔立ちに見えないが、家を出て逃げたと言われれば、意外な気もするが、そうかも知れないという気もする。おとなしい感じの人だが、どこか頑固そうに見えたし、神経質そうに庭のダンゴ虫に除虫薬を振りかけていた姿は、彼女の庭の手入れのいいバラのように潔癖すぎる気がした。

だが、静枝の話した、彼女が髪をつかんで引き回される惨めな姿を見て、和田の奥さんが笑っていたという奥さんの笑い顔はまるで想像できない。和田の奥さんの笑い顔は、思い浮かべるはしから別の人の顔になってしまう。彼女によく似た誰かのような感じになるのだ。

「奥さん、どこに行ったのかしら……」

ふと、静枝と奥さんの行方が気になった。どこに行ったのかどうでもいいといえばいいのだが、他の誰かのようになった感じの奥さんと逃げて行くとしたら、どこだろうと興味を持った。そして、そう聞きながらどこか遠い世界を想像していた。

「さあ。どこに行ったのか、私が知りたいぐらいだわ。でもね、あの奥さんあんないやらしいことが平気でできるんだから、もう地獄に落ちたもおんなじよ。人間じゃないわよ」

静枝は語気を強めた。彼女は奥さんを憎み、その憎んでいることを印象づけたがっているように見える。

静枝はその後、奥さんがどんなに悪い人か、だらしなくご飯を食べるか、趣味の悪い服を着ているかなどいろいろ喋り、「さあ、もう行かなくちゃ」というと一泣きしたあとのすっきりした顔で風の中に出て行った。

彼女が帰ると、玄関にねっとりした甘い香水の匂いが残った。熟れた花がべったり付くような匂いだった。

私は急いでたたきに下り、そっとドアを開け彼女が帰った方を見た。急になんの前ぶれもなくやって来て、男と抱きあったり、ご飯を食べたりする和田の奥さんの話をして帰った静枝が、ふと、ほんとうにやって来たんだろうかと、不安な気がしたからだった。彼女がほんとうに来たのかどうか、まだ半分くらい信じられない気持ちだった。

だが、静枝はたっぷりした広い肩をまっすぐ起こし、風にさからうように歩いていた。短く赤い髪を房のように立てながら、突き当たりの角を曲がって行った。

和田の奥さんがご飯を食べている姿は、笑っている姿と違って想像できた。あの顎のしゃくれた小さな口に黙々とご飯を詰め込んでいる姿だ。誰がご飯を炊いたのだろう。板前だと言っていたご主人だろうか。それとも静枝だろうか。

静枝が腹を立て、口惜しさでののしりながらご飯を炊き、それを和田の奥さんが男と抱き合った後のしどけない格好で、表情を変えず、黙々と食べている。それもお腹一杯になるほどたっぷり食べている。なんだかそういう気がする。その方が自然な気がする。弱い方が結局、ご飯を炊くに違いないのだから。

静枝が現われてからしばらくすると、彼女のことはまたたく間に近所の噂になった。

彼女は和田の家を中心に、大きな円を描き、その円の中にすっぽり入る家、一軒、一軒に私の家で話したことと同じようなことを触れて歩いていたのだった。

「あの変な人、うちにも来たわよ、凄いこと話して行ったわよ」「何考えてんのかしらね、ちょっと不気味よ」「普通、あそこまでやる？　そりゃ、頭には来るけど、恥も外聞もあるじゃない？」「和田さんの奥さんて、けっこう見かけによらないものね。女は魔物っていうじゃない、うちの亭主にたっぷり言い聞かせてやったわよ」と近所の奥さんたちの囁きは、和田の家の回りを波のように取り巻き、何日もかけて一軒一軒に話をして行った彼女の〈情熱〉を気味悪がった。

ただ、どういうわけか、静枝は和田家には直接そんな話をしに立ち寄ってはいないようだった。

「こんなこと、いくらなんでもご主人や子供たちには話せないわよ」と言っていたそうだから、それはほんとうなのだろう。〈変な人〉でもそれなりの常識はあるんだと、近所の奥さんたちは笑いながら、それでも少しは感心したような口ぶりで喋っていたから。

静枝の振り撒いた話が和田家の人の耳にでも入ったのだろうか、そのうち、夜になっても和田の家の窓に明かりが点らなくなった。雨戸も開けられなくなり、和田のご主人も大学生の息子も高校生の娘も、姿を見せなくなり、消えるようにひっそりいなくなった。奥さんがいなくなってもしばらくは何事もないように、家族で休日に車を洗ったりしていたが、いなくなってみると、ああやって引っ越しの準備をしていたのかも知れないと、和田の家の隣の奥さんは、「うちには一言ぐらい挨拶があってもよさそうなものなのに……」と不満そうにつけ加えながらそう言っていた。

その和田の家が取り壊されたのは、可奈子が夏休みに入ってすぐの朝だった。

可奈子は夫の実家に泊まりがけで遊びに行き、二日前から留守だった。久しぶりに子供のいない暮らしになり、私と高彦は可奈子を巡って短い会話を交わすようになった。かといって、特別どうということもないのだが、可奈子の不在が私たちに可奈子のことを意識させ、そのことを話題に可奈子の顔や形やくせを撫でているような気分になるのだった。互いの子供だからというより。退屈さをまぎらわせるように可奈子の事を話題にし、話題にすることでお互いの感情に触れているような気がしていた。

その日の朝は、私たちは同じベッドでうつらうつらしていた。可奈子がいないせいで、なんとなく一緒に休もうということになり、肩を寄せあって眠ったのだった。

高彦が私を庇うように腕を回し、私はエアコンのかすかな音を聞きながら、夢を見ていた。

かんかんと鐘が鳴る中を、遠くに行っていた高彦が帰って来て玄関先に立ち、私に「悪かった」と呟くように言っている夢だった。

私は「何が悪かったの？　ねえ、悪いって、何よ。ちゃんとはっきり言って。卑怯じゃない」

私は作りかけのパッチワークの布を持ち、布の端に止めてある待ち針で刺したら痛いだろうなと、頭の隅で思いながら高彦をかなきり声でなじっているのだ。

高彦がいつの頃からか浮気し、しばらく続き、そして戻って来た。そのことがちゃんとわかっていた。わかっているのに、彼に何もかも言わせたがっていた。「ちゃんと言いなさいよ」だんまりを決め込んでいる高彦に、待ち針のいっぱいささった布を投げようとして、自分で悲鳴を上げ、その声にならない悲鳴の怖さにはっと目が覚めた。

目が覚めてもどこかに針を刺したような痛みが残っていた。夢の中で刺してもいなかったのに、金具でこすったような痛みがある。彼の指のリングが脇の柔らかな肉に当たっているのだった。

ずいぶん身体に力が入っていたのだと、ようやくわかり緊張をほぐすように一人笑った。

かんかんと金具を打ちつける音は、鐘の音ではなく外からだった。鉄パイプを打つような音は、後ろの和田の家から聞こえてきた。

まだ眠っている高彦の重い腕をはずし、ベッドから降りるとワンピースを急いで着た。

座敷の窓を開けると防塵ネットを張っているヘルメットを被った男の人が、すぐそこにいた。建物で見えないが、道路には大きい車も入っているらしく高いエンジンやモーターの音も聞こえる。

「すいません、何が始まるんですか？」

足場のボルトを締めていた男の人が顔を上げ、ひょいと肩をすくめた。色が浅黒く、彫りの深い顔は日本人ではなかった。パキスタンかイランか、いずれにしろ中近東系の顔で、私たちと同じ東洋人の遺伝子はどこにも入っていない立派な顔立ちだ。彼は言葉がわからないらしく、黙ってボルトを締め続けた。

サンダルをつっかけ、和田の家の通りまでぐるっと回ると、大きなショベルカーやトラックが止まっていて、遠巻きに近所の奥さんたちが眺めている。

「家を壊すらしいわよ」

「まだ充分使えるのに、もったいないわね」

家を壊す作業はショベルカーの黄色いアームの一撃で始まった。大きな音がし、叩かれた屋根瓦がばらばら崩れ、今度は二階の板壁を打ち、裂け目に爪を立てゆっくりと皮を剝ぐように壁を引き剝がして行く。壁が剝がれると古い家なのに、生木のような白い木肌が顕（あらわ）になり、その白さが悶えるように浮き立って見える。埃が舞い、次はその埃の後からいろんな物が転がり落ちてきた。

「ねぇ、まだ家の中にいろんな物が残っているみたいよ……」

板切れの間に引きちぎられたカーテンや、プラスチックの洗剤や、運動靴のかたほうや、蓋のひしゃげたプラスチックの衣装箱などが板や壁土に混じって落ちてきた。粉々になった生活の断片が空から投げ出されているように降り落ち、音を立てて転がって行く。落ちた衣装箱からはみでているのは、和田の奥さんの服のようだ。

ふいにそばにいた女の子が母親の腰にすがりつくように泣き出した。

「あら、どうしたのよ…」

四つぐらいの女の子は、怯えたような眼を一瞬母親に向け、それから太った尻に顔をこすりつけると怒ったように母親を小さなこぶしでぶった。

「怖いのよ。家が壊れるのが……」

「子供にだって、わかるんだわ……」

「こんなふうに捨ててしまって……」

「みんな投げ捨てて行ったのよね……」

和田の家族のことを言っているのか、和田の奥さんのことを言っているのかよくわからないが、雑多に散り積まれて行く生活の断片をそのままにしたようなゴミの山は、和田の家族がばらばらになった姿のように見えた。

家の取り壊しは一日で終わった。夕方には家のあった場所には、廃材や土にまみれたゴミが溢れ、暗くなるまでショベルカーがゴミをすくってトラックに積み込んでいた。

「家なんて、あっけないものね」

「壊れてしまえば何も残らないのよ」

家の用事の合間に、一日中、家が取り壊されるのを見物していた奥さんたちも、さすがに夕方になるとくたびれた顔で戻って行った。

私は夜になってトラックも作業員もいなくなると、座敷の窓を開け、家と家の間に突然生まれた凹地のように和田の家の跡を眺めた。空き地になった家の跡の真ん中辺りにはまだゴミが散乱し、塀や壊された門の縁辺りには雑多な板切れが積まれ、根だやしにされたバラの木や庭木が折り重なるようにうち捨てられている。

「なんだ、まだ眺めているのか」

高彦が風呂上がりのランニングシャツだけの格好で座敷に入ってきた。窓から首を突き出し、「いい風が入るようになったじゃないか」とバスタオルで髪を拭きながら外を見た。薄緑色のネットの向こうは、街灯の明かりが直接差すようになり、さまざまなゴミにくっきりした陰影を与え、あっちこっちでガラスの破片やステンレスの破片がきらきら光っている。

「こういうのを、現代では〈兵(つわもの)どもが夢の跡〉って言うんだろうな。安サラリーマンがえいえいとローンを払って手に入れたマイホームなのにさ……」

「ほんとにね。哀れなものね」

「何が？」

「家よ。家。家があるから人は帰って来るのに……」

家がなくなったら、もう誰も戻れないのだ。

翌日、ユンボが入ってきれいに地ならしされ、二日前に家が建っていたことなど想像できないほどの更地になった。

田原静枝と偶然出あってから四日がたった。

私は座敷でアイロンをかけていた。可奈子は塾に行っていたし、高彦もまだ帰ってなかった。

家の中は静かで、キッチンのダイニングテーブルに乗せた高彦の夕食の上を小さな羽虫が二匹、埃のように舞っている。たぶん高彦はもう外で夕食を済ませて来るだろう。そろそろかたづけようか。そう思い、腰を浮かしかけると、座敷の窓をこつこつ叩く音がした。ガラスを打つ音は、ふざけているかのように、軽快に鳴った。

反射的に時計を見た。もう九時近い。こんな時間に誰だろう。

ふと、静枝のような気がした。なぜだか彼女の顔が浮かんだ。

窓を引くとほんとにそうだった。

「ごめんなさい。こんな時間に」

彼女は窓の縁にもたれ、中をチラッと覗き込みながら、ふふふ、と笑った。ぷんとアルコールの生温かい匂いがする。酔っているようだ。

「見に来たのよ。見に来てやったわよ」

静枝は、さあ、と言うように腕を開き、空き地になった和田の家の跡を眺めた。

「飲んでいるの？」

「少しね」

少しではなくたっぷり飲んでいるのは、身体の方によく表れていた。太った身体がわずかに揺れている。

「ねえ、いい月よ」

空には白く丸い月がかかっていた。向こうが透けて見えるような冴えた白さだ。月を見あげるのは久しぶりだった。秋のきれいな月が、和田の家の跡のくろぐろした土の上にあった。隣家の間に挟まれたぽっかりあいた空間に、月明かりがたまって見えた。

「ほんとに何もなくなったのね」

「ええ。すっかりきれいになって……」

あなたがそうしたんじゃない。そう言ってやりたかったが、止めておいた。壊れた後で言っても仕方がなかった。

「ねえ、こっちに出てこない？」

「えっ？」

「お月見やろうよ。風流じゃない。壊された家の跡地でさ、お月見やろうよ。おだんごの替わりにさ、おまんじゅう買って来たのよ」

静枝はにっこり笑うと外交用の大きなカバンからパンフレットを取り出し、一枚ずつ開いて並べ始めた。太い腰を折り、地面に片手をついて自分の身体を支えながら、保険のパンフレットを濡れたように黒く光っている土の上に置いてゆく。パンフレットの赤や青のグラフや絵が薄暗りの中に浮き、その一つ一つに小石を拾って乗せる。

〈あたしをおいていかないで〉

静枝は鼻にかかる甘い声で歌いながら、パンフレットを丹念に広げていたが、いちいちカバンから紙を取り出すのが面倒になったのか、カバンを両手で振り、いきなり中身をバラバラぶちまけた。ファイルやテッィシュやビニール袋が黒い土にま新しいゴミのように散った。

〈こころだけつれていかないで〉

静枝は地面の間からパンフレットを拾ってはまた地面にのろのろ広げていく。

「さあできた。いいむしろでしょう」

静枝は凹みのように家の跡地に紙むしろを作ると疲れたように腰を下ろし、振り返って手招いた。

「ねぇ、一人じゃさみしいわよ。来ない？」

私は首を振った。

「そう。じゃ、一人でやるか。中秋の名月だからさ……」

静枝は足を投げ出し、歌いながら月を見上げた。穴の底から見上げているような丸い月は、ほんとうは少し欠けている。満月から今日は三日たっていた。今日の月は〈臥待月（ふしまちづき）〉、一番きれいな月ではなかった。

静枝は保険のパンフレットの上で肩を揺らし、低く歌い続けている。青い棒グラフの模様は、人が生きる年数だろうか、それとも死ぬまでの時間の平均値だろうか。静枝はそのパンフレットの上に膝のまんじゅうを一つ、一つていねいに並べ始めた。


（『朝』七号、一九九三年四月）

蓬

「蓬、摘みに行かない？」

二階から降りて来た槇が出し抜けに聞いた。もうそのつもりらしく、手に春ものの緑色の帽子を持っている。

「そうね……」

弓子は読みかけの新聞を置き、ちょっと迷った。蓬など摘んだことはなかったし、雑草と蓬ぐらいの見分けはつくものの、あまり気乗りはしない。夫と子供のいないせっかくの一人の時間を、母の槇の実家に呼び出されたことさえ、もったいないような気がしていたのだが、仕方がない。

秋彦さんも鷹実もいないんだったら、たまにはうちに来ればいい。そうしなさい、と、わざわざ電話で言って来た。一人暮らしをさせているという、負い目や、やはり寂しいに違いないという気持ちもあって、来たのだった。

「遠くないわよ。すぐそばの土手よ。来年にはそこに家が建つらしいから、今年一杯ね」

槇は渋り顔の弓子を促すように言った。

「じゃ、行こうか……」

弓子は腰を上げげた。今日泊まって、明日の午前中には車で帰る。その間ぐらいは、槇の好きなようにつきあって上げよう。一人暮らしになって二年にもなるのだ。弓子がそばに居るだけでいいのかも知れない。

外はいい天気だった。わずかな風が少し冷たかったが、気持ちがいいほど空が晴れている。スーパーのビニール袋を持ち、新しい軍手をはめた槇がゆっくり坂道を下り、その後ろから弓子がぶらぶら付いて行く。槇の太った広い背中や腰が歩くたびに頼りなく揺れる。しばらく見ないうちに、肩の辺りが緩やかに曲がり始めたようだ。もうじき六十三になる。一人で暮らしていると、自然に身体も前に屈むのだろうか。

「蓬だんごでも作ろうかね」

槇が振り返って弓子を待ちながら、嬉しそうな顔をした。

「そうね……」

弓子は軽くうなずき、誰が食べるんだろう？　と皮肉っぽく思った。小学校の鷹実はアンコは嫌いだし、秋彦と一緒に実家に二泊三日で帰っていて、今はいない。弓子も一つ食べればたくさんだ。槇はおはぎやだんごをたくさん作っても、自分では一つか二つぐらいしか食べない。

「あんた、小さい頃、好きだったから」

弓子は思わず笑った。槇が弓子の好物だと思い込んでいるようなのだ。小さい頃好きだったという記憶はないが、たぶん喜んで食べた時期があったのかも知れない。そういうときの子供の嬉しそうな顔の記憶を、弓子が久しぶりに遊びに来て、ふと思い出したのだろうか。

「あそこよ」

坂道を下り切った槇が、凹地を取り巻く斜面を指差した。住宅地の間に、置き忘れられたような擂鉢状の空き地が残っていた。その鉢の底のような凹みや斜面が春の日差しに洗われ、黄色いたんぽぽやれんげや野草を茂らせている。近所の花好きの人が植えたのだろうか、それともどこかから飛んで来た種が根づいて繁殖したのだろうか、瘦せた丈の低い菜の花が黄色い花群を作っている。

片側の斜面にはまだ雑木林の名残があり、雑多な灌木がおい茂り、灌木の茂みは雛壇になった住宅地の後ろに回り込むように小さな山の頂きへとつながっている。

「まあ、裾の辺りのはダメだわ。みんな摘まれてる。あの木のそば辺りがいいかも知れない」

槇が腰を屈め、地面を探るように見ながら指で草を拾い上げる。

「ほら、こんなふうに柔らかい、きれいなのを摘んでちょうだい」

「わかった」

弓子もしゃがんで蓬を捜しにかかった。背中に春の日が当り、暖かく気持ちがいい。

槇と草を摘みに出るなんて、何年ぶりだろうか。振り返るように記憶を探ってみるが、思い出せないし、何も浮かんで来ない。そういえば、草を摘むだけでなく、どこかへふらりと出たような記憶もない。こうやって、改めて考えてみると、散歩すらしたことがないような気がする。長い間、親娘で暮らして来たのに、こんふうにのどかな戸外の時間を持ったことがないような感じだ。

覚えていないだけで、そういう時間はたぶんあったのだろう。覚えていない無数ののどかな時間が。もっとも、槇とどこかへ遊びに行ったことも、映画を見たり外で食事をしたこともない。もの心ついたときから、そういう所へ連れて行ってくれたのは死んだ父親の方だった。なぜだか、槇は一緒ではなかった。槇自身も出かけたことなど、たぶんなかったのだろう。家の中で湿った古い座布団のように、畳にぺたんと尻をついていた槇の姿だけが浮かんで来る。

あっ！　槇が声を上げ、草の斜面をずるりと滑った。スカートの裾がめくれ、服に隠れていた白く太い足が顕になった。

「だいじょうぶ」

弓子が慌てて抱え起こした。

そうだ。昔、こんなことがどこかであったような気がする。似た光景を経験したことのように感じるあの一瞬の記憶と違って、懐かしい思い出のように確かな記憶があるのだ。どこでだったのだろう？

「草で滑って……」

槇が照れたように笑い、スカートに泥が付いていないか後ろを覗き込む。そうだ、槇はあのときもこんな仕草をし、草で滑ってと言った。いや、そうは言わなかったかも知れないが、あのときとよく似ている。それにスカートがめくれて太腿が見えたのも同じだ。夜の暗がりの中だったがはっきり見えた。

蓬摘みではなかった。槇の後ろを付いて歩き、山へ上って行ったのだ。螢を見に。

弓子は、十センチばかりの蓬の若い芽を指先で摘んだ。広がった若草の葉の裏が、綿毛のような銀色に被われ、光に透かすと、けば立って見える。

この草と同じように螢はきれいだった。光が暗闇の中を舞っていた。小学校の四年の時の夏で、槇が急に、螢の巣を見に行こうと近くの龍神池に出かけたのだ。懐中電灯を持って山に上った。危ないから行ってはいけないと言われていた龍神池に、行ったのだ。

あの夜も槇の背中を見ながら、夜露に濡れた草を踏み、息を切らして歩いた。槇は黙ってどんどん上って行った。その途中、さっきと同じように、槇が滑った。懐中電灯の光輪がふわりと弧を描き、黒い木立の間を流れた。だいじょうぶ？　槇の大きな身体は手に余ったが、太い腕を支えてやったように思う。だいじょうぶよ。槇の顔の中で白い歯だけがくっきり見えた。

それからまた、歩き出した。

水の音が聞こえて来た。池に行く途中には、清水の湧く洞穴や小さな川が走っていた。槇が足を止め弓子を抱くように引き寄せた。螢がいた。泉の水が下の田んぼに下りて行く小さな川の縁の上を、螢が無数に飛んでいた。青白い光の群れは、歌うように飛び交い、ゆっくり明滅を繰り返している。螢は川の底にもいた。せせらぎが夜の底に響く浅い川底の、縁から伸びた草の葉に、まるで生み落とされたばかりの昆虫の卵のようにびっしり付き、思い思いの速度で光っていた。

槇が手を伸ばし、片手で螢をむしるように捕まえた。数匹の螢が槇の手籠の中で光った。指の間から漏れる光はひどく優しげで、槇の手が揺れると光も揺れた。不意に、槇が笑い出した。笑いながら手を放った。放たれた螢はふわふわ飛んで行き、光る粉を振り撒いたようにきらきらと輝く群れに混じって行った。

おーい。槇が急にびっくりするような大声を出した。声は夜の木々の間に反響しあい、震えながら飛び交う螢を追うように散って行った。弓子も真似をしておーいと声を上げた。おーい。おーい。おーい。おーい。力一杯の声を上げ、何度も何度も叫び呼んだ。それから帰って来た。

槇はそのことを覚えているだろうか？

「ねえ、お母さん、螢を見に行ったこと、覚えてる？」

弓子は熱心に蓬を摘んでいたる槇の、柔らかく曲がり始めた背中に聞いた。

「螢？」

「そう、螢よ。お母さんと二人、見に行ったわよ。大阪に居たときよ」

「さあ、行ったかしら。大阪のあの家の回りは田んぼだったから、螢もウンカも一杯いたしね。見に行ったかも知れないわね」

「螢の巣よ」

「なんで、急にそんなこと聞くの。夏はまだまだ先なのに、なんで螢なのよ」

「ううん。別に。急に思い出しただけ」

「私なんか、大阪のことは思い出したくもない。二度と帰りたくないわね、あんなとこ……」

槇はかがめていた腰を伸ばし、蓬の葉を袋の中に押し込んだ。何を怒っているんだろう。確かに、大阪に居た頃は、槇や死んだ父親たちにとって、何もかもうまく行ってないような時期だった。九州から大阪に出て来て小さな会社を作り、造船所の下請け作業をやっていた。その会社も三年ともたなかった。共同で会社をやっていた相手が、運転資金とためていた利益を全部持ち逃げしてしまったのだった。

槇たちも逃げるしかなかった。会社の二階に寝泊りしていた四人の工員たちを置き去りにして。気の弱いところのあった父親は、ときどきそのときのことを思い出すらしく、弓子、おまえは覚えてないか？　まだ会社が順調に行ってた頃、社員旅行で宝塚に行っただろう？　あの時、酔っ払って小便漏らした爺さんがいたんだが、あの爺さんにだけは金を払ってやりたかったな。高校生の息子が親父の下の世話を一生懸命やってたが、どんな気持ちだったか。あの息子の怒ったような目を思うと、あの爺さんにだけは金をやりたかった。まあ、今頃はもう死んでるかもしらんが、と言っていた。

そういう話をするときの槇は、いつもフンと言う顔をし、父親をばかにしたような目で見ていた。あれからもう何十年もたっているのに、槇はまだ当時のことはあまり思い出したくないらしい。

弓子は自分の摘んだ蓬を槇の袋に入れ、手に下げた。

餅は皿に二山できた。蓬が足りなかったのか、色が少し薄い。餡を包んで小判型に丸めた餅は、食べてみると案外おいしく、弓子はテレビを見ながら二つ目に手を伸ばした。

「ほら、やっぱり食べるじゃない。あんたは小さい頃から好きだったのよ」

槇が弓子のことはなんでも知っているという顔で言う。

「そりゃあ、お腹が空いているんだもの」

「じゃあ、いっぱい食べてよ。これ、お隣に持って行って来るから」

槇がいそいそ出て行った。開け放したままの玄関から、隣家の主婦と話している槇の声が聞こえる。弓子はテレビのチャンネルを換えた。

ニュースをやっていた。

家族七人が一家心中をしようと山の中に入って行き、途中で気が変わり下山したが、母親と三男がはぐれ、三男は自力で下りて来たものの、まだ母親が見つからず、安否が気づかわれるというニュースだった。

弓子は蓬餅を口に含んだまま、画面を見つめた。深い木立がうっそうと茂る富士山の斜面や、土産物屋や警察署前の景色が次々に映し出される。

ふと、背中がひやりとするような気分になった。

「螢を見に、山へ行こう」

槇があの夜、出し抜けにそう言ったのは、螢を見に行きたかったからではなく、死にに行くつもりだったのではないか。龍神池に行くつもりだったのではないか。おーい、おーいと大声で叫んだのは、積もった気持ちを激しい声にして吐き出したのではないだろうか。大阪での思い出したくもないことというのは、この事だったのかも知れない。

もし、草に足を取られず、滑りもせず、槙の気が変わっていなかったら……。

弓子は口の端にはみ出た甘い餡を指ですくい、小皿の縁になすりつけた。

「ほら、お隣からこんな大きいリンゴをいただいたわよ」

槙がさっきまで笑いながら喋っていた、弾んだ笑顔のまま、リンゴを両手に持って入って来た。


（『朝』六号、一九九二年九月）

蝶をみに行きませんか

襟子は下駄箱から底が平らな履きやすいパンプスを出した。休日などたまの散歩に使う靴で、濃い緑のエナメルの色が気に入っている。

「あら、出かけるの？」

庭の夏草を刈っていた母親の令が麦藁帽子のつばをちょっと持ち上げ、声をかけた。右手に持った新しい鎌の先に昼過ぎの日差しが当たり、跳ね返った光が花壇の草花の上をちらちらする。

「うん。ちょっと散歩しようかと思って」

「そう。暑いわよ。帽子か日傘、持って行けば？」

「そうね。傘にしようかしら……」

襟子は玄関に戻り、傘立てから令が使っている日傘を取り上げた。友達と香港に旅行したときに令のお土産に買った傘で、広げるとまっ白な生地にカットワークのバラのししゅうがしてある。手のこんだものだった。

傘を差し家の前の坂道をゆっくり下りて行くと、カットワークの布の切れた所から差しこむ光が、ちょうど胸の辺りに溜まり、歩くたびに息でもしているようにゆらゆら揺れる。「日本ノ女、色ガ白イ。キレイネ。コノ傘、モットキレイニ見エルヨ」派手なシャツの店員がそう言いながらウインクしていたのは、こうやって胸にスポットライトのように日差しが当たる仕掛けのことを言っていたらしい。胸の上に光が差すのは、ほんとにきれいに見えるかも知れない。

七月の始めの日差しは、三時近くとはいえさすがに暑かった。だが、この照りつけるような暑さが襟子にはいいのだった。日に当たることなどめったになかったし、休日もなんとなく家の中でごろごろしているような状態だったから、暑い日差しや蒸されたわずかな風にさらされたくて散歩を思いたったのだ。日差しを浴びると、身体に熱い力が注がれ肌が微熱で湿るのが、心地よいことに思えたのだ。

「あら、こんにちは。お出かけ？」

「ええ」

短いが傾斜のきつい坂を下り切った所で、隣のおばさんに出会った。令の茶飲み友達で、襟子の家にもときどき上がって行く笑い声の大きな人だ。午前中にはスーパーの魚屋で魚をさばくパートに出ているせいか、いつも魚臭い手をしているが、身なりは派手で、今日も赤紫の鮮やかな色のブラウスを着ている。

「今日、会社は？」

「自主休暇にしたの」

「えっ？」

「ズル休み」

それは本当だった。いい天気なのでふと休みたくなって、急な腹痛で医者に行くと、あまりもっともらしい理由とは思えなかったが、そう言って勝手に休んだのだった。

「そりゃあいいわ。たまには人間、休まないと壊れちまうよ」

おばさんは子供のようにVサインを出し、赤い唇を曲げて笑うと、坂の傾斜に負けないぐらい太い足を踏ん張って上がって行った。

そう、寝っててもいいし、好きなようにしてもいいのよ。たまには休みなさい。令もそう言ってくれたし、壊れるほどの年でも一生懸命働いているわけでもないが、ふと、朝、会社に行くのが嫌になったのだ。降ったり曇ったりのうっとおしい梅雨の間のよく晴れた空を見上げたら、こんな日は散歩をして、少し汗をかき、おいしい物を作って、ゆっくりお風呂に入り、のんびりしてみたいと思ったのだ。

休めばそのぶん、同僚の誰かに負担がかかるが、お互いさまだから誰も怒りはしない。

襟子は日傘をくるくる回しながら、人気のない住宅街の路地を歩いた。傘を回すと、胸の光も風を追うように流れる。行き先は家並みが斜面を埋めるように延びた先にある自然公園だった。

自然公園といっても、小高い丘の雑木林をそのまま残しただけのもので、入り口と平らな頂きに壊れかけた木製のベンチが二つずつ、木の枝や夏草に埋もれるように据えてあり、看板がなければ誰も公園だとは思わないような所だ。それでも建て込んだ住宅地で、古い木立が緑の枝を広げているのは、ほっとするほど気持ちがいい。

　ぶらぶら歩いて来て、薄い木綿のブラウスが汗ばんだ頃、公園の入り口に着いた。「なかやまこうえん」と焼き板に白いペンキでかかれた看板が、二、三日前まで降り続けていた雨に土をえぐられたのか土台の所から斜めにかしいでいる。

　それでも杭を打ち、土止めをした階段状の道はだいじょうぶだった。夏草が両側からかぶさっている階段を上り、平らな頂きに出た。振り返ると斜面の底に並んだ家の屋根が見え、道路を挟んだ向かい側にも赤や青の屋根瓦を乗せた色とりどりの家が、オモチャの家のように並んでいる。

　襟子の家はかろうじて一部だけが見えた。向かいの大きな家の脇から、まるでここにも家があるんだと精一杯主張するように、二階の襟子の部屋の窓が見える。薄いグリーンのブラインドを降ろしているせいで、緑の窓になっている。

　不意に車のこすれあう音がした。

　叢の間に中腰になった男の人がいた。そばの大きな桜の下のベンチにグレーの上着とバッグが置いてあり、バッグの上からは枯れ葉色のネクタイが紐のように垂れている。もう少しで地面について汚れてしまいそうだ。

　男の人は草の間で何か、捕まえようとしているみたいだった。

　男の人のまくり上げた白いワイシャツの腕の先から、ひらひら蝶が舞い上がった。鮮やかなオレンジ色の蝶だ。羽の先の方に焦げ茶色の斑点がたくさん付いている。

　蝶は舞い上がると風に踊る花弁のように、揺れながら木立の下生えの間に逃げていった。

男の人がこっちを向き、照れたように笑った。

襟子も慌てて会釈を返した。

「こんなところにも蝶がいるんですね」

男の人は一人ごとのように言い、日向の叢からまぶしそうに目を細め、出て来た。若くはなかった。かといって、年寄りでもない。襟子と似たような年格好に見えるが、きれいに刈り揃えた髪の先が額にかかっているせいか、そこだけ置き忘れたような少年の影が残って見える。

ふと、彼の目が胸の辺りをさ迷ったのに気がついた。光が差しているのが目だったのかも知れない。気恥ずかしかった。

襟子は色が白いね。胸の鎖骨の所がほっそり浮き出ているのが、とてもいい。昔、つきあっていた人がそう言っていた言葉が、急に浮かんで来た。あの頃と今ではひどく違うだろうか……。

「この辺では蝶はよく見かけますか？」

男の人は桜の枝の下に立つと、胸ポケットから煙草を抜き取りくわえた。

「さあ、あまり見かけないと思うけれど、いつも来ているわけじゃないから……」

襟子は微笑んで男の人の肩越しに桜の幹の大きな節の辺りを見た。なんだか落ちつかない。今初めて出会った知らない人なのに、枯れ葉のような黄色い匂いの煙草の煙さえひどく懐かしい気がするし、腕時計のありふれた茶色の皮バンドも好ましい気がして来る。

「今の蝶は、クモガタヒョウモンという蝶で、どこでも見られる蝶なんだけど、数が少ないから案外珍しいんですよ。特にこんな住宅地のそばではね」

「そうですか。蝶がお好きなんですね」

「ええ、きれいでしょう」

「ほんと……」

襟子は蝶が消え去った下草の辺りを眺めた。木立の周囲に生えている枯れた刺のような下草は、踏み分けて行くとあちこちに傷を作りそうに見える。男の人は、それで蝶を追うことを諦めたのかも知れない。

「それにしても今日は暑いですね」

男の人はベンチに腰かけ、襟子が座る空間を作ってやるようにバッグを引き寄せた。はずしたネクタイも握り潰すように丸め、バッグに押し込む。

「ほんとに。気持ちがいいわ。暑くなるのが待ち遠しかったから」

「そうですか？　僕は苦手だが、夏は蝶の季節だから、がまんすることにしてるんです」

男の人はバッグの中からスーパーのビニール袋を取り出し、ポカリスエットの青い缶を襟子の目の高さに差し出した。

「どうぞ」

「でも……」

襟子はちょっとためらった。こんなふうに人からものをもらうのは、子供のとき以来、ほとんどなかったし、知らない人から食べ物をもらうというのが不安な気がした。

「だいじょうぶ。毒なんか入ってやしないし、僕にはこっちがあるんです」

男の人は赤いバドワイザーの缶を出し、プルトップを押し下げるとうまそうに飲んだ。顕になった喉の喉仏がゆっくり上下し、喉を潤すおいしそうな音が聞こえて来そうな感じだ。

襟子はいただきますと小声で言い、その自分の声に勇気づけられたかのように、ぎこちなく彼の隣に腰を下ろした。

ポカリスエットはしばらく置いていたのだろう、冷え切ってはいなかったが、それでも汗ばんだあとの喉にはとても気持ちがいい。

この人はこんなところで何をしているんだろう。

襟子は手の中の青い缶を指でなぞり、彼を見ないようにしながら想像してみた。スーツを着ているからたぶん仕事中なのだろう。その仕事の間に、ちょっとサボってビールを一杯やっているのだろうか。きっと外回りの仕事をしていて、朝から歩いて歩いて、歩き疲れ、ふと、「なかやまこうえん」のそばを通りかかり、山の上まで上ってきたのだろうか。それとも蝶の姿を見かけ、蝶を追いながら上ってきたのかも知れない。暑い季節が嫌いなのも外を回るせいだろうか。

「僕はね、昔、昆虫少年だったんですよ」

彼は親しい人にでも話しかけるようにこっちを向いた。

「それで蝶に詳しいのね」

「そんなに詳しいわけじゃないけど、蝶や昆虫の標本を作るのが好きだったなぁ。小学校、中学校と理科の宿題は虫の観察や標本作りばっかりだった。僕の標本はけっこうきれいでね、一度だけだけど、賞をもらったこともあったんだ」

この人は、今はあんまりうまく行っていないのかも知れない。ふと、そんな気がした。

「どんな標本を作ったの？」

「いろんなものを作ったな。蝶、トンボ、カブトやクワガタ、カミキリ、バッタ、セミ……なんでも標本にして集めるんですよ」

彼は不揃いの虫たちの入った標本箱を思い出したのか、おかしそうに笑い、子供だったからねと付け加えた。

「標本を作るには、虫の形をきれいに整えることが大事なんですよ。あの細い足が一本折れても、だめなんです。そういうときはほんとにがっかりしてしまう。そうだ、どうやって虫をきれいに殺すか知ってる？」

「さあ……」

襟子は見当がつかなかった。それよりも虫を殺すのは怖い気がする。蝶はそれほどでもないが、虫はどこか気持ちが悪い。あの何本ものうごめく足を想像すると、気味が悪いし、セミでもバッタでもよく見ると奇妙な形をしていて、特に柔らかい腹部が震えるように動くと、中に何か異様なものが入っているようで怖い。

「殺すのはね、冷蔵庫でやるんですよ」

「氷らせるの？」

「まさか、肉じゃないんだから」

彼は声を上げて笑った。その笑い声が木々の下を抜けて行く。襟子もつられて笑った。

そうだ。こんな場面がどこかであったような気がする。彼が笑って、襟子も笑った。どういうことのない笑いなのに、おかしいのではなく、気持ちが弾んで仕方がないのだった。

「カブトなどすぐには死なない大物は、ビンに入れ、空気穴を開けた蓋をし、冷凍庫に入れるんですよ。蝶のようなものは三角紙に包んで冷蔵庫に入れる。急激に低い温度になるから、温度差に弱い昆虫はコロリと死ぬんだ」

男の人はビンの大きさを手で示して言った。初めて気がついたが、左の薬指にリングがはまっている。

襟子は冷蔵庫の中の肉や野菜や果物に混じって、小さな広口のガラスビンや、半透明の三角紙が並んでいるのを想像してみた。三角紙から透けて見えるアゲハチョウの黒や、羽のルリ色、鮮やかな黄色や白や青紫。気味悪いくらいきれいな色が並んでいる気がする。虫たちの墓場になった冷蔵庫の棚は、彼の秘密の棚だったのかも知れない。

「蝶は標本にするとほんとにきれいで、とっても神経を使うんだ。蝶は捕虫網にいれた後、上からそっと羽を閉じるように重ね、鱗粉をはがさないように注意しながら、胸の部分を指でつまみきゅっと押してやる。小さな蝶はたいていこれで死ぬんですよ。二日ぐらいして死後硬直が溶けたら、今度と展翅板にピンで止め、形を整えるんだ。日の当たらないところで一ヶ月ほど自然乾燥させてできあがりというわけ」

「ミイラにするのね」

「そう。蝶のミイラ」

彼は白い歯を見せて笑い、バドワイザーの缶を大きな蝶でも潰すみたいに、手で握り、真ん中をへこませた。手の平に押された缶がくにゃりと潰れ、彼は野球のピッチャーのように振りかぶると、空き缶を向かい側のベンチのそばの屑籠に放り投げた。だが缶は屑籠の縁に当たり、澄んだ音を立てて草の間に弾け飛んだ。

「ボール」

襟子がアンパイアの真似をして言ってやった。

「昔からノーコンピッチャーだったから……」

男の人は、さて、というような顔でズボンを払いバッグからネクタイを出した。夏の今の季節には似合わない暗い色だ。奥さんの好みなのだろうか。もう少し夏らしい涼しい色がいいのに。

「もう、帰るの？」

「えっ？」

男の人が慣れた手つきでネクタイを結びながら、けげんな顔で聞いた。

「ううん、なんでもないの。あ、ネクタイが曲がってます」

襟子は結び目をちゃんと襟の真ん中に来るように直してやった。顎と耳の線がつながる辺りに、剃り残した何本かの濃い髭が刺のように立っている。

「ありがとう」

「いいえ、どういたしまして」

連れ立って下りてもいいだろうか。襟子はそう思いながら傘を広げ、先に立った。「なかやまこうえん」の看板のあるところまで一緒に歩いても構わないかも知れない。下まで少し歩きたい。

「きれいな日傘だね」

「香港で買ったの」

「ウラギンシジミの羽の裏みたいだ」

「白いチョウチョ？」

「そう。オスの羽の表はきれいなオレンジ色なんだけど、飛んでるときは裏の白い羽がきらきら光って見えるんだ」

「この辺にいるの？」

「いや、川のそばでクズが生い茂っているような所、食草がクズだから……」

「光るチョウチョなのね。見てみたいな」

「じゃあ、見に行こうか」

襟子は足を止め、振り返った。二段ほど階段を先に下りているので見上げる格好になる。日傘の縁に見下ろしている男の人の、こっちの気持ちを測っているような目が見えた。

「よし、明日、蝶を見に行こうよ」

彼は念を押すように言い、上着に腕を通した。

「行くわ。きっと行く」

襟子は彼の目を見つめ、反射的にそう言った。言ってから顔が赤らむのを感じた。

「ほんとだね」

「ええ」

襟子は嘘じゃないというふうに、強くうなずいて見せた。

不思議だった。いつかどこかで、こういう光景を待っていたような気がした。きれいに晴れた空、強い陽射し、息苦しくなるほどの濃い草や木々の緑の匂い、その蒸れたような匂いの中を時間を忘れ、見知らぬ男と一緒に、蝶を追ってさ迷っている。

襟子たちは「なかやまこうえん」の看板の所に下り来るまでに、明日、朝十時に、この看板の前に彼が車で迎えに来ることや、彼はこれからソーラー湯沸かし器のセールスに回ることなどを話し、「きっと行こう」と約束して別れた。

襟子は叢に腰を下ろし、空を見上げた。昨日よりは薄い雲がかかっているが、かえって蒸すような暑さはひどくなっている。もうさっきから何度も空を見上げ、草の間から下の「なかやまこうえ」の看板を見下ろしている。投げ出した膝の上の帽子はいつのまにか湿った土が付き、薄く汚れてしまった。Gパンにも枯れ草やむしった草の汁がつき、白いショルダーバッグの上には、草で結んで作った冠が置いてある。この冠を作ったおかげで、襟子は指に草の切り傷を二ヶ所も作ってしまった。

「なかやまこうえん」の看板のそばには誰もいない。看板のそばの道を何台かの車が通り過ぎ、小さな子供の手を引いた若い母親や、犬を連れた老人や近所のおばあさんが襟子を不審気に見上げながら、通り過ぎていった。

かすかに朗らかなチャイムが聞こえて来た。近くの小学校のお昼のチャイムで、メロディーはビートルズのオブラディオブラダだ。風向きによって聞こえることもあれば、聞こえないこともあると令が言っていた。

今日はどっちの方向から風が吹いているのだろうか？

襟子はゆっくり腰を上げた。

あれほど約束したのに……。

家に戻ると令が庭の草花に噴霧器で殺虫剤を撒いていた。帽子を被り、手袋をはめ、タオルで口に覆面をしている。

「あら、出かけたんじゃなかったの」

令がびっくりした顔で口のタオルをずらして聞いた。

「止めたの」

「どうして……」

「私、夢を見ていたのかも知れない……」

えっ？　令がきょとんとした顔で聞き返した。

（『朝』六号、一九九二年九月）

兎

　静かな眠りについていた少女は、頰に触れるなま温かい手で眼が醒めた。その前に、少し眼醒めていたような気もした。あるいは、短い夢を見ていたようでもあった。何か大きな物音がし、その音の段々小さくなって行く連続を波に揺られているような感じで、聞き続けていたようにも思えた。それは、板戸が強い風に鳴った後、振幅を縮めながら振り子のように蝶番の音を軋ませているのに似ていた。あるいは茂った木立ちの葉群（はむら）が、銀色の葉裏を翻えしておびただしくさざめき合っているような音だった。硝子戸が細かく震える音も、混じっていたようだ。少女はずっと以前の嵐の夜の気配を思い出した。が、目醒めた今はそんな嵐の夜の感じは少しもなく、冷んやりとする秋口の長い夜が、寝る前と同じように、澄んだ虫の音を高く響かせながら静かに続いているだけだった。

　温かい手は、少女の父のものだった。天井に吊るしてある箱型の電気の傘からは、二燭光の黄ばんだ灯りが漏れていた。父はその真下にいた。黒々とした大きな影の塊のように見えた。眼鏡だけが光の反射で鈍く輝き、薄暗い中で息をひそめている動物の眼のようだった。が、少女は怖いと思わなかった。父がすぐ抱き起こしてくれたからだった。

父の胸に抱かれた少女の頬に、彼の耳と首が触れた。熱く汗ばんだ肌だった。それに匂いがした。父に抱かれるといつも感じる、揮発性の強いペンキの匂いではなかった。嫌な匂いと、少女が呼んでいる独特の饐えた熱い匂いだった。少女は、この匂いが好きではなかった。父がこんな匂いをさせている時は、いつもなにかしら気まずい気配が父と母の間に漂い、やがて激しいいさかいに変わって行ったからだった。父の熱い皮膚と匂いで少女には、父が酔っていることが解った。酔っていることが解ると、不意に不安な気持ちが芽生えて来た。怖いことが起こりそうな予感に、少女は父の腕の中で身を硬くした。オ母サンガマタ怒ルダロウ。オ母サンガブタレテ、マタ泣クノダロウ……。オ母サンハ？　少女は父の胸から顔をあげ、周囲を窺った。が、母のいる気配はなかった。オ母サンハドコニ行ッタノ？　少女が訊こうとする前に、父が少女の耳に囁きかけた。

「ヨシ、兎だぞ。兎がいるぞ……」

父はあぐらをかいた膝の窪みに少女を坐らせると、背後から腕を廻して抱いた。一瞬、少女には何のことか解らなかった。兎？　兎ガイルッテ？　ドコニ。イナイヨ、兎ナンカ……。少女は部屋の隅の、そこだけが暗い夜の続きであるような闇に、眼を凝らした。

「ヨシ、ほらここだよ……」

父は古ぼけたジャンパーの深く大きい内ポケットをまさぐった。

「ほーら」

内ポケットから出た父の手の平には、白い毛のかたまりがあった。不思議な手品のように、小さな小さな兎が乗っていた。長い両耳を背の方に寝かせ、口をもぐもぐ動かしている兎は、少女の瞳の中で真っ白に輝いた。少女はびっくりした。そして不意に心が弾んで来た。眩い幸福に突然出会った気がした。胸が騒いだ。あんまり急激に心が充たされたせいで、かえってかすかな怯えを感じ、すぐには手が出せなかった。小さな震えが、素早く背を駆け抜けた。兎ダ。本当ノ兎ダ。生キテル兎ダ……。

少女はひと呼吸おいてから、おずおずと手を伸ばした。指先が兎の毛に触れた瞬間、兎は驚いて身をよけ父の手の平から転がり落ちた。落ちた兎は、反射的に後ろ脚で思いっきり跳ねた。

「ヨシ！　つかまえろ！」

少女はバッタのように跳ねると、畳の上に鼻面をこすりつけ踊っている兎を、痩せた小さな胸に抱えこんだ。兎はおとなしく、弱々しかった。少女は兎を胸に抱き、一番大事な宝物を手にしたような満足気な微笑で、父の方を振り返った。

父は畳に後ろ手をつき、疲れた顔を少女の方に向けていた。少しも笑ってはいなかった。伸びた硬い髭が、彼の顔を陰気で荒んだ感じに見せていた。先程までの、少女に接していた柔らかな安堵のような微笑や気配は無かった。機嫌の良さが、嘘のように無くなっていた。さっきの夢を見ながら聞いていた音と、何か関係があるのだろうか？　少女は直感でそう思った。いつもの父とは違う。酔って熱い息を吐く時の父は、荒れ狂う猛った風のような勢いがあった。怖い父だった。今は弛緩した顔をぼんやり向け、白っぽい顔の皮膚には怠さが溜まっているようだった。ふと、少女はまた母がいないことを思い出した。

「お母さんは？」

少女は胸に生温かい兎を抱きしめ、不安な声で訊いた。が、父は答えず、黙って立ちあがった。それから隣の茶の間との境の襖を開けた。不意に、冷やかな風が辷り込んで来た。灯りのついた茶の間の、ちょうど少女の眼の高さにある窓の硝子が割れていて、そこから風が吹きこみ色褪せた緑色のカーテンをはためかせていた。そこにも母はいなかった。

「ヨシ、そんなにきつく兎を抱いていると死んでしまうぞ。箱にでも入れてやろう……」

父は棚の上に置かれてある細々とした箱を手に取り、振りながら空箱を探している。少女は茶の間に出ると、台所と間仕切りになった障子をそっと開けた。流しの上に点った黄色い二燭光の明りの中にも、母の姿はなかった。湿った暗い土間の土が、水を撒いたように光っている。

「ね、お母さんは？」

少女は半泣きの声で訊いた。

「お、この箱がいい。手ごろだ。ヨシ、この中に兎を入れよう。」

父は林檎の絵のついたダンボール箱を持って来た。棚の一番隅に乗っていたもので、母が古いセーターをほぐし色とりどりの毛糸玉にして、しまっておいた箱だった。秋口のちょうど今時分になると、それらの毛糸玉を広げ少女の手袋やセーターなどを編み始めてくれた。父は無造作に毛糸玉を放り出した。紅い糸玉がひとつ廊下の方へ転がり出した。

「お母さんどこ行ったの？」

少女はダンボール箱にそっと兎を入れ、父の顔を仰いだ。父と眼が合った。父は少女を睨みつけると不機嫌な声で言った。

「すぐに戻って来る。もう寝ろ」

少女は廊下の方を窺った。閉め切った雨戸に風が当たり、小さく震える音を立てている。少女は、やにわに走り出した。湿った小さな足音をたてて廊下を走り、裸足で玄関に飛び降りると硝子戸をあけた。背後で父の呼ぶ声がする。その声を振り切って庭に出た。そこにも母の姿は無かった。真っ暗な夜が広がり、栗の木がかすかに揺れ、庭木戸が柴垣の間で開いていた。少女は木戸から外へ出た。刈入れのすんだ田の黒い干し藁が、視界を遮るように並んでいる。少女は目を凝らした。見える範囲を母の姿を求めて、くまなく追った。国道をはさんで建っている隣家の屋根、その背後の孟宗竹の林、黄色い常夜燈の点っている雑貨屋、その店の前を流れている小川、遠くまで広がっている田んぼ、その向うの高い土堤の上にある鉄道、背後の山々、広い田の中央を流れ、水の音だけが聞こえて来る川……と少女は感じた。母がいなければ、全ての世界が無限の速さで自分からどんどん遠のいて行き、何も意味を持たないように思えた。オ母サン……少女は低く呟いた。

翌日、少女が眼醒めたのは、昼近くだった。隣家の老婆が起こしてくれたのだった。父はいなかった。多分いつものように勤めに出たのだろう。

「ヨシ、おにぎりこさえて来たからね」

老婆は卓袱台の上に小さな皿を乗せ、布巾をめくった。母が親しくしていた老婆だった。腰が曲がり、野良仕事で節くれだった指の爪にはいつも黒いものがこびりついていた。右の眼が悪いらしく、白く濁り目脂が眼の縁にこびりついていた。少女は、この老婆なら母がどこにいて、どうしているのか知っているだろうと思った。が、聞くことは何故かためらわれた。両親の激しいいさかいの後、裸足で飛び出した母は、この老婆のもとへ救いを求めていつも駆け込んでいた。そんな時は、老婆はいつも母をかばい裏口からそっと逃したり、裏の孟宗竹の林にかくまったりしていたからだった。老婆は母の味方だった。

少女は起きて服を着換えると、卓袱台の上のにぎり飯に手を伸ばした。空腹だった。ひと口食べた。固かった。口の中で何度も噛んだ。噛みながら、ふと兎のことが頭をよぎった。そうだ。兎もきっとお腹が空いているだろう。餌をやらなければ……。

「ヨシ、お茶か？　お茶なら今入れてやるから」立ちあがった少女を見て老婆が言った。

「ううん、兎。兎の餌を……」

「兎？」

少女は茶の間の隅に置いてあった。林檎の絵のついたダンボール箱を両手に抱いて来た。蓋を開けるぷんと異臭が鼻をついた。兎は怯えて箱の隅に寄っている。尿のにじんだ輪の中に、小さな糞が五、六個転がっていた。

「ほんとに兎だね。どうした？」

「昨日の夜お父さんが持って来た」

「夜店ででも買ったのかね。どら、婆ちゃんが兎草を取って来てやるから。にんじんも持って来てやろう。水を呑ませなきゃ、死んでしまうぞ」

老婆は曲がった腰をゆっくり起こし、サンダルをつっかけると外へ出て行った。少女は柔らかな兎の背の毛を撫でながら、ふと老婆の言ったことが気になった。死んでしまうぞ……。少女はぎょっとなった。死んでしまうぞ……。母は死んだのではないだろうか？　老婆のもとへ救いを求めて走っていた母に、老婆はいつもそう言っていたのだ。今に殴り殺されて死んでしまうぞ。そんなお岩みたいな顔になって、ボコボコの頭して、今に死んでしまうぞ……。だが少女には、死んでしまうことがよくわからなかった。母はいつか天国に行くのだと言った。地獄に行くのだとも言った。死んだとしたら、母はどっちに行ったのだろうか？　少女は兎を抱きあげ、小さな指でなま温かい腹にかすかに心臓の音が触れて来る。この兎はまだ生きているのだ。生きてるから、どこへも行けないのだ……。

三日たっても母は帰って来なかった。

四日目の朝、少女は林檎の絵のついたダンボール箱を抱え、田の中ほどを流れている川の方へ歩いて行った。父は朝から酒を飲み、高い鼾をかいて眠っていた。

小さな川原に少女は降りた。水は川原の中ほどを流れ、護岸工事を終えた対岸の川原の石垣に張り巡らされた新しい金網が、天の中ほど近くにあがった陽を受けきらきら輝いていた。少女は箱の蓋を開け、兎を覗きこんだ。相変わらず兎は弱々しく小さな体を怯えたように箱の隅に寄せている。それでも少しずつだが、元気になっていってるようだった。少女は少しばかり、がっかりした。元気に大きくなって欲しくなかった。弱いままでいて欲しかった。弱って静かに眼を閉じるのを待っていたのだ。

少女は兎に手を伸ばした。片手で腹をつかみ、もう片方の手でもがく兎の首をつかんだ。オ母サンガ淋シガッテルヨ。オ母サンニコノ兎ヲアゲヨウ。オ母サンノトコロニ行クンダヨ……。天国カ地獄カドッチカニイルカラネ……。少女は渾身の力をこめて、どこまでも辷って行きそうな柔らかい毛の兎の首を締めた。そうして凝っとしていた。額に汗が浮いて来た。腕が痛くなった。噛みしめた奥歯のあたりに怠（けだる）さが溜まって来た。やっと少女は手を離した。兎はぐったりとなり、開いた少女の手からダンボール箱の底にぽとっと落ちた。屋守が床に落ちた時のような、不安な静けさを伴う音だった。その深く沈むような音に、少女は兎がまちがいなく死んだのだとわかった。

少女は、ほんの少しだけ哀しいような気持ちがした。が、すぐにその気持ちは次にやらなければならないことで紛れてしまった。少女は拾って来た竹の切れ端で、川原の柔らかい土を掘り始めた。オ墓ヲ作ラナケレバ、ドコニモ行ケナイカラ。兎ノオ墓ヲ作ルンダ。天国カ地獄ニ行ケルヨウニオ墓ヲ作ルンダ……。少女は死んだ兎を横たえ、土をかけて小さな墓を作り、竹の棒をさした。それから空になった林檎の絵のダンボール箱を抱えると、川原を振り返ることなく、弾んだ気持ちで一散に家へ駆けて帰った。

その兎の墓からほんの数メートルのところで、三ヶ月後に始まった対岸の護岸工事によって真っ白の骨が発見されることは、少女は知らない。その頃は、少女は父に連れられて長い旅に出てしまった後である。

（『水脈』第八号、一九七九年六月）

冬の水族館

宿のひとが教えてくれた水族館は、すぐにわかった。バスで十分ほどの道のりだが、私はバスに乗らず、海沿いの道を灰色に煤けた防波堤に沿って歩いた。濃い潮の匂いが、海からの風に乗って体を吹き抜けて行く。海は高いコンクリートの防波堤にさえぎられ、見えなかった。岸辺を洗う波の音だけが、単調なリズムで聞こえていた。

入り江を抱くように延びている岬の中程に、無人の変電所が見える。それを目印に歩いていた。高圧線を繋いでいる鉄塔が、赤茶けた山肌を背に、だんだん小さくなりながら山の頂に向かって連なっているのが見える。凝っとみつめていると、妙に淋しい気持ちがしてくる。鉄塔が、人の姿に似ているからだ。両手を広げ、曇った初冬の空を抱くような鉄塔の形は、静かに起立したまま、黙々となにか哀しいものに耐えている人の形に映るのだ。こんなふうに感じられるのは、私が、今ひとりのせいかもしれない。

昨夜、ふらりとこのO市で列車を降りた。二日ばかり時間があったせいだが、夕暮れの駅に列車が辷り込み、音の割れた車内スピーカーから駅名を告げる車掌の声が聞こえてきたとき、ふと降りてみる気になった。学生の頃愛読した作家が、青春時代を過ごしたという街だったからである。

軒下で鬼ぐもが巣をかけている駅舎を出て、すこし歩くと、黄昏れの中に旧い家並みが広がっていた。狭い路をはさんだ両側の家は、どれもくすんだ重そうな屋根瓦をのせ、短い廂の下の固く閉じた窓には、淡い光が浮んでいる。赤錆びた鉄扉を、寡黙な老人の口のように閉ざした土蔵に、わずかに昔の漁師町の繁栄のあとがしのばれた。

私の泊った宿は、その町並みのはずれにあった。おばんですと応対に出た女中さんが、スリッパをそろえてさし出しながら、あさってで水族館も閉館ですからと客数の少ないのを言い訳するように告げた。それで、水族館に出かけてみようと思った。閑散とした北国の冬の水族館に足を運ぶ機会は、そう多くはないように思えたからだ。

変電所の近くまで来ると、大きな駐車場が設けられていた。その向こうの階段の上に水族館の白い建物が見える。駐車場には、隅の方に一台の大きなローラー車が停めてあった。精巧な玩具のようにひっそりと置かれた黄色い車の高い運転席には、人の姿が見えた。遅い昼食を食べているようだ。バス乗り場では、マフラーに顎を深くうずめた老人と信玄袋を胸に抱いた老婆が、並んで鉄製のベンチに腰かけている。季節はずれの水族館に出かけてみたものの、退屈してしまい早々と引きあげるために凝っとバスを待っているという様子だ。二人の頭上では、陽よけのビニールの屋根が風にはためき、乾いたわびしげな音をたてていた。

私はチケットを買い、なま欠伸を嚙み殺している係員に手渡すと館内に入った。進路標示の青い魚の絵のビニールタイルが、床に張ってある。その擦り切れかかった魚の絵を踏みながら、見物人のいない明るい採光の近代的な設備の部屋を巡った。

最初の部屋には、漆黒の眼が濡れているように見えるトドやセイウチの剝製が並んでいた。彼らは振り仰ぐように首をあげ、胸をそらし、白い天井を見すえている。褐色の剝製たちは、生きていた時の柔らかな筋肉の盛りあがりや体の線の流れを残したまま、時の流れに耐え続ける聾唖者の群れのように、しずまった気配をかもしていた。私の他には誰もいないので、こういう動物たちに囲まれていると、背中に妙な生きものの視線を感じるようでふと気味が悪くなってくる。こんな風に採光の行き届いた部屋で、自分の影すら足もとに見つけることがおぼつかない場合は、なおさら心もとない気分にさせられる。私はひとわたり眺め渡すと、次の部屋に移った。

こちらには、シロナガスクジラやサメなどの頭蓋骨や脊椎が陳列してあった。肉という夾雑物が脱け落ちたあとの白い骨には、無数の糸のようなひびが走り、いくらか黄ばんでいた。その黄ばみのせいだろうか。凝っとみつめていると妙になまあたたかく感じられて来る。あるいは大きなスチール製の台の上に、無造作に、石でも転がすような形で骨が置かれてあるせいかもしれない。

骨を陳列してあった部屋をすぎると、細長い渡り廊下になっていた。その先に、左右に分かれて部屋がある。薄暗い方の部屋には、二十台ほどのテレビジョンが並んでいた。顕微鏡で拡大された微生物が、映っているようだ。四、五匹のクラゲの子供が、ゼラチン質の傘を広げたりすぼめたりしながら、たゆたうように踊っていた。

私は反対の明るい部屋の方に足を向けた。そこには、男と女の二人連の客がいた。二人は、私の足音に振り返ると、仲むつまじげによりそったまま気軽に微笑を投げてよこした。男の方のくったくのない表情にくらべ、女の方は服とそろいの布の帽子を被っていたので顔はよく見えなかったが、体全体に硬いものがあった。多分、男のようにはにこやかな微笑を浮かべてはいなかったのだろう。二人は、私と同じくらいの年齢のようだ。三十前後だろうか。紺のいくぶん地味な背広を着た男は、肩からカメラをさげ、時刻表を手にしていた。

私は軽い会釈を返し、二人に背を向けた。

この部屋は円形になっていた。部屋の壁に沿って大きな水槽が二基、半円を描いて前後に取りつけてある。水槽の中では大小さまざまな魚が群れをなし、同じ方向に泳いでいた。ちょうど走馬灯の中心にいて、巡る影絵を内側から眺めているような感じにさせる部屋の作り方である。

不意に女の姿が私の目の前の水槽に淡く映った。ガラスの面を辷る光の加減で、水槽の底をのぞきこみ腰をかがめた女の顔が、いくらかはっきり見える。瞬間、おやっと思った。先ほどは帽子のつばの影でよく見えなかったが、昨夜風呂で会った女だった。彼女はあがり湯を浴びて出て行くところだった。腹部に帝王切開の跡があったので、思わず顔を盗み見たのである。それで憶えていた。

「ね、ここがいいわ」

男が軽く頷いた。彼は距離を目測すると、カメラを構え焦点を合わせた。

「すみませんが、シャッターをお願いできますか」

私は指示された場所でカメラを構え、ファインダーをのぞいた。二重のガラスに距てられた水槽の中は奇妙に明るく、小さな気泡の渦巻きさえはっきり見分けられる。明るい水の壁を背景にした二人の姿は、水槽を照らしている灯りのせいで逆光になり、暗い影となってレンズの前をさえぎっている。幸福そうにカメラに向かってポーズを取っている二人の顔が、淡くかげって見えるのに私はかすかな意地の悪い快感をおぼえた。明日、S市で落ち合う私の相手には妻子がいた。

突然、水槽の底の泥がふわっと煙のように持ちあがり、水の揺れに乗って細かな砂が舞った。その煙幕の背後で、黒い布がゆっくり波を打っている。大きな生きものだ。くねらせた背の上を光が辷る。軟体動物の皮膜に似た、ぬるっと辷るような感触の皮膚をしている。水の底を叩くように体を動かしていた生きものは、静かに浮上し始めた。白い砂けむりの向うにはっきり姿が見えて来る。エイだ。エイは細い目を水面に向け、ひらりと体を反転させた。まわりにいた小魚が、ぱっと散った。いったん水面に顔を出したエイは、そこでエラを大きく広げ、暗紫色の背を翻えすと真っ白の腹部をこちらに向けた。それから小魚の散った空間を、眠りから醒めたばかりの緩慢な動作でくだると、微笑んでいる二人の頭上で不吉な影のようにその背をいっぱいに広げた。私はシャッターを切った。乾いた音が、かすかにひびいた。

旅から帰ってものうい日々が始まったころに、背後に黒布を広げたようなこの真新しい写真が届くだろう。

「どうも…」

二人は満足げな顔で、私からカメラを受け取ると次の部屋へ移って行った。

水族館を出ると陽が大きく傾き、風が強くなっていた。追い風に背をあおられながら来た道をゆっくり戻っていると、鈍いエンジンの音が聞こえてきた。道の端に道路工事の標識が並び、店閉いをした土産物屋の角を曲がって続いている。道には、真っ黒の新しいタールが敷かれてあった。

店の角を曲がると、四、五メートル先を水族館で会った二人連が歩いていた。女の方は帽子を片手で押え、男の少し前を歩いている。先ほどの寄り添うような気配はなく、軽いいさかいのあとのような、気まずい隙間が感じられた。

海と逆に延びている道路の手前で、駐車場に停めてあったローラー車が、低いエンジン音をたてて働いていた。二人の作業員が、石油缶に入れたタールを流し、舗装工事をしている。

男がふと立ち止まった。彼はポケットから煙草を取り出し、背をかがめて火を点けようとしているようだ。風が強いのでなかなか火が点かないらしく、ライターの点火音が続いた。女が肩越しに、ちらっと振り返った。彼女はとげをふくんだ表情で彼を見ると、いらだたしげに靴先で地面を叩いた。それから急に足を早め、二、三歩小走りになった。男を残したまま、駆け出したのだ。

「ねえさん、あぶないっ！」

男の声をかき消すように、急ブレーキの音が響いた。ローラー車の蔭から走り出てきた車が、彼女をひっかけそうになったのだ。車はすれすれのところで彼女の脇を抜け、罵声を浴びせると走り去って行った。

女はハンドバッグを取り落としたまま、ぼんやり突っ立っている。あわてて駆け寄った男が、ハンドバッグを拾ってやった。すると、女は肩を震わせて泣き出した。彼はいたわるように女の背を撫でながら、道路を渡った。その時、強い追い風が吹きつけてきた。女の帽子が風に飛ばされた。突差に男が手を伸ばしたが届かない。帽子は風に乗って舞いあがると、くるくると回転しながら、防波堤を超えゆっくり落ちて行った。二人は立ち止まって、見えぬ海の方へ飛ばされた帽子を見あげていたが、やがて駅の方へ向って歩き出した。

私は遠去かって行く二人の背を見ながら、耳の底に残っている一瞬の男の声を思い返した。確かに、彼はねえさんと叫んだ。突差のことにふだん呼びなれている言葉が、口を突いて出たのだ。ねえさん……。姉さんか、あるいは義姉(ねえ)さんか……。

宿へ戻る道を歩いていた私は、足を止めてふと考えた。明るい水槽を背に、微笑が浮んで来た。落ちついたにこやかな笑いを浮べていた男の顔と、笑ってはいるがどこか体全体に硬い感じのあった女の顔が。人の目をはばかるように、季節はずれの北の街を選んだ男と女が、まるで新婚旅行のように寄り添って写真を撮るだろうか。無数の魚たちに囲まれ、水の底に踏み込んだような水族館で、手をつなぎあった記念写真を……。

カメラに収めたエイの気味の悪い姿が、ゆらゆら揺れながら私の中で広がってきた。

私は二人の行き着く先を追うような気持ちで、耳を澄まし、見えぬ海の波の音に聞き入った。

防波堤を超した茶色の女の帽子が、岸辺を洗う荒い波に揉まれながら、少しずつ遠くへ運び去られて行くのが鮮やかに見える気がした。

（『青髭』創刊号、一九七九年六月。筆名・須川亜子）

姥湯宿の絵本

1

四両編成のディーゼルがあずき色の車体を秋の黄色っぽい陽に鈍く光らせながら、山間を喘ぎあえぎ登って行く。

油臭い煤けた車内は、安煙草の煙やひといきれに溢れ、ところどころ塗りの剝げたクリーム色の天井に取りつけてある換気扇がいやな軋み音をたてて廻っている。擦り切れた緑色のシートの上に足を投げ出している男や、黒光りしている椅子の腕を枕に眠りこけている老婆や、声高に喋り散らしながら景気よく酒を飲んでいる男たちがいる。彼等は四角い箱の中で、目的地へ着くまでの小一時間を楽しんだりあるいはもてあましたりしながら、それぞれの一日が事もなく過ぎて行くのを、なんの疑いもない従順な犬のような眼で待っているように見える。

せんべいを菓子袋からつまみ取っている行商ふうの老婆が、隣の姉さん被りの仲間にさかんに話しかけている。彼女は短く頷き、濁った白い目を眠そうにしばたたいている。

「どこさ行くべ？」

向いのシートに坐っていた初老の男が、酒に灼けた赤い顔を柔和にほころばせ、いきなりりの子に訊いた。めくれあがった厚い唇の下に、黄色いヤニのこびりついた頑丈そうな歯が見える。りの子は傍のユウジをちらっと見、答えた。

「姥湯温泉です」

「なら、降りるどごはT駅だべ」

男は短く苅り込んだごま塩頭を、老斑の浮いたぶこつな手で一撫でし、はにかんだ微笑を浮かべた。

「旅行けえ？」

「ええ」

今度はユウジが短く頷く。

「あすこはなんにもねえべ。若けえもんには退屈だべ。だども、二人ならほかにやることもあんべ……。な？」

男は卑猥な笑いを口辺に浮べ、相槌を求めるようにユウジを見た。

ユウジは曖昧に笑い返し、ポケットから煙草を抜き取ると男にすすめた。彼は組んでいた足をほどき、ほんの少し居ずまいをただすと、一瞬こびるような色を目に浮かべ、煙草を受け取って咥えた。ユウジが火を点けてやる。このことがきっかけで、男はT駅に着くまでひっきりなしに喋り始めた。長い労働で鍛え抜いた頑丈な肉体のふしぶしからエネルギーを溢れさせるように、喋り、時々、若い二人を卑猥な言葉でからかい、煙草を吸い、ポケットウィスキーを休止符のように流し込み、大声で笑った。

りの子は不意にハネさんのことを思い出した。この初老の男の、喧騒で陽気な嗄れ声は、ハネさんに似ていた。ハネさんは、パチンコ屋の店員でユウジのいわば同僚である。ふだんは無口だが酒が入ると、タガのこわれた機械のように喋りまくり、赤らんだ顔を更に赤くし、唐獅子のように丸く潰れた鼻腔をふくらませ、聞き取りにくい東北弁でわめくのだ。

ユウジはそんなハネさんと仲が良い。しじゅう一緒に飲み歩いていた。ヤキトリ屋の肉の焼けた甘ったるい臭いや、安酒のいがらっぽい臭いを漂わせ、赤錆が浮き煉瓦色に変色したアパートの鉄階段を疲れた女の悲鳴のように鳴らしながら登ってくる時のユウジは、いつもハネさんと飲んだあとだった。時には、彼と一緒のこともあった。そんな時は、路地の角に立ち、ベコベコのトタン板を打ちつけてあるアパートの壁に向って並んで立ち小便をしたり、階下の大家さんの植木（と言っても、ブリキ缶に植えられたひょろ長い南天や山つつじなどの手入れの悪い雑多なものだ）を蹴飛ばしながら、大声で合唱するようにりの子の名前を呼んだ。それが夜中の一時や二時だったりする。りの子は仕方なく窓をあけ、顔を出し、ハネさんたちを招き入れてやる。

りの子は解っていた。ユウジは、ハネさんをいわばダシに使っているのだ。彼がいれば、りの子と向き合う気まずい一瞬がさけられるし、りの子のグチやなじる言葉を聞かなくてすむからだ。そういうユウジのちゃらんぽらんなところを、りの子は腹立たしく思っていた。

T駅に着いた。

〈姉ちゃん元気でな〉と言う初老の男の声を背に、りの子たちはホームに降りた。降車客は、二人たけだった。

首から荷台を吊るした笹飴売りの男が二人、あずき色の列車の煤けた窓の客たちを物色するように、短いホームをせわしなく動いている。

〈笹飴、笹飴……〉と、列車の排気音に抗うように叫んでいるが、閉められたままの窓は一つも開かない。やがて列車が動き出した。二人の笹飴売りは、りの子たちに一瞥をくれ、うさんくさげな背を向けると反対側のホームの方へ線路を跨いで歩いて行った。

りの子とユウジは駅員に切符をわたし、笹飴売りの男たちの後を追うように、線路に降りた。激しい風が吹き渡っている。耳の底を洗っていく強い風は傾きかけた陽のせいでいくぶん肌寒く、遠い獣のうなり声のように響いた。

T駅は、ほんとうに何もないところだった。小さな駅舎と赤茶けた線路、その線路に沿って斜めに辷り落ちるように熊笹のこんもりした土堤が続き、その背後にどこまでも延びているような林がある。林の枝の向うに、丈の高い山々がうねうねとそびえ、その山にはすでに白いものが混っていた。残雪かあるいは初雪が、消えずに山脈の窪みに残っているのだろう。

笹飴売りの男たちは、〈茶店〉とはでなのぼりのあがっている駄菓子屋を少し大きくしたような、屋根の低い間口の広い店へ入って行った。その店の向い側に廃屋のような古ぼけた二階家がある。ここが姥湯温泉の案内所らしく、斜めにひっかかるように看板がかかっていた。

また激しい風が吹き渡った。擂鉢の底のような地形なので、舞いあがった赤土や砂粒が、一度に頭上から降り落ちてくる。髪や頬や肩に触れて来る乾いた音は低い呟き声のようだ。りの子が案内所の中を窺うと、埃で白くなった窓硝子の向うに、老婆の顔が見えた。彼女はコタツに入り、前屈みの姿勢でじっと動かない。うつらうつら、うたた寝をしているようにも、じっとなにかを考えているようにも、あるいは風の音に耳を欹(そばだ)てひっそり待ち続けているようにも見える。

ユウジが引き戸に手を掛け、中に入った。老婆はぼんやり顔をあげ、一瞬目をしばたたき、二人を見定めると唇の端を曲げて笑った。

「あの、姥湯温泉の案内所はここですね」

確めるようにユウジが訊いた。老婆は短く頷き、立ってあがりがまちの方へ来た。色の白い、娘のように薄赤い頬をした身ぎれいななりの老婆である。眼鼻だちも整っている。若い頃はかなり美しい女だったようだ。

「あがって待ったらいいがっぺ」

老婆は澄んだ声で言い添えた。二人はあがりがまちにバッグを置き、老婆に言われるままコタツに入った。

「じきにマイクロバスさくる。それさ乗って行けばだいじょうぶだ。今電話すっがら」

老婆は腰を伸ばすようにして立ちあがると、茶だんすの上の赤い電話に手を掛けた。たぶん有線電話なのだろう。ハンドルを何度かぐるぐる廻したのち受話器を取りあげ、簡単な連絡を取った。

「何分ぐらいでマイクロバス来ますか？」

少しばかり耳の遠そうな気配の老婆に、一語ずつ言葉を区切りながら高い声でユウジが訊いた。

すると老婆はニッと笑い、陶器のような真っ白の歯をみせ、

「耳、まあんだでえじょうぶだあ。悪ぐはねえ。バス、じきだで。帰（けえ）りのお客さん乗せて来（ぐ）っからあ」

そう答えた。

「はあ、どうも……」

ユウジは、はにかんだような照れ笑いを浮べた。たぶん耳の遠い人のように斜め前に首を突き出す老婆の仕草は、話を聞く時の彼女の癖なのだろう。

老婆は無口な人のようだった。時おり二人と目が合うと、あのニッと笑う笑いを浮べるだけで、あとはぼんやりと風の音を聞いているというように見える。コタツに屈みこむように背を曲げ、ちんまり丸まり、眠たげな目をじっと遠くに泳がせている。ユウジが話しかけても軽く頷くだけだから、会話にならなかった。それでも時おり、何かに気づいたようにはっと顔をあげ、りの子やユウジに茶菓子をすすめたり、汚れてもいないコタツの天板の上を拭いたりした。それはまるでうつらうつらしている間に短い夢を見、その夢の内容にぎょっとなって目覚め、またうつらうつらするという感じだった。

老婆はじきだと言ったが、バスが来たのは四十分近く経ってからだった。

古ぼけた青いマイクロバスが、案内所の前に停った。中からは五、六人の老人が降りて来た。彼等は弾んだ声でとりとめないことを喋り合い、皺のよってすぼまった口をOの字型に開けては空気の漏れるような笑い声をあげ、厚く着込んだ着物に寒そうに首を埋め、おぼつかない足取りで案内所に入って来た。ハンチングを被った老人や、薄くなった髪を後頭部で丸めた老婆や、寄りそうように肩をくっつけあっている老夫婦たちがいた。一歩一歩地を踏みしめて歩くようなあやしげな足取りとは逆に、深い皺に埋れたような彼等の表情は明るかった。のんびり湯に浸った休息の名残りが、彼等にはしゃいだ感じを持たせているのだろう。褐色のしなびた顔に、とうの昔に忘れ去っていた生気が甦っているようにさえ見えた。

老人たちと入れ違いに、マイクロバスに乗り込んだのは、りの子とユウジの二人だけだった。狭い車内には、老人たちの残して行ったひといきれやかすかな老いの臭いや、油臭い排気ガスの臭いが溜まっていた。運転手は、三十歳ぐらいの青い作業衣を着た、頑丈そうな男だった。彼は運転席に坐り、バックミラーを通してちらりとりの子を見ると、無造作な慣れた手つきで車をスタートさせた。

「こんな山間のひなびた温泉だと、やっぱりじいさんばあさんしかいないのかしら」

りの子はバスの一番後ろに席を取り、息でくもっている窓硝子を指でこすり、眼の位置の分だけ水滴を払うと、外を眺めた。

「姥湯宿って名前だから、山姥ぐらいはいるかも知れん」

「山姥？」

「安達ヶ原の鬼女みたいに夜中に包丁を研いだり、戸隠の山姥のようににょきっと角が生えたりしているかも知れないよ。なにしろ女は怨みが塊になると、人間離れして簡単に悪鬼になるっていうじゃないか」

と、笑いながらユウジが答える。山間を走るバスの進行に連れ、視界が広がって行く。夕暮れの薄青い空がある。靄ったような白っぽく濁った水を思わせる空だ。雲はない。

「あ、すごい」

バスの揺れに身をまかせ、窓硝子に額を押しつけ外を眺めていたりの子が、大げさな声をあげてユウジの腕を押した。彼も窓から下を、彼女の肩越しに覗き込む。

眼下には切り立った深い崖が広がっていた。底の方は靄ってかすんでいる。少しずつ崩れてきた天候のせいもあって、霧が出てきた。普通霧は上方から下方へ降りて行くものだが、山の頂付近を走っていると、まるで下から白くふわふわしたものが沸き上がり、ゆっくり登ってくるように感じられる。

対岸の山の斜面には鮮やかな群緑の杉木立が、先端の波型の鋭い線をくもった灰色の空に向け、うっそうと生い茂っている。そこはちょうど崖になっていて、深い谷底まで落ち込むように延びている。美しく切り立った線の斜面で、毛足の長いジュウタンを敷きつめたようである。その背後の更に高い山は鉛のような肌を見せて連らなり、山頂付近はすでに雪が降りたのだろう、窪んだ斜面が白い粉をはいたようにくすぼって光っている。

バスが大きくバウンドしながらカーヴを曲った。揺れにつられ、体が傾ぐ。りの子は小さな声をあげた。切り立った崖は、まだ続いている。

「落ちたら一巻の終わりね」

「運転手次第さ」

りの子はちょっと肩をすくませ、運転席のバックミラーを、ちらっと盗み見た。今の会話が聞こえたとは思わないが、運転手と鏡を通してほんの一瞬目が合った。運転手はすぐに目を反らし、青いジャンパーの彼の背だけが自信に満ちた落ち着きに溢れ、頑丈な背の線が気楽な感じを与えている。

しばらく走ったあと、バスは山道を降り小さな渓流を跨ぐように架けられたコンクリートの橋を渡った。橋の下の浅い川底には、澄んだ水が渦を巻いて流れ、丸い大きな岩々が黙りこくった人の背のようにひっそりといくつも転がっていた。

その橋の上から川の上方に乾いた血の色を思わせる赤褐色の屋根の大きな二階家が見えた。姥湯温泉の宿である。川幅一杯に渓流をさえぎるように建っている宿は、かなり大きく、古ぼけ、手足を丸めて谷底に横たわっている巨大な蟹の寝姿のようだ。

「終点です」

マイクロバスを停めたあと、運転手がドアを押し開けながら低いだみ声で言った。あとにも先にも、彼が喋った言葉はこれだけである。三十をいくつか越したような彼の、酒で潰したのかも知れない嗄れ声やぶっきら棒な仕草には、不思議な柔らかな優しさのようなものが感じられた。

こんなふうな山間の地で生きている人々に共通の、自然の中にすっと立っているような素朴な匂いが、そう思わせたのかも知れない。

バスを降りると、激しく泡立ちながら渦を巻いて流れている水音が、大きくなって聞こえてきた。その水音に混ってさわさわ鳴る葉擦れの音とも、ぴんと張りつめた冷たい空気の触れ合う響きともつかない、山間独特の音も聞こえて来る。一瞬りの子には、この肌を庇うように触れて来る音が山姥の囁き声のように思えた。

宿の玄関先と言っても、戸もなければそれらしい広さのたたきもない。靴脱ぎの小さな踏み石が一つ置いてあるだけでその周囲に靴が並べられてある。上がりがまちが、そのまま廊下になっていた。

廊下に面した、正面の部屋の黒く煤けた障子戸があき、Gパンを穿いた若い女の人が、出て来た。どうやら、その部屋が帳場になっているらしい。

「いらっしゃいませ」

きれいな標準語だ。頬の白さや声の色や、切れ長の目もとがどことなく案内所の老婆と似ているようだ。老婆の孫にでもあたるのだろうか。

彼女は安っぽいビニール製のスリッパをさし出し、案内に立った。

背の高いおっとりした感じの彼女の後ろを、りの子とユウジはもの珍らし気にキョロキョロ周囲を見渡しながら、付いて行った。暗く細長い廊下に面し、片側に黒光りする桟の障子戸がいびつに歪んで続いている。家全体が斜めにかしいでいるのか、狭い廊下は右の方へ斜めに下がっていた。

案内される部屋は二階らしい。タイル張りの洗面所の横手の狭い階段に足をかけ、りの子はひょいと振り返った。けえっけえっという奇妙な鳴き声が、廊下の隅の方で聞こえたからだ。振り返って薄暗い廊下の隅に目をこらすと、仔猫がいた。仔猫が吐いているのだ。

白と黒のキジ模様の和毛を逆立て、前へのめるような恰好で吐いている。痩せてひ弱そうな体がゆるやかに波打ち、小さな顎から粘液質の汚物がとろっとした丸い固まりになって、絞り出るように流れ落ちている。低く煤けた天井から下がっている二燭光の裸電球の下で、仔猫の背が弓のように曲がっている。まるで奇怪な丸い毛のかたまりのようだ。

「あ、猫が……」

りの子の声に、階段を登っていた案内の女の人が振り返った。

「あら……。お滝さん、お滝さあーん。チビがねえ、吐いてるわよお」

宿の女主人らしい彼女は、さり気ないようすで抑揚の無い声を帳場の方へかけた。

硝子戸があき、お滝さんと呼ばれた中年の女の人がひょいと顔を出した。

「あれ、まあ……」

仔猫の様子を見定めたお滝さんは急いで出て来ると、仔猫の首を摑み無造作に傍らへ放り投げた。柔らかい肉を打つ音がし、仔猫は投げられた勢いで腹の方から床へ転がった。脚腰が弱いらしく、よろよろしている。

お滝さんは、廊下の隅にあった雑巾で仔猫の吐瀉物を片手でぐいと一拭いした。彼女には左手がなかった。肘から先が欠けている。色あせた花模様のブラウスを肘のところで折り返し、上腕部のちょうど筋肉の盛りあがったあたりを、薄汚れた包帯で縛ってとめてあった。

案内された部屋は、二階の角で裏山に面していた。

狭い廊下には、自炊の湯治客たちが使っているのだろう、七輪や炭箱が置かれ、硝子戸にそって張られた麻ひもには、黄ばんだタオルが何本かぶら下がっていた。

部屋の中央には古びた座卓と木の火鉢が置いてあった。炭がおこされ、暖かい。火鉢の上の鉛色にくすんだ鉄びんからは盛んに湯気が噴きあがっている。だいぶ前に火を入れておいてくれたのだろう。

「火鉢かあ、なつかしいなあ」

座卓の上の埃っぽいセンベイをつまみ、ユウジがもの珍らし気に火鉢の辺りを撫でる。

「ほんとだ。ジョウチョがあるわね」

りの子は横目でちらっと見、すぐに作り付けの衣裳戸棚の方へ行った。まず戸棚を開いてみる。次にその下の小引き出しをあけ、鏡台を点検する。むろん全部空である。

「あっちこっち調べて気がすんだ？」

ユウジがあきれ顔で訊いた。

「あら女はね、どんなところであろうと、たとえ一日泊りの部屋であってもよ、そこに居るとなると部屋の状態が気になるものなのよ。女の生活感覚ね。それとも定住感覚かな」

「どっちでもいいよ。俺、風呂浴びて来る」

部屋の隅に積んであった布団の上から、ユウジがたんぜんを取り出した。

「一緒に行こうよ」

「そうね」

りの子はズダ袋を逆さにし、中のものをぶちまけると、タオルと洗面道具を探した。

「……きっとこんな山の中の温泉だから混浴だぜ」

タオルを肩にかけ、ユウジがニヤッと笑った。いやな笑い方だ。なまぐさい感じがある。りの子には、ユウジが一瞬別の人間のように見えた。どうして男はこういう笑い方をする時は、みんな同じように下卑て見えるのだろう。好奇心やら執拗な感じやらが一緒になった粘っこい笑い方に見える。

「いやよ」

りの子は手にしていたタオルを、荒っぽく放り投げた。

「どうして……」

りの子は黙ってユウジを睨む。

彼は、だだっ子のようなかたくなな表情をしているりの子を見、笑いながら出て行った。

2

風呂に入りそびれた感じになったりの子は、夕食の後、からかい半分にユウジが教えてくれた家族風呂の方へ行った。大浴場の方が広くて大きくて温泉という気分になれるのに、わざわざせせこましい風呂に入るなんて何のために温泉に来たのか解らんじゃないか、と言い、もう一度一緒に入ろうと誘ったが、ユウジにその気がないのはよく解っている。そう言われると意地で、この先何年彼と居ても死んでも一緒に入るものかと思うのだ。

家族風呂は小さな湯殿で、新しく造られたものだろうタイルが敷きつめてあり、古ぼけた湯治宿の雰囲気はどこにもなく、明るい照明の光が濡れたタイルの上を辿り銭湯のようだった。他に入浴客はいなかった。

りの子が湯舟につかり体を休めていると、硝子戸が開き、湯煙の向うに肉づきのよい魚の白身を思わせる裸身が見えた。お滝さんである。

お滝さんと解ったのは、顔が見えたからではない。ぼんやり向けたりの子の視線が、剝がれたような彼女の左腕に行き、どきりとした瞬間、あ、お滝さんだと解ったのだ。りの子はあわてて彼女の腕から視線をはずし落ちつかぬ目を天井に向けた。お滝さんはこういう視線に慣れているのか、右手で湯をすくい、切れた腕の先端の肉の丸くなったあたりに丁寧に湯をかけている。いとおしんでいるような湯のかけかただ。水しぶきがはね、湯の花の浮いた白っぽい水面に、水滴が激しく落ちる。りの子は体を斜めにして、はね返ってくる湯をよけた。

「今晩は……」

りの子が声をかけると、お滝さんは湯に身を沈め、束ねてくるくると巻きあげた髪に手をやり、しなを作るような仕草をすると、にこっと笑った。わざとらしいどこか露悪的な感じのする笑い方で、りの子はちょっととまどった。敵意というほどではないにしても、軽い好悪の感情を鼻先に突きつけられた気がしたからだ。

「東京からいらしたんですか？」

お滝さんが窺うような眼差しで訊いた。

「ええ……」

りの子は小さな声で答えた。

「お若い人はいいですね。自由ですから。だんなさん、学生さんですか？」

ああそうかと、りの子は解った。うさんくさそうなお滝さんの目は、りの子とユウジの関係をすでに見抜いていたからで、彼女はただそれを確かめたかっただけなのだ。だがそんなことはどうだっていいことではないか。お滝さんがどう思おうと勝手だが、詮索するような目を露骨に向けられると腹が立つ。

「お寒いでしょここは。じき雪ですから。雪になるとお客さんも来んですから開店休業みたいになります。何もねえですから若い人には退屈でしょうが」

むっとしたりの子の表情が解ったのか、お滝さんはくすっと笑って話を変えた。りの子は黙っている。するとお滝さんはいきなり左腕を湯の中からあげ、りの子の目の前でタオルで腕を拭った。

一瞬どきっとしたりの子は湯舟の中で片足を滑らせ、ざぶっと口のあたりまで湯を被ってしまった。やりきれなさが不意に募って来る。もう目の遣り場が無かった。

湯を被ったりの子を見て、ぷっとお滝さんがふき出した。軽い笑い声が湯殿の中に響き渡る。

りの子もつられて笑った。笑った途端、気が楽になった。お滝さんの腕に視線が行きそうになるのをこらえ、露骨な感じを与えていけないと緊張していたせいで、ぎこちない素振りになっていたのが自分でもよく解っていた。その緊張感が解かれた分だけ、ほっとした。

「……この腕、気になるでしょう？」

お滝さんが訊く。もう先程の探るようなイヤミな感じはない。彼女は湯の中で両腕をまっすぐに伸ばした。白っぽい硫黄水の湯を透かし、一本と半分の腕はなめらかな生物のように見える。やはり異様には違いないが、こうやってこともなげに見せられると、不思議に何の変てつもないように感じられる。自然に見えるのだ。

「腕、どうなさったんですか？」

りの子は素直な気持ちで訊いた。一番訊きにくいはずの言葉が、滑らかに出て来たのはお滝さんの楽し気な素振りのせいだとりの子は思った。腕の失くなった事を問われるのを、心待ちにしているような気配が、先程からあったのだ。

「この腕ね、切られてしもたんです」

お滝さんはにこっと笑って言った。天井の螢光灯の白っぽい灯りに、彼女の目が黒々と光っている。もう五十ぐらいなのだろうが、昼間見た時と違って妙に若く見える。湯気のせいなのだろうか眼尻や口元の皺が消え、肉の落ちた頬が薄桃色に艶めき、なまめかしさが漂っているようで、りの子は目をしばたたいた。だんだんお滝さんが若返って行くような気さえして来たのだ。

「腕、切られたです。斧で。ちょうどお客さんと同じ年ぐらいの事でした。若気のあやまちったら、こげんなこと言うんでしょうね」

お滝さんは、遠くを見るような目で言葉を続ける。

「マキ割り用の手斧ですけんど、男が力一杯振り降ろしたら腕の骨なんかスポンと切れ飛びます。お客さんと同じように恋人がおって、その恋人に切られました。まあだ娘っこで怖いもん知らずでねえ。男に惚れて惚れ抜かれたですが、妻子がおった男だで一緒になれと思うて逃げたです。逃げたけど見つかってしもて男はせつねいと言いまして、不具にしたら一緒になれると思たんでしょ、私を切ったです」

そういうお滝さんはまた笑った。今度のは、はにかんだような笑い方である。まるで娘に返ってしまったみたいな笑い方だと、りの子は思った。

「こげに切られても、人間なかなか死なんものです。九死に一生ですものね……」

お滝さんはもう一度ゆっくり腕を洗い、お先にと言うと、湯舟を出、濡れた体のまま磨り硝子の向うに消えた。それは本当に消えたという感じが、りの子にはした。年取った中年のおばさんが、みるみるうちに若返り、白くほっそりした背を向けたと思ったら、突然消え去ったという感じだ。

あれが山姥だとりの子は思った。長い間湯につかっていたせいで、少し酔ったようなふらっとする感じはあるが、それだけではなく、お滝さんの話や彼女の周囲に漂っていた妙なざわめきが、一瞬自分を別の空間に引き込んだのだ。お滝さんが山姥じゃなくって、山姥がほんの少しお滝さんに乗り移ったのだ。だからふつうは、どんな激しい出来事であっても長い年月に洗われると、濃密な色が落ちくすんだ淡いものになるはずなのに、お滝さんの話には鮮やかな毒々しいものがあったのだ。

　腕を切り落とした男の〈せつねい〉という呟きや、お滝さんの〈なかなか死なん〉という呟きは、怨みの塊にでもなってしまっているのだろう。その塊の中に、山姥がいるんだ。にょきっと角をはやし、包丁を研いでいる。きゅっきゅっと包丁を研ぎながら、山姥はせつねえと呟くだろう。呟きながら哀しい目で包丁を振りあげ、刃を煌(きら)めかせ、真っ暗な闇に振り降ろすのだろう。

3

　風呂からあがって部屋に戻ると、座卓の上にはビールと山菜のツマミが並べられてあった。

「お湯だいぶ長かったね」

　グラスにビールを注(つ)ぎながら、ユウジが待ちくたびれた顔でりの子を見た。

「うん、お滝さんと一緒だったから」

「お滝さん？」

「そう、片腕のない女中さん」

　ああ、というようにユウジが頷く。

「それでね、お滝さんが山姥になって見えた……」

　りの子が笑って言うと、ユウジはけげんそうに眉をひそめた。

「山姥？」

「うん、山姥だ」

「なんだいそれ」

「なんでもない」

りの子はグラスのビールを、一息に飲んだ。多分説明してもユウジには解らないのだろう。ほんとの感じは解らない。せいぜい頭で理解し、だから女は怖いなどとふざけるのがおちだ。それは仕方がない。ユウジが男だからだ。自分のように山姥予備軍の女たちとは、違う生物だからだとりの子は思った。

とりとめの無い雑談をしながら飲んでいるうちに、四本のビールは空になってしまった。ビールが空になると、今までよく喋り合っていたのにふと話が途切れてしまう。三年近くも一緒にいると、殊更話すこともなくなってしまい、話題にこと欠いてしまう。気まずくはないが、こんなふうにひょっと出て来る沈黙の時間はいささかもて余す。

りの子は大きく伸びをして立ちあがり、傍らの夜具の中にもぐりこんだ。それを合図のように、ユウジがトイレに立った。少し足もとがふらついている。彼はもともと酒になじむ性質ではないらしく、四本のビールをほぼ一人であけたので、酔いが廻っているようだ。

りの子は布団の中で軽く目を閉じた。まだ九時を少し過ぎたばかりなのに、周囲がしんとしているので深い夜のように感じられる。

夜の川底を洗う渓流の水音が、かすかな風の音を伴って高く低く唄うように聞こえてくる。ずっとその音は聞こえてはいたのだが、こうやって注意を払い耳を澄ますと、水の上で眠っているような少しばかり不安な淋しい気分にさせられる。ことことと、風に廊下の硝子戸が鳴った。思わずその方を見ると、障子が廊下の二燭光の灯りを受け、黄色く薄ぼんやりと明るい。遠いところからの訪問客のような風の音や、老人の呟きを思わせる板戸の鳴る音や、ひっそりした葉擦れの乾いた音などは、じっと身じろぎもせずに聞いていると妙にじわじわと胸ににじんでくる。変にもの哀しい、なんだか、遠い果ての野原に一人横たわっているような感じだ。

東京での生活が、不意に浮んで来た。古いモルタル造りの六畳一間には、雑多な物音がしじゅうあった。隣室のテレビの音、庇のつきあう向いの家の家族たちの声々、カーテンが疲れた女のように垂れ下がっている窓から入って来る車の音などで、あんまり音がするから却って気にならない。それらの音は重なり合い過ぎて、逆に透明な無音の感じになっていた。

生活の音だから、感傷を誘っているような余裕などなかったのだとりの子は思った。大工さんは、自分の打つとんかちの音にうっとりしたりはしない。それとおんなじだ。生きて喰って寝てという生活は、それはそれだけのもので、哀しく見えたりうんざりしたり、ひょいと立ち止まって振り返る時は、そんな生活にとまどい始めているからだ。ひょっとして、この温泉へ来る気になったほんとうの理由は、東京での生活にとまどいを感じ始めているからではないだろうか？

りの子は寝返りを打って腹這いになった。不安な気持ちが、かすかに頭を擡(もた)げて来る。ユウジとの生活は、おおむねうまく行っている。これからもこの調子で行けば、うまく行くだろう。何も起こらない代りに、何も変りがない。死んだ魚の目みたいに、白っぽく濁って行くだけの生活のように思え、そうやって日が経って行くことは、良いとか悪いとかの問題じゃなく、仕方のないことのような気がした。

廊下の端の方で、バタンと板扉の鳴る音がした。ユウジがトイレから出て来たのだろう。ペタンペタンとスリッパの音が湿った感じで続き、障子に淡い人影が映った。

人影はそこで立ち止まったまま、しばらく動かない。

「ユウジなの？」

りの子が声をかけた。

「ああ……」

低い声だけが返ってくる。

なにをしているのだろう。彼は障子の向うで黙ったまま息をつめているようだ。そういう気配である。

突然、ちいんと鉄(かね)の音が響いた。驚いてりの子が身を起こし、音の方に目をやると、火鉢の上の鉄びんから水蒸気が勢いよくあがっている。ごとくの下の炭の赤い色が、一瞬鋭く跳ねた。鉄びんの湯が溢れたのだ。

障子が開き、ユウジがのっそりと入って来た。彼は火鉢の前に坐ると、黙ってあぐらをかいた。火鉢の上に手をかざし、じっと床の間の方を見ている。なんだか変だ。

「どうしたの？」

りの子が訊いた。ユウジは、はっとしたような声で振り向き、うんと小さく顎を引いてなま返事をした。

「どうしたのよお」

りの子がもう一度訊く。

「うん、今そこの廊下でね、怖いものを見た」

「怖いもの？」

「ああ、猫だよ。ほら、昼間廊下で吐いていた仔猫がいただろう。あの仔猫の首をね、親猫が銜え、廊下をのったり歩いていたんだ」

「あっ」

りの子は思わず口に手をあて、そっと廊下の方を盗み見た。

「そうなんだ。あの仔猫死んだらしい。ぐったりしてたから。きっとあの親猫はどこかに捨てに行くんだろう。じっと見てたら、怖くなって来た」

そういうとユウジは、炭箱の中の大きな炭を火箸の先を突っ込んでぼきっと割った。その炭を、火鉢の中につぎたし、ふっと息を吹きかける。

「なあ、りの子。子供、欲しくないか？」

ユウジが呟くように訊いた。りの子は一瞬ぽかんとし、それからぎょっとなって背を起した。「誰だってやってることだもの、俺たちだって人の親ぐらいにはなれるさ。生きているついでみたいなもんだ」

てれたような笑いを浮かべ、ユウジは少し投げやりな口調で付け加えた。だがその口調とは逆に、真剣な色が目にある。

どういうことなんだろう？　りの子は不安気な目で彼を見返し、返事に困った。人里離れた温泉宿の静かな夜の底の蹲っているような感じが、彼を感傷的な気分にさせ、仔猫を銜えた猫を見て血迷ったことを考えたのだろうか。

「俺、案外子供好きなんじゃないかな。子供、生まれたらきっと可愛いよ」

ユウジはごろりと横になった。もう決めたのだから同意しろという感じがある。

りの子は、不意に母親の顔を思い浮べた。家出同然の形で上京して来ていた彼女は、もう長いこと母には会っていない。七、八年になるだろうか。別に母をうとんじていたわけではない。時おりは簡単な葉書を書いたし、父の命日にはなにがしかのものを送っていた。

九州の離れ小島に住み、飲んだくれ漁師の五人の子持ちの後妻に入った母からは、ひらがなとカタカナ混りの稚拙な葉書が、時おり届いた。その葉書の文字はセがいつもシェになっている。方言の発音通りに言葉を綴って書くからだ。自分の子とはいえ、五十を過ぎて小学校六年の子供がいるので生活は楽ではないらしく、島で唯一の産業の小さな製塩所に働きに行き、ゴム長を穿いて荒塩をスコップでベルトコンベアーに乗せる肉体労働をしているらしい。〈きつかけん手紙もヨウかけましぇん〉と、葉書の最後の文字はいつも同じだった。

りの子は、母のようにはなりたくないという気持ちが、いつも心のどこかにあった。それは子供を一人産めばその一人分だけ自分の中の何かが圧迫され、潰される。二人産めば二人分だけそうなる。子供を捨てる以外にそうならないで済む方法は、多分女にはないだろう。母親というのは不思議な生物だ。男でもなければ、女でもない。絵本の中の狼に喰べられるおばあさんのようだし、優しく怖い魔女のようだし、継子（ままこ）いじめをするシンデレラや白雪姫の義母のようなものだと思った。

4

翌朝、りの子はお滝さんの声で眼が覚めた。朝食を運んで来てくれたらしい。障子をあけると、黒い配膳台を床に置きよくおきた炭入を手に、お滝さんが明るく笑いかけた。

「よくお休みになれましたですか？」

「ええ、おかげさまで」

生欠伸を噛み、りの子はお滝さんと入れ違いに廊下に出た。配膳台を運ぼうとして腰をかがめ、ひょいと顔をあげると、傍らに少年がポットを持って立っていた。

少年と目が合った。

「おはよう」

りの子は微笑んで声をかけた。すると、少年は無言のままぺこりと頭を下げ、ポットを配膳台の横にそっとおいた。少し変だ。彼はちらっと部屋の中のお滝さんの気配を窺い、またヌポッと立っている。変だと感じたのは、少年に表情が無いからだった。顔中の筋肉が弛緩したまま自然におさまっているという具合で、目にも光がない。少し頭が弱いようだ。それによく見ると少年というよりは、青年に近い。体が小さいので十五、六かと思ったのだが、顔立ちに華奢なところは無かった。

りの子は彼のおいたポットを摑むと、部屋の中に入った。お滝さんはユウジと一緒に布団をたたんでいる。

「今日たちますから」

ユウジが言うと、お滝さんはにっこりと笑って頷いた。

「じゃ、のちほどお会計持って来ますですから」

なんだかお滝さんは機嫌が良さそうだ。声が弾み、浮きうきしているように感じられる。いいことでもあったのだろうか。りの子は、てきぱきと部屋をかたづけているお滝さんの、よく動く背中を見ながらそう思った。

食事の済んだあと、朝風呂につかってから帰ることにした。

先に大浴場の方へユウジが降りて行った。りの子も手拭いを下げ、階段を降りて行く。降りながら、彼と一緒に大浴場の方へ入ってみようという気持ちが、ふっと動いた。そう思うと、なんだかおかしい。小さな笑いがこみあげてくる。浮きうきしているのはお滝さんだけではなく、りの子もそうで、胸のあたりがふわふわしている感じだ。

昨日のこだわりはなかった。ユウジと一緒に居ることが、ごく自然に思える。多分、彼との間にあった隔りが、少し縮まったせいなのだろう。それは親になるということをあらかじめ意識したところから始めた、一人の男と女の関係がほんのわずかだが歩み寄り、共通点を持つことで触れ合えるものを感じたせいなのかも知れない。短くなった互いの距離の中では、確かに動きにくい。だが、その動きにくさの中に、手応えや安堵ややさしさのようなものがあるのも事実だ。希薄な距離の相手には、執着さえ起こらないだろうとりの子は思った。

りの子は階段を降り、廊下の壁に貼ってある黄ばんだ案内の矢印の方へ歩いて行った。渡り廊下の先に階段がある。もう一つ階下の、川底の方へ下るように張り出した建物の突きあたりに大浴場があるらしい。

渡り廊下の途中で、りの子は足を止めた。

唄が水音に混って聞こえてくる。窓から外を眺めると、渡り廊下と屋根を接した向い側の小屋の中に先程の少年の横顔が見え、彼の肩越しにお滝さんも見えた。唄っているのはお滝さんだ。小屋は洗濯用の小屋らしく、大きな洗い場と洗濯機の白いホーローびきのボディが見え、湯煙が立ちこめている。湧きでる温泉の湯を使っているらしい。

少年は腰の高さほどの、コンクリートを流し固めて作った粗末な灰色の洗い場の端に腰かけ、絵本を開き読んでいる。真っ赤な消防自動車が走っている絵柄だ。彼はゆっくり頁をめくり絵を眺めながら、お滝さんの唄う民謡の拍子に合わせ片足をぶらぶらさせている。そのたびに顎が揺れ、子守唄に合わせ揺り椅子の中で眠りにつく赤児のように、心地良さそうだ。

お滝さんが機嫌がいいのは、傍らに少年がいるからで、彼はお滝さんの息子なのだろう。昨夜家族風呂で一緒になったお滝さんは、息子がいるなどとは一言もいわなかった。あの時のお滝さんの顔は、母親ではなく、女の娘の顔だった。いや、母親でも女でも娘でもなかった。だから怖かったのだ。

　してみると、山姥というのは、母親と女との間の割れ目にひょっくっと貌を出す、幻の貌なのかも知れない。ちょうど、乳房の張った女という感じだ。幻の子供にふくませる乳房が真っ白の器のように揺れ、痛み、もぎ取られ子供を求めて狂おしい呻き声をあげるのだろう。

　お滝さんの腕を切った〈せつねい〉と呟いた男が、あの少年の父親だろうか？　そうだとすると、頭の弱い子供を身ごもらさせ、腕を切り落として行った男は、お滝さんにとって一体どんな男なのだろう？

　りの子は、解らないと思った。お滝さんの胸の中でその男がどんな容貌（かお）つきで存在しているのか。それはお滝さんだけが知っていることだ。ただ昨夜、〈せつねい〉と言った時のお滝さんの声の響きの中にかすかにざわめくものを感じ、そのざわめきが、お滝さんの中の男の容貌（かお）のように思えた。

　大浴場は男と女の入口は別になっていたが、硝子戸を開けると中は一つだった。入浴客は、ユウジ一人だけである。りの子が入って行くと、彼はおやっというように顔をあげ、彼女だと解ると小さく手を振った。

　岩風呂造りの広々とした湯舟の中でりの子は体を伸ばし、硫黄泉の白っぽい湯を透かして見える自分の下腹部に目を遣った。

「ね、子供生まれるかな？」

　ユウジは黙って微笑んでいる。

「生まれるかなあ……」

りの子は呟きながら、窓の方へ湯舟の中を泳いで行った。魚の尾ひれのように翻る白い足のまわりを、舞いあがった石鹸の粉のような湯の花が漂う。

窓の外には、灰色の空と褐色に近い寒々とした色の山肌が見え、川底を流れる水の音だけが響いてくる。

「あ、雪だ」

ユウジが窓の外を指さした。薄く小さい羽虫のような小雪が、風に乗り漂っている。雪はみるみるうちに舞った蝶のようになり、粒が大きくなって斜めに落ち始めた。

「ほんと。あら天井からも」

りの子が言う。

ちょうど、うだつのように切り上がった湯煙抜けの屋根の一角から、吹き込んだ雪がひらひら舞い落ちて来ている。小雪は湯気の間を漂いながら次から次へと落ち、湯舟に扉に届かぬまま消えて行く。

「初雪だね」

湯舟の中で寝そべったままユウジが呟き、遠くを眺めるような目で天井を見上げた。りの子も傍らで同じ姿勢をとる。湯気に洗われて灰色になった天井を、太い梁が一本まっすぐに走っていた。

5

帰りは、マイクロバスのところまでお滝さんが見送りに来てくれた。りの子とユウジは会釈をし、礼を述べるとバスの後方に坐った。行きと同じように、帰りも乗客は二人だけである。

「またおいでなさい」

お滝さんはそう言ってにっこり笑い、片腕を振ると帳場の方へ戻って行った。入れ違いに、浅黄色の茶羽織を着た老婆がバスに乗りこんで来た。案内所に居た、品の良さそうな老婆である。彼女はりの子の隣のシートに腰を降ろし、ニッと笑いかけてきた。

「お帰りですか」

「ええ」

りの子が頷くと、老婆は何を思ったのかひょいと身を乗り出し、囁くように訊いた。

「お滝さんから聞いたでしょう」

「えっ？」

りの子が聞き返す。

「これ、手の話です」

老婆は動き出したバスに体をゆすられながらか、左腕を持ちあげた。

「ええ……」

「あれね、戦争です。お滝さんはかわいそうな女です。むぐいことです」

老婆は軽く意味のない頷き方を二、三度すると、合点したように顎をぎゅっと引き、前方を見据えた。彼女の幼女のような丸く白い手は、しっかり前部のシートの背に付いている握りを摑んでいる。

りの子は、きょとんとした顔で老婆の横顔を見つめそれから、そうかも知れないと思った。多分、老婆の話の方が、お滝さんの片腕の原因に関しては本当なのだろう。戦争というから、軍需工場かどこかで、旋盤にでも腕を巻きこまれたのかも知れない。あるいは空襲のさ中に、被害にでもあったのだろうか。戦後何年も経って生まれたりの子には、戦争のことは解らない。

だが、どちらでもよいことだった。戦争であれ男に腕を切られたのであれ、片腕のお滝さんには〈せつねい〉若い日々であったに違いなかった。ただ、お滝さんのせつねい日々を埋める為の作り話に、艶情が混っていることが彼女の遣り場のなかった哀しみを見せつけられたようで、りの子を少しばかり重い気持ちにさせた。そうして、ふとあの頭の弱い少年の父親は、姥湯宿を訪れたどこの誰とも解らない、一夜の泊り客のように思えた。その客とお滝さんの長い生の間の無数の夜の中の、たった一夜の出会いが、お滝さんの艶情の混った作り話になったのではないかとさえ、りの子は空想した。

マイクロバスは、来た時と同じ山道を逆へと辿って行く。小雪の吹きつける窓に頭をもたせかけ、黙ってバスの揺れに体をあずけているユウジの肩に、りの子はそっと頬を押しつけた。ジャンパーの冷たさが、ひんやりと頬に触れる。

東京へ帰ったら、きっとなにかが変わるだろう。すぐそこに、一つの始まりが待ち受けている気がする。りの子はユウジの冷たい手に指を絡めながら、家を出る時の母の顔と彼女の言葉を思い浮かべた。

〈りの子は、どげんことがあってもうちの娘たい。こいはしょんなか。あんたも母親になったら解るけんね。そんうちに……〉

（『水脈』第五号、一九七八年六月。筆名・須川亜子）

エッセイ

湿った関係・乾いた関係

暑い夏の真昼、子供を産んだ。初めての子供である。

背骨が捩れるような陣痛のあと、独りでこの世に踊りでてきた子供は、泣き声の大きい男の子だった。まだヘソの緒をぶらさげたままの子供を、助産婦さんが高くあげ、「元気な男の子ですよ」と見せてくれた。羊水に濡れた黒々とした髪、薄く開いているまだ見えぬ眼、力のかぎり泣き続けている為に大きく開いている杏色の口の中。彼はこぶしを握りしめ、あたりを払い、腕と両足を縮め全身を硬くし、目に見えぬものに体全体で抗うかのように身構えていた。

やっと産れた。男の子だ。

汐が引くように消え去った陣痛の疼きの名残りの中で、不意に哀しみに似た淋しさを感じた。涙が流れた。彼はもう私の一部ではなくなり、新たな一人の人間として小さな肺を波打たせ、こぶしを明るい産屋の天井に向って振りあげているのだ。

やがて沐浴を済ませ、白い産衣に包まれた彼は、看護婦さんに抱かれて来た。髪に櫛の目が入っている。

大き過ぎる産衣にかくれて小さな手足は見えなかった。彼は眠っていた。眠りながら大きな欠伸をひとつした。予定より一週間早い出産だったせいか、標準より小さく、たよりないほど痩せて皺が多かった。

彼は〈岬〉と名づけられた。

ミサキとは、霊の謂である。

育児に追われる日々の中では、ほとんど家から出られず、電話と時たまの友人の来訪が私の外界との通路だった。

電話があった。大学時代親しかった友人からのもので、彼女に子供が生まれたことを告げると、彼女は不思議そうな感嘆の声をあげた。しばらくの雑談のあと、彼女に今どうしているのかと訊いた。B君のことが私の頭にあった。彼女はB君と一緒に住んでいると聞かされていたからだ。

——ああ、彼。彼、結婚したわよ。

私は彼女流の、他人的な話し方で、結婚した相手は彼女だろうと思い、そのことを揶揄しながら確かめた。

——私の知らない女よ。相手の女には興味ないわ。

彼女の声は乾いていた。

彼女は学生時代、A君と親しい関係にあった。その間にB君と知りあい、B君とも親しくなった。学校を卒業し、彼女はA君と郷里で結婚し式をあげた。籍は彼女が拒否し続けたので入籍してなかったという。それから一年ほどして二人は離れた。一方、B君もその間に盛大な式をあげ結婚したが、一か月で離婚したという。やがて上京して来たB君は、方々捜しまわってやっと彼女の居所を突き止め、一緒に暮すようになった。そのB君が他の女性と結婚したのだというのだ。今、彼女はB君の妹さんと一緒に住んでいるらしい。もちろん、そこへB君も顔を出す。B君と彼の妻と彼女という、三人の関係のその後については、私は何も知らない。

かつて、彼女は私に一人で住んでいた時のことを話してくれたことがある。坐っている椅子が獣のように生温かく感じられ、窓の下を通る薄汚い野良猫を見つけると、それを殺し解剖してみたい残忍な欲望に襲われたことなどだ。彼女の部屋は潔癖な彼女の性質をよく顕わしていて、いつもきちんと整理されチリ一つ落ちていない。整頓は押し入れの隅から流し場のスプーン一本にまで行き届き、丹念に磨かれくもり一つないグラスは、窓からの陽を受け輝いていた。だのに、私にはどこか居ごこちが悪かった。彼女の〈孤独の貌〉は、きっと彼女の部屋のような貌つきなのだろう。

子供が風邪をひいた。この世に生れてまだ四か月しか経っていないのに、彼は意のままにならぬ肉体と闘うことを、早や強いられている。咳と間断なく起こる下痢の不快さとを、むずかることで訴え続けた。だが、どうしてやることもできない。

「怖い話があるよ」

夫が少し興奮した声で言った。寝就いたばかりの子供は夫の声にぴくりと体を震わせ、不安気な面持ちで周囲を見渡し、乳房をふくませると、すぐに目を閉じてまた眠りに落ちて行った。手真似で〈静かに！〉と夫をなじる。

「読むからね、聞いててよ」

夫は私の肘を引っぱり囁き声で私を隣室に連れ出した。

〈河内の国の山中に一村あり。樵者あり。母一人、男子二人、女子一人とともに親につかえて孝養足る。一日中村中の古き株の木をきり来る。翌日兄狂を発して母を斧にて打ち殺す。弟亦これを快しとして段々にす。女子もまな板をささげ、庖丁をもて細に刻む。血一滴も見ず、大坂の牢獄につながれて、一二年をへて死す。公朝その罪なきをあわれんで刑名なし〉

夫が読んだのは、上田秋成集の中の一節だった。

「『山の人生』に似てるわね」

「柳田はこの話知っていたんだろうな。どうして書かなかったんだろう」

「さあ……」

私は耳をそばだて、苦しい咳をしている子供の気配を窺った。親と子という関係はどこかしら、暗い匂いのつきまとう湿った藁のような感触を、私に感じさせる。特に母親においては。この話には、殺される側の母親については一言も触れられていない。最初の斧の一振りによって、母親は古き株となったのであろう。この話に何かの意味を探ろうとするのは愚かなことである。そういうものを超えたところに、この話の怖さがあるからだ。が、あえて言えば、姥捨ては人の世の慈愛であり慈悲なのかもしれないと、思えて来る。

『闇の左手』と『辺境の惑星』を読んだ。子供を揺り椅子で眠らせながら読書するのが、今のところ私にはささやかな楽しみである。気楽な読み物のつもりでＳＦの本を開いたのだが、Ａ・ル＝グインの作品はかなりむずかしく、日が経つにつれ私の中でじわじわと何かが膨んで行くような、読みごたえのある本になって行った。

この物語には、ＳＦの代名詞的な感のあるロボット・タイムマシン・宇宙船等々の科学は一切無い。むしろ、人間科学と言ってもよい。根源的な人間の存在にかかわるものばかりが登場する。文体も非常に知的で哲学的だった。未来の叙事詩といえなくもない。はるかな惑星、そこに住む両性具有の人間、彼等はかつて人間たちが生物学的進化の実験に使った落し子たちであるという、設定だけがＳＦで、他はちょうど西欧の中世を思わせるような色と輝きに満ちている。アメリカでは、文学の沈滞した活路をＳＦに求め見出しているという指摘も、あながちうわっつらだけの自賛ではないように感じられた。

ル＝グインは女性作家である。だから、両性具有を、どう扱うかということに内心興味があった。アメリカでは、ベトナム反戦や黒人解放、学園紛争などのあとに女性解放運動が訪れ、かなりの成果をあげている。むろんル＝グインもその波を受けているだろうことは、想像できる。そう思っていたら、やはり『辺境の惑星』の七八年版のあとがきの中で、ル＝グイン自身が一文をよせ、フェミニズム運動について触れ、『闇の左手』ははっきりした自覚（フェミニズム運動の自覚）

の上で書かれたものだと述べてあった。

両性具有を主人公（男）は最後までどこか異質な人間として受け取ってはいるが、彼等との対話の中で、私たち人類は妊娠・出産・育児というハードなものをすべて女性が背負っている、と言うと、それでは平等や自由などはないではないかと反問され、性が別れている以上仕方がないと答える。やがて、最後に宇宙船から降りてきた同胞の女性を見、主人公には両性具有者よりも、もっと遠い存在に映ると書かれてある。

また『辺境の惑星』ではあとがきに「性それ自体は行為としてよりも関係として考えられる」とも書いている。つまり、ル＝グインの根底にあるのは〈人間〉の結びつき、個体と個体の出会いと発展、結果の状態に関心があるといえる。あなたの作品の常なる中心テーマはと聞かれ、〈結婚〉ですと答え、このテーマ（驚くほど流行遅れな――ル＝グイン）にふさわしい本をまだ書いていないとさえ言っている。

以上、ル＝グインの性に関する部分を大雑把に書いたが、実は『闇の左手』にしろ『辺境の惑星』にしろ、性は根底にあるものの、作品の表面では何の効力性も持っていないのである。むしろ、非常に男性的な力強い冒険譚の体裁を取っている。おそらく、これが彼女の本質であろう。というのは、小説を書く時、いつだって男の視点を借りた方がおもしろく世界が発展することは、私ですら何度も感じられたことだからである。リアリティのある女を描こうとすれば、いつも世界は狭く、動きは愚鈍とさえいえるほどのろく、抽象や観念は抜け落ち、それこそ風に舞う羽のように変転する感情と美醜に代表される肉体だけが、閉ざされた絶望的な空間を形造っているのを描くしかなくなってくるからだ。女の愛、女の思想、女の英智、女の未来と過去……、これ等の背後に、すさまじい荒野やはるかなめのくらむ青空を想像することはひどくむずかしいではないか。女の歴史は、衝立ての陰や否応なく大地に縛られた樹々にしかなかったからである。翔んでる女というわけのわからない流行語のもとになったエリカ・ジョングの『翔ぶのがこわい』という、ピカレスク小説でも、主人公（女）が帰って行くのは、夫という保護者のもとである。女の冒険と遍歴の結末が、常に敗北と孤独というのは、あまりにも淋し過ぎるが多分これが現実なのだろう。

私は、旅するにさえどこかで男の暴力を警戒し、その凶暴さと鼻面を突き合わせた時に、自分の身を守る術さえ持てない女の性の宿命に、やりきれない腹立たしさに近いものを感じる。両性具有の世界こそ、神は人間の為に用意すべきであったのではないだろうか……?!

友人が尋ねてきた。彼女とは、七、八年ぐらいのつき合いになる。彼女にも一歳三か月ほどの男の児がいるのだが、母親の家に居るので時々は出かけられるようだ。羨しい限りである。鉄筋コンクリートの狭い家の中で子供とだけ向き合っていると、段々気が滅入って来るので、こうやって友人が尋ねてくれると久しぶりに話らしい話ができ、とても嬉しい。帰宅の遅い夫とも、ともすれば二言、三言の会話で一日が終る日も多く、一日中誰とも何の話もかわさない（挨拶すら！）日も何度かある。そんな日は、自分がひどく硬直しているような感じがし、言葉を発しそれに対する言葉が滑らかに返って来るというごくあたりまえのことが、ひとにとってとても愛おしい行為なのだということがしみじみ解る。

友人は私より一年ほど早く、結婚した。インド旅行中に知り合った青年と一緒になったのだ。彼を紹介された瞬間、私は直感的にああ良い青年と一緒になれたな、彼女の運命はラッキーな方向にあったんだなと感じた。のちに、青年との出会いと成り行きを彼女に聞かされ、いかにも彼らしいと思った。

二人はインドで知り合い、彼女は友人たちと離れ、彼としばらく旅行を続けたらしい。ある日二人は、インドの王宮のあとをホテルにしたという宿舎の、豪華な部屋を取った。大変安かったそうだ。その日の夜、彼は開け放した窓を見ながら、突然歌い出した。結婚しようという意味の、即興歌である。アッケに取られていた彼女も、しばらく聞くうちに結婚したいと感じたという。たいていの人がこんなふうにラヴ・ソングを歌い出すとどこか滑稽なものだが、多分彼にはそんな匂いは微塵もなかったのだろうという気がする。彼はそういう人だ。不思議に、彼がUFOを見たと話すと、ああ、本当にこの人は見たのだと信じさせられるし、オーロラを見たと言えば、ああ見えたのだと思わせられる。彼の話し方には、かなり疑り深い私ですら、真偽を超えたところで直接響いてくる何かがある。掛け値のない誠実さが、浅黒い顔の中のきりっとしまった二つの目に浮んでいるようなのだ。多分、彼は人を疑うなどということのない人なのだろう。性来そういう性質の人らしく、素朴さがいつまでも残っていそうな感じだ。彼は背が低く、造りも小柄なのだがそれも感じさせない。彼女よりもわずかに低いそうだ。寛容というと、いくらかもったいぶっているようで好ましくないかも知れないが、奇妙に広さを感じさせる人だ。

母が子供の顔を見に来た。

初めての孫ということもあって、可愛いのか抱いてばかりいる。毛糸で帽子とベストを編んで持ってきてくれた。どこかで見たような、水色に細かいピンクと白の霜を振った系である。尋ねると、私が小学校の五年のときに着ていたカーデガンをほどいて、作ったのだと言う。ものもちのよさよりも、小学校以来六、七回引越しているのにその都度捨てた方がよほどすっきりするようなガラクタと一緒に運ばれていたことを思うと、なんだか愉快だ。

私は自分が母親になったせいか、母が私たち三人の兄弟をどのように育てて来たかということについて、時々考えてみる。母は働き者で世話好きのごく平凡などこにでも見られる母親のようだ。そうして、子供に対しては愚かなほど盲目的である。今だに、手取り足取りで世話をやいている。三十になろうという息子のもとへ日用品を買ってやり、山ほどの洗濯ものをし、細々とした日用品を買ってやり、末の息子には小使いを与え、就職口の世話とひとりでやきもきしている。そうして、息子たちは口うるさいと眉をひそめている。もちろん、孫に対しても溺愛ぶり（？）を発揮し、風邪を引いたと聞くと、一日おきに電話をくれ容態を聞いたり医者だ薬だと大騒ぎだ。たまに息抜きに子供を連れて母のもとへ行くと、母はなにからなにまでやってくれる。オムツの洗濯、孫の入浴、出もしない自分の乳房をふくませて寝かせつけてくれる。子供が起きている時は、腕がだるいといいながら何時間でも抱いてやり、あやしたり話しかけたりしている。決して暇だからではない。父の仕事を手伝っているので（というより、父の仕事をほとんど引き受けている）、雑用に追われる身である。

酒好きでいささかナマケモノの父親と、人一倍働き者で気丈な母親という、どこにでもありそうなケンカの絶えない両親のもとで育ったが、センチメンタル過多のこの夫婦は子供たちに対してはかなり愛情深かったように思えるのだ。子供を絆に、とうの昔に壊れてしまった夫婦という他人同士の関係を継いできたように思えるのだ。母の子育てに関して、良かったところと悪かったところを考え、うまく自分の子供に対しては処理して行こうと思っているが、弟が私の子供を抱いてあやしているそのあやし方を見ると、なんと母そっくりなのである。ということは、とりもなおさず私によく似ているということだ。出産祝いにもらった育児書によると、その人が育てられてきたように、子供を育てるものだと書いてあった。多分、私も母のように子供に甘い母親になりそうだ。とはいえ、とても母のようには細かく気を配ってやれそうにはないが。なにしろ、私は父の血を引いているので半分ぐらいはナマケモノに違いないだろうからだ。

子供にとっては、どんな親も一長一短であるに違いない。私にとっての精一杯のところで、不満ではあっても子供に我慢してもらうしかないだろう。親と子というのもやっかいな関係だ。自ら選びとったとはいえ……。

（『水脈』第七号、一九七九年二月。筆名、須川亜子）

贈物と冠と

今、わが家の子供部屋には、二枚の大きなカラー・ポートレートが額に入ってうやうやしくかかっている。赤い蝶ネクタイ。黒いガウン。頭には房のついた博士の帽子。子供たちの表情もちょっと生まじめだ。

釜山で初めて通った幼稚園の卒園写真である。

幼稚園の名前は「ヘドジ幼稚園(ユチウォン)」。音だけ聞くとつい汚ないものを連想しがちだが、訳せば「日の出幼稚園」。名前のとおりでとても庶民的な園だった。

場所は東大新洞市場のドまん中にある聖堂(ソンダン)(カソリックの教会)の敷地の中。したがって教会の塀や幼稚園の門の脇など、いつも露店の荷台がひしめき、赤や青のビニール天幕やパラソルが風にはためいていた。

子供たちは、毎朝、野菜や魚や雑貨を満載した仕入れのリヤカーが行き合う路地をキャベツの葉っぱを踏み踏み門の中に入って行く。「先生アンニョンハセヨ」「ヤ、ミサキ、ウシオ、アンニヨン」。両手をきちんと揃え、深々とおじぎする恰好は、ひときわ小さな点を除けば他の韓国の園児とまったくかわらない。

韓国の幼稚園は、就学前の一年間を通うのが普通で、五、六歳が規準になっている。ところが、うちの子供たちは三歳と四歳。赤ん坊に毛の生えた程度の上、韓国語はまるでダメ。しかも日本人の子。特別にお願いして入れてもらったのだが、先生方の苦労は大変なものだったに違いない。一年間、一日も休まず喜んで通いとおせたのはひとえに先生方が気を使ってくれたからだろうと思う。

さて、この幼稚園での一年間は、子供にとっても新鮮な体験の連続だった。

なかでも盛りだくさんの行事に、足繁く幼稚園に通ったことはいい思い出になっている。行事は、入園式のあと「子供の日(オリニナル)」から始まって「遠足(ソプン)」、「父母の日(オボイナル)」、「市場遊び(シジャンノリ)（お店屋ごっこ。準備物の割り当てがあって、はしりの高い果物やバナナが当るのはお金持ちの子供である）」、「コカコーラ工場見学」、「病院遊び(ピョンウオンノリ)（産婦人科ではノコギリでお腹を切り、人形を取り出していた！）」、「プール」、「動物園見学」ｅｔｃ。夏休みが終り、秋になると、最大の行事「秋夕(チュソク)」と「秋の発表会(カウルパルピョヘ)」があった。秋の夜、父兄を招待し、子供たちが歌や踊りや寸劇を披露し、楽しんでもらう趣向だ。父兄の方もこの日ばかりは、おじいさんやおばあさん、他の兄弟たちを連れ、一家親族でやって来て、園から出されたお菓子やおもちゃや飲み物をほお張り、盛大な拍手を送っていた。

演し物は、韓服・チマチョゴリの民族舞踊や、合奏や合唱、現代的な新体操ふうダンスと色々あったが、「忠誠！(チュンソン)」、「敬礼！(キョンレ)」、「休め！(ヨジウムシオ)」、「前へならえ！(アプロナラニ)」と号令が飛び交う、迷彩服におもちゃの鉄砲をかついだ〝ちびっ子兵隊さんの行進〟も登場した。
その他、キリスト教の「イースター」や「クリスマス」などがあり、毎月「誕生日会（センギンナル）」も行われた。もちろん誕生日に当った子供の父兄が呼ばれ、お菓子や花やおもちゃや特大のケーキを飾ったテーブルを前に親子の記念写真を撮り、半日ゲームやダンスを楽しんだりするのだ。

父兄が参加しない行事までいれると、ほとんど日々お祭りといった感じがしなくもない。そして、こんな行事のたびに、実は、子供たちは頭に李朝時代の王様の冠を被ったり、韓服を着て正装したりする。みんな王者（ワンジャ）の子というわけだ。それにもう一つ、これらの行事のたびごとに、必らず「贈物（ソンムル）（プレゼント）」が出るのである。ノートやクレヨン。水筒に弁当箱、スケッチブックにオモチャ、ハンカチｅｔｃ……遠足の時には母親たちはサマーバッグまでもらった。

さすがに園から子供や父兄へこんなにたくさん贈物をくれるのは珍しいらしく（その逆は多い）他の幼稚園へ子供を通わせている近所の奥さんは、「何ていい幼稚園だろう！」といささか羨ましそうだった。

やがて王様の冠は最後に、知の権威である博士（パクサ）の帽子になり、贈物は毎月積み立てた「セマウル金庫」の現金一〇万ウォン程度と、アルバム、入学時に必要な学用品一式、通学必要なサブ鞄などで風呂敷いっぱいの物量となった。

末は博士か大臣か。権威と物へのスタートは早くも幼稚園の時に始まる、という気がするような幼稚園だったが、うちの子供たちが卒園する前に、教会の方針で急に閉鎖され二〇年の歴史を閉じてしまった。新しく障害児の教育を始めるということだった。

修道女（スニョニム）さんはソウルへ、先生方は結婚したり、他の幼稚園へ移ったりと散って行き、私たちも知人の紹介で今度は釜山で一、二という高級幼稚園へ移って行ったが、ここでは二年お世話になったにもかかわらず、思い出に残っているのは「ヘドジ幼稚園」の方が強い。

多分、とても韓国的で父兄と園との垣根が低く、大家族的な雰囲気だったからだろう。だけれど、裏で囁かれていたように、園児が年々減り経営難に陥っていたというのが本当だとしたら、とても残念だ。次に移った幼稚園では送り迎えの父兄を門の外に待たせ、高い塀の内には一歩も入れなかった。文字通り垣根が高いのだが、こちらは抽選で園児をとるほどの盛況ぶりである。もちろん贈物もなければ、王様の冠を被ったりもしないし、博士スタイルの写真もない。父兄を呼ぶ行事も年に二回だけ。そのかわり長時間保育と給食（ごはんにキムチの韓食）で出るのが特徴だった。

地方都市釜山の主婦たちにも〝実を取る〟ドライさが訪れているのだろうが。

（『現代コリア』266号、一九八六年十一月）

タクシー・ドライバー物語

ロバート・デニーロの「タクシー・ドライバー」は、壊れた消火栓が、霧のように水を噴きあげる夜のニューヨークの路上を、黄色いタクシーがゆったり辷って来る所から始まる。私が雨の夕方拾った釜山のタクシーは、濃紺のポニーで、ドライバーはベトナム帰りの米兵ではなく、アメリカへ行きたがっている若い男だった。

突然降り始めた雨に、タクシーの奪い合いが続き、合乗りの彼の車を拾えた幸運に感謝したのもつかのま、先客が降りてしばらく走ると、彼はチェッと舌打ちをし、降りてくれという。冗談ではない。なにしろ釜山に来てまだ二ヶ月。言葉はまるでわからないうえに、地理もおぼつかない。おまけに外はドシャ降り、傘だって無いのだ。「アンデ、アンデ! ノー、ノー!」

私はシートから身を乗り出し、あわてて手と首を振った。すると、彼は、ギョッとした顔で振り向き、「ジャパニーズ?」と訊く。ウンウンと私。彼はカメのように首をすくめ、そこのロータリーは他のタクシーが拾い易い、頼むから降りてくれと英語の単語を並べていう。いかつい顔に似合わず、ちょっと親切そうだ。「なぜ？」降りなきゃダメかなとも思ったが、くい下がってみた。彼は苛々した顔で、急いでさっき食事をしたドライブインに引き返さなければならないと言う。売り上げ金の入ったバッグを置き忘れて来たというのだ。ＯＫ。わかった。それなら一緒に行ってバッグを受け取り、その後私の家まで行って欲しいと、英語と韓国語のチャンポンで提案すると、どうにか通じたらしく、彼は信号を無視し、四車線道路のド真中でＵターンすると、雨の中をフルスピードで車の群れに突っ込んで行った。

ドライブインに辿り着くと、彼は転がるように店の中に入って行ったが、しばらくして戻って来た時は、やはり手ぶらだった。運転席に坐ると凝っと押し黙ったあと、急に振り返り、怒りを叩きつけるように喋り始める。食堂のオヤジは、無い、知らないと言うが、あいつが盗ったんだ、俺はあそこに忘れたんだ、知ってたはずだ、嘘つきだ、クソッ、あいつが盗ったんだ！

当時の釜山の運転手たちは、二日に一遍会社から車を借り、転がし、売り上げ金の中から五万ウォンを上納する。残りが彼らの取り分だ。若者たちのまともな就職口は少なく、兵役で車両の運転を覚えて来た若者たちは、タクシー会社に職を求め、なり手は多かった。

「アイアムフール！　パーボヤ、パガダ、パガダ！」日本語でバカ、バカと言っているらしい。彼は自分の頭をポカリと殴った。あいにく、私の方は彼の今のデリケートな気持ちを傷つけずに慰められるような語学力は無い。そのうち、気を取りなおしたのか、もともと陽気でオッチョコチョイの気味があるのか、自分はもっか婚約中で三ヶ月後に結婚するのだとか、今英語を習っているが、そのうち日本語もやってガイドのできるドライバーになり、稼ぐんだと話し始めた。彼の英語力だとガイドの道は遠そうだった。もっと大きな夢はアメリカへ移民して、一旗あげるのだとか。「ジャパニーズ・ガール、№1よ」彼は、降りぎわに私にVサインを出し、ウィンクした。以来、釜山は広いのか四年の間、彼の車にはついに乗り合わせなかったが、〝移民詐欺〟にでもひっかかっていなければいいけれどと、思わずにはいられない。

（『現代コリア』270号、一九八七年四月）

映画「於宇同」のショック

九段会館で「おうどん」を見た。おもわずうどんやそばを連想させるタイトルだけれど、ヒロインの名前で（於乙宇同）李朝時代の実在の人物。しかも素行不良により刑死させられたという女性で、儒教倫理の強い韓国ではアンモラルの代名詞のように使われていた。

当時の李朝実録には「宗室泰江ノ棄妻朴氏（於乙宇同）初メ銀匠ト通ジ又方山守ト通ズ醜声一国ニ聞ユ。其母ハ奴ト奸シ夫ニ棄テラル。朴氏罪ノ重キヲ知テ逃ル。左承旨ハ之ヲ捕ヘ法ニ置クベシト云フ。王ハ之ヲ可トス」と載っている。このごく短い記述で語られた代々の淫婦というイメージの女性を、現代韓国映画を代表する李長鎬、李甫姫、安聖基のスタッフがどんなふうに作り変えるか期待と興味があった。それに韓国で見たポスターでは、「女性解放の騎手か」という文句が踊っていて、従来のイメージを新しい角度から描こうとする意気込みのようなものを感じられた。

ところが、見ているうちに段々首をかしげるようになった。映画では銀匠との不義は誤解に、夫は変質者に、逃げた父親は我が娘を殺す苦悩の父に、下僕殺しはぬれぎぬにと変えられているが、あまりに美しく変え過ぎて、「おうどん」がただ運命に流されるだけの、美貌のヒロインになってしまったようで、どうもすっきりしないのだ。「おうどん」の刑死の罪状を美化したのでは、当時の倫理と誤解と偏見の犠牲者になるだけで、性の虜になった哀れな女という域を出ないし、この古さが書き変えられていないから、王との絡みもラブロマンスと見えてしまう。階級を超え「飛び立つ」はずのクライマックス、刺客安聖基との心中も切ないファンタジーに代わってしまい、涙の悲恋といったふうでとても飛べそうにない。

もう少し意地悪な見方をすれば、本当に「女性解放」のような視点で「おうどん」を捉え直すつもりだったのだろうか――そんな疑問も湧いてくる。そうだとしたら、韓国の女子大生たちはたぶんこの映画を見てかなり怒ったに違いない。映画の最後に蛇足のように、かつて李朝時代女性は差別され抑圧されていた云々……の文字が出てくるが、このシラケタ文字同様付け足しでないかと思えてしまうのだ。話題になった「おうどん」ショックは、韓国映倫の柔軟さを示すような大胆なシーンであって、それ以外のものではなく、むしろ女性の描きかたは同じ李甫姫の「ムルプガムルプサイ（膝と膝の間）」の性をもてあましているようなインテリ良家の女子大生と似た、性的抑圧が強過ぎておかしくなっちゃったという感じだ。こんな女性は「彼は太陽を撃った」という映画にも、海辺で主人公を誘う性的に過剰な女という役柄で登場する。

普通こういった女たちが描かれる場合、リアリティがないと女はたんなる男の道具に過ぎなくなる。ポルノはその典型で、「おうどん」が綺麗なポルノのように感じられるのも、彼女には肉体はあっても頭がないからだろう。映画の中で「おうどん」はどんな胸にしみるようなリアリティのあるセリフを喋っただろうか。記憶に残っているのは、彼女の美しい足だけである。多分見た人のほとんどがそうだろう。古臭い言い方だが、内面のない白痴美はやはり「女性解放」の敵である。

むしろ私の「おうどん」ショックは、この映画に「女性解放の旗手」というレッテルが貼られた、そのつもりで作られたということの方で、利用された腹立たしさに近いショックだった。そういえば、韓国で日本語を教えている日本人女性が「女性解放映画というより女性差別じゃない!?」と言っていた。同感である。

(『現代コリア』277号、一九八九年十一月)

風棲むよき日

四つになる姪がわが家に遊びに来て、珍しげに扇風機を見ていた。声を出して風に当ててみたり、真ん中に指を入れて止めてみたりと楽しげで、「扇風機、かわいいね」と言う。

確かに、扇風機にはかわいげがある。一年中壁に張り付いている、四角い箱のエアコンに比べれば、あのずんぐりむっくりしたスタイルからして、人格がある。うっかりけつまずいて足をしたたかに打った時などは、むらむらとした憎しみさえ湧くし、部屋の隅に一人前の顔して座っているのもいい。おまけに、スイッチを入れると首を振る仕草がなんともけなげだ。

この首振りのかわいらしさの極致は、なんと言っても電車の天井用に吊ってある振り扇風機だろう。私の利用している成田線は、夏になると、時々大きなオニグモの巣があちこちに張ってあったりし、ついでに蚊も飛んでいたりするローカル線だが、エアコン車に混じってたまに扇風機車が生き残っている。こういう車両に乗り合わせると、一瞬ガッカリしつつも、自然に扇風機の真下にと寄って行き、じっと上を見上げてしまう。横振り、縦振り、回転と、首をクルリクルリからくり人形のように動かす優雅な素振りが面白いからで、真下は一見風が当たらず、端の方が強い風が当って涼しそうだが、実は真下こそわずかな風が絶えず当たっていて涼しいと、経験上知っているから尚更だ。時に回転が悪く、ギギギと不気味に止ったりすると、落ちて来るのではないかとギクリとしながらも、やっぱり見続けてしまう。

韓国に住んでいた時に使っていた扇風機は、さらに人格があった。買ってきてしばらくの間は何のへんてつもなかったが、ある日、スイッチを入れると、ドタッと倒れた。起こして見ると、打ち所が悪かったのかガードがはずれ、羽の止めネジの所が緩んでしまった。ところが戻そうとしても、妙な具合に力を入れて締めたせいか、元に戻らない。ま、いいかと、スイッチをいれると、ズズズ、ズズズ、いきなりあとずさりしてしまった。後ろ歩きの扇風機というのは初めて見た。羽が緩んでいるから真ん中の芯の所で伸び縮みし、それが微妙な風の変化をもたらすらしく、一、二歩さがっては止まり、止まって思い出したように動くのだった。

また、むかし、わが家では欄間の中柱に壁掛けの首振り扇風機を取り付けていた。それがある日、ガクッと首を垂れ、ギイギイとうなったかと思うと、柱の表面の化粧板がネジ釘と一緒に剝がれ、ドスンと落ちてしまった。ちょうど夕飯時で、家族全員、あっけに取られて見ていたが、やがて父がぼそりと言った。「落ちてもまだ回ってる」

プラスチックの羽になる前の古いもので、かなり重かったから上に首を支えているネジが緩んだせいか、重量が片寄って落ちたらしい。鉄の羽がブルブル震え、見ていると振動しながら床を這っていた。

扇風機はざっと百年くらい前にアメリカで製品化されたそうだが、スタイルそのものはあまり変わっていないらしい。丸い顔、出っ張った後頭部、頭を支える平たい足のような台。せいぜい首が伸び縮みするようになったぐらいで、洗濯機や冷蔵庫がそれなりに進化しているのと比べると、怠け者といっていいぐらい進んでいない。進化が止まったのは、エアコンが出てきたせいだろうか。

エアコンは扇風機より遥かに人格が薄い。能あるが芸がなく、振り返ってみてもエアコンの思い出はちっとも浮かんでこない。せいぜい、隣りのおじさんに室外機の音がうるさいと苦情を言われたくらいだ。おじさんの家は窓を開けて、扇風機とウチワを使っていたのだ。

どうもエアコンは独善的だ。閉め切った部屋だけが涼しければいいという排他的な匂いがする。自分さえ助かればいいという、核シェルターみたいなものだ。特にわが家では夫の書斎にだけエアコンがあるから、仕事をしているとわかっていても腹が立つ。したがって、時々子ども二人といっしょにぞろっと入り込み、仕事の邪魔にならないように部屋の隅にじっと座っている。「そんな座敷童みたいに座ってないで、あっち行きなさい」と追い出されるが、こんな時はやはり、エアコンは扇風機より進化しているとしみじみ思ってしまう。

家庭から扇風機が段々姿を消している。新聞の折り込み広告にだって申しわけ程度にしか載らなくなったし、電気屋さんの店先でたくさんの扇風機が、ひまわりのような大きな顔をクルクル一斉に待っている光景も少なくなった。といっても、全くなくなったわけではない。換気扇やクーラーの室外機の中、ヒーターの部分として、カクレ扇風機となって生き延びてはいる。が、こんなむしり取られたトンボのような、ただの羽だけになった扇風機は、進化というより実は退化しているのではないだろうか。退化する機械というのも珍しい。

（『すばる』一九八九年八月号）

耳

大阪の生駒山のふもとに、「石切さん」の愛称で呼ばれている劒箭（つるぎや）神社がある。夏の暑い日、せっかく生駒山に来たのだからと石切さんに詣でてみた。

生駒は民間信仰の山として有名で、山の斜面に立った家々のすぐ後ろには、無数の様々な神社仏閣がある。廃屋とみまごうような夏草の繁る小さな寺もあれば、斜面に鉄骨を突き出して作った四畳半ほどのプレハブのような家に、仏様を安置してあるだけの、一寺一僧の寺もある。かろうじて人の踏み分けた道とわかる草叢を、夏の陽射しに炙られながら行くと、小さなほこらを祭る、埃だらけの神社とも寺とも定かでないような、寺院に出くわすこともある。湧き水と修験の滝と、苔蒸したひんやりする岩肌とに守られた聖地には、たくさんの人の願掛けのお札や寄進の板が、あるいは賽の河原の石積みのように無数に積まれた石が、そこかしこに長い年月に抗うように散っている。庶民の願いが生駒の山に満ち、無数の大小の神社仏閣や、様々な神様を生み出している。そんな神様の一つ、朝鮮寺を見に来たのだ。

近くに在日朝鮮・韓国人がたくさん住む鶴橋という所などがあるせいか、生駒の民間信仰を書いた本によると、たくさんの朝鮮寺があるらしく、夫は行けばどんちゃんどんちゃん、あのムーダンの太鼓やかねの音が聞こえるのではないかと言う。だが散々歩き回って、私たちが見つけられたのはたった二軒だけだった。山の中にある朝鮮寺はすぐにわかった。竿の先にくくり付けた赤と青と黄色ののぼりが目印で、キムチの大きな瓶とチゲという背負い子が置いてあり、赤紫の大きな造花の蓮の花が見えた。ケンガリの鉦も、チャングの太鼓の音もしなかったが、そこは間違いなく在日朝鮮・韓国人たちの様々な願いを聞き届け、懊悩を払う朝鮮寺だった。

生駒の山は広く、地図を頼りに歩いてもなかなか目的の場所に辿りつけない。頂上に至るたくさんの坂道は急で、歳相応に錘のような脂肪が付いた身体は思うように動かず、汗にまみれ喘ぎ喘ぎ登って行くと、後ろから来た小学校三、四年の女の子は、山の中に住んでいるらしく、毎日登り下りする狭い舗装路は慣れた路のようで、軽快なリズムで繰り出される褐色の足は、鋼のようによく締まって美しい。もう少し山頂近くまで上がれば、また朝鮮寺がいくつかあるというが、木陰でへたった身体を休めながら、引き返して石切さんに回ろうと提案した。谷底を流れる川の音と、小さな工場から聞こえて来るゆっくりした水車が回る音、強い漢方薬の匂い、暑い陽射し、どれもひどくこたえて、もうさっさと山を下りたくなっていた。この辺りは昔、大阪方面への丸太の産地として有名だった。水車の回るような音は、漢方薬をひいているのだ。

石切さんに向かう電車の中で、足裏のマメがいつのまにか潰れ、痛むのに気がついた。指の付け根の皮がぺろりとめくれていたが、山を登っている時には、不思議に痛みには気がつかなかった。

石切さんは電車を下り、だらだら坂を下って行くと、人で賑わう門前店の通りに出る。露天や昔ながらの店が軒を列ね、本殿に至る細く曲がりくねった小路は、夏の陽射しと人いきれとに満ち、衣類や雑貨や土産用の菓子類を売る店は、客の呼び込みに懸命で、お祭りのような騒々しさだ。静かな山の中より、こっちの方がなんとなく生駒らしい感じがする。

門前店の廂と廂がくっつく狭い通りには、平日にもかかわらず人が溢れ、漢方薬を商う店先からは、草をにつめた臭いが病いの憂いを払うように漂っている。生き返ったように元気になって、あっちこっち店を冷やかしながら歩いていると、通りの一角に、石の仏様を安置した、小さな広場に出た。線香の匂いが満ち、釘を打って作った燭台の蠟燭の炎が、真昼の陽射しにうっすら黄色く揺れている。そばの漢方薬の店の、古びたショウウインドウには、素人描きの毒々しい色彩の人体絵図と、大きな耳の絵が飾ってあった。稚拙で薄気味悪い人体絵図は、いかにも気味悪く目を引き付ける。そのガラス窓には、「寄進のお札あります」という看板も置いてあった。

仏様は、耳の病を癒してくれるご利益があるらしい。「難聴、耳鳴り」という文字板もある。一緒に暮している母は、七十になるが、片方の耳が遠かった。もう随分前から遠かったらしいが、何も言わないので知らなかった。声が大きいのは地声だと思っていたし、片方はよく聞こえるので気が付かなかった。むしろたまにエッエッと、絞め殺される鳥のような声で聞き返すのを、わずらわしい嫌な聞き返し方だというぐらいにしか思っていなかった。

何だか耳鳴りがひどいの。お天気のせいかしら。それとも全く聞こえなくなる前ぶれかしらと、いつになく気落ちした様子で、片方の耳を押さえながら恐々話し始めて、ようやく耳が悪いのだとわかった。母にはもう一つ、メニエル氏病という持病もあった。耳に水が溜まり、平衡感覚が狂い、ひどい船酔いにかかったように吐いて、立っていられない病気らしい。睡眠不足やストレスが「めまい」の引き金になるという。当人は相当苦しいらしいが、熱があるわけでも咳込むわけでもなく、傍目にはなかなかその苦痛がわからない。目を開けると、世界が渦巻きのように激しく回転するのだそうだ。

難聴もメニエル氏病も、どちらも耳の病気である。神も仏もたいして信じてはいないが、一枚百円のお札の寄進で、母の耳の病気が少しでもマシになれば、こんな安いものは無い。いや、日頃、一つ屋根の下で暮しているせいで、何かとぶつかる事も多い母に、せめて何か一つぐらいご利益のあることがしてやれるのなら、お札の十枚でも百枚でも寄進してやってもいい。何の変哲もない小さなベニヤ板の短冊に、難聴が治りますように、メニエルが治りますようにと欲張っていろいろ書き、母の年齢と名前を記して仏様の前に置くと、蠟燭に火を点し手を合わせた。夫はそんなものにご利益があるのかという顔で、汗を拭き拭き黙って見ている。

耳の痛みは頭痛や歯痛と違い、我慢できない痛さだという。私も一度、ひどい痛みに見まわれたことがある。風邪をこじらせ、熱と喉の痛みに苦しみながらうとうとしていた真夜中、頭の天辺に抜けるような激痛が走り、悲鳴を上げて飛び起きると、耳から生温いものがとろりと出て来たのだ。膿だった。翌日医者に行くと、鼓膜に小さな穴が空いていると言われた。内耳の膿が鼓膜を破って出たらしいが、その鼓膜が破れる一瞬の激痛は、今思い返しても嫌な感じが体に残っている。頭が割れるような、狂いそうな痛さで、人間の身体の中にこんな激しい痛点があるのは、何の因果だろうかという気にもなる。かたつむりのようにくるりと巻いた耳の奥は、それだけ敏感なのだろうが、仏様の前やお札所に積まれているお札の山を見ると、この敏感な所を病んでいる人が多いのにも驚かされる。

耳の病は感覚の狂いになって現われる。メニエル氏病がやって来た時の母は、目を瞑って洗面器を抱き、ひたすら横になっている。時化が凪ぐのを待つように、耳の奥の嵐が静まるのに耐えている。

もう一枚札を買い、耳の絵を描いても、耳が健やかでありますようにと、今度は自分の名前を書き入れた。病の大半は遺伝の要素があるというから、私の耳もいつまで健康か、段々心配になって来た。母は私の古びた鏡かも知れない。

お札を奉納すると、石切さんの本殿の方に下って行った。大きな神社で、本殿と境内の間の石畳の上をたくさんの人が列になってぐるぐる回っている。よく見ると、入り口の所にある小さな石塔の頭を撫でては、本殿の前まで行き、また戻って頭を一撫でしている。

「お百度参りだ」

夫がぞろぞろ歩く人の輪を顎でしゃくり、眩しそうに陽射しを手で避けながら、お百度を踏む代わりに、石畳を一周し、石塔の頭を撫でて済ませてしまえるという、はなはだ便利な方法らしい。これではご利益も薄い気がするが、けっこう参詣の人々は楽しそうにくるくる回っていて、信じていてもいなくても、手順だけはちゃんと踏んでいるのがなんだかおかしい。私も人の間に入り一周して、人の手でつるつるに摩滅した、石塔の頭を一撫でした。見晴らしのいい休憩所には、ジュースの自動販売機と、いくつものベンチがあった。朝から歩き回って疲れた足を休ませるようにベンチに腰掛け、涼しい風にほてった顔を向ける。

「おい、あの耳の神様の由来がわかったよ」

本をめくっていた夫が笑いながら言った。

「あの仏様を安置したのは、隣の漢方薬の店だってさ。もともとあそこは、ちょっとした空き地になっていて、何も無いもんだから、参詣客がよく立ち小便したんだって。あんまり小便ばかりひっかけるんで、仏様を祭った所、さすがにぱたっと立ち小便が止んだそうだ。で、ついでに耳の神様にしたらしい」

私は思わず吹き出した。神様や仏様にはいろんな由来があるが、人間の切実で貪欲な願いを聞き届ける、無数の神仏が住む生駒の山には、そんな仏様もいるのだろうか。立ち小便避けの仏様の顔は、ひどく穏やかそうだった。

（『朝』十一号、一九九六年一月）

チョソン・ビョルドゥリ（朝鮮の星たち）

韓国で大ヒットした映画『西便制（ソピョンジェ）』を衛星放送で見た。タイトルの「西便制」という言葉は、パンソリという伝統的な朝鮮芸能の、西の方の謡い方という意味らしい。邦題は『風の丘を越えて』というロマンチックなタイトルが付けられている。原作者の李清俊氏には、済州島に行った時に遠くからお顔を拝見したことがある程度で、その時は彼の連作作品『南道の人々』がベストセラーになり、地味な作家に一躍日が当たり、映画化されたことは知らなかった。

原作は読んでいないが（文庫ですでに出ているそうだから、いずれ読みたいと思っているが）映画はとてもよかった。

物語の筋は、朝鮮の伝統的な話芸であるパンソリを歌う、放浪芸人の境遇だった息子が、青年になってそういう暮らしに嫌気がさし、パンソリを至高の芸と考えそれにしがみつく、血の繋がりのない父親と歌い手の姉を捨てて行くが、自分の家庭ができ暮らしが落ち着くと、無性に姉に会いたくなり、父親に漢方薬で失明させられ、いまだに放浪の身をかこっている姉の行方を突き止める。回想的に語られる父と姉と弟の芸人暮らしの日々。姉の失明とその経緯。父親の死。そしてついに捜し当てた姉に弟とは名乗らず、伴奏のプック（太鼓）を叩きながら一晩、姉のパンソリの謡いを聞き続け、黙って二人は別れて行く。

魂に触れて来る朝鮮の四季とパンソリの振り絞るような声と、放浪芸を伝える親子の葛藤と、時代に切り捨てられ廃れて行く芸の、切ない輝きにも似たいい映画だった。見ているうちについ引き込まれて涙が滲んだ。

アリアリラン、リスリラン、アラリガナンネー……軽い朝鮮の節回しと言葉が、峠を越える人々の切ない胸の震えにも聞こえる。映画では西の方とは全羅南道方面のことで、今でも韓国では差別されている地域であり、峠を越えるのは並大抵ではないのかも知れない。

パンソリという、独特の節回しの芸能を初めて見たのは、釜山に住んでいた時で、十年ぐらい前のことになる。韓国の江陵（カンヌン）という所で端午の節句のお祭りがあり、早速釜山から列車で八時間ほど掛けて見に行った時のことである。「東京大サーカス（トンギョン）」（といっても別に東京から来たわけではなく、単なるショウアップの言葉だが）やお化け屋敷にも混じって、民俗芸能の小屋があり、たいした期待もなく入ってみた。

テレビや観光ホテルなどで見たことがあるような、民族舞踊のあと、大きな扇子とカッという李朝時代の両班（ヤンバン）（＝貴族）が被る黒い帽子を被った男性が出てきて、軽妙な仕草を織りまぜながら迫力のある鍛え抜かれた声で腹の底からうなり始めた。聞いた瞬間、驚愕した。内臓をぐっと鷲掴みにされた感じだった。韓国にこんな凄いものがあったなんて、何年釜山で暮らしているのかと、自分の無知に呆然とした。看板に人間文化財と書いてあったのは、はったりではなく、後で歌い手は本物の無形文化財のイ・ウングワン氏だと知ったが、木戸銭千円ほどの小屋掛け舞台に、そんな人が立っているなんて誰が思うだろう。

映画『西便制』の背後にある、パンソリが時代に忘れられて行く狂おしさ、その時代への「恨」を乗り越える苦しさ。このパンソリ無くして、パンソリは作られなかった映画が作られた今は、果たして、パンソリは栄えているのだろうか。まだ放浪芸人は、芸でなり立っているのだろうか。小屋掛けの舞台はあるのだろうか。

南原（ナモン）に行った時、料亭にパンソリを謡う女性に来てもらうという、めったにない機会に恵まれた。彼女のパンソリは素晴らしかったが、伴奏のプックが今一つで味気なかった。それともやはりパンソリは、戸外の大道芸で聞いてこそだったのだろうか。

パンソリは物語に節を付けて謡うことと、辞書などには出ている。パンは場所や場面といった意味で、ソリは声、音、泣き声などを指す。物語るという点や李朝時代の庶民たちに親しまれたという点では、浪曲や浪花節の親類筋だが、物語の筋そのものより、山場にさしかかると朗々と謡いあげかきくどく所が、彼我の違いのような気がする。

パンソリの演目も五つほどだそうで、「春香歌」や「沈清歌」や「興夫歌」などがよく歌われ、これらのお話は朝鮮の人々なら小さい頃からどこかで聞いて育った物語でもある。私の韓国語の先生は、こと語学に関しては非常に厳しい人だが、興に乗ると「サラン、サラン、サラン（愛、愛、愛）」と「春香歌」の「サラン・タリョン」を手拍子を取って謡い始める。私はこういう瞬間が、なんだかいつも羨ましい。誰もが知っている伝統的な謡いがあることが、ひどく豊かな気がするのだ。日本人はもはや、民謡一つうなれなくなっているのだから。

さて、『西便制』の監督は林権沢（イム・グウォンテク）という人で、一九三六年生まれの五十八歳、韓国を代表する監督の一人である。十七歳で家出し、釜山で北朝鮮からの越南民（朝鮮戦争での北からの避難民）たちと出会い、やがて彼らが設立した映画会社に入り、雑用係から身を起し、弱冠二十六歳で作った映画『豆満江よさらば』がヒットし、九十本以上の作品を作っていると、『朝鮮人物辞典』に載っていた。

ずいぶん多作なのに驚かされるが、逆に言えばそれほど映画が人々に親しまれ見られていることになる。

今、韓国映画は世界で高い評価を受けている。『我らが歪んだ英雄』のように、うちの高校生の息子が見ても感動する映画が作られている。これら多作の〝職人芸〟にほっとするのは、日本ではそういうものがなくなったからだろうか。

（『朝』十一号、一九九六年一月）

病気

夜、八時頃じわりと胃のあたりが痛くなってきた。ああ、やんなっちゃう、またきた。テレビを消して胃薬を飲み、早々に布団に横になる。このじわじわした痛みは初めてではなかった。五、六十年ほど前から忘れた頃にやってきては、二時間ばかり重苦しい痛みを与え、嘘のように去っていた。痛みはたいていてい夜半か明け方が多かった。痛くなって目を醒まし、睡魔と格闘しながら胸を押さえて海老のように丸くなり、悶々と薬が効くのを待つのに比べれば、むしろこんな早い時間にくるのはありがたいのかも知れない。

だが痛みはいつもと違い、四時間経っても治らなかった。さすがに不安になってきた。いつもなら吐けば少し経って楽になるのに、冷汗も悪寒も、じわじわする圧迫感も引く気配がないのだ。ストレスで胃が荒れたのだろうか。もっともそんなストレスのかかるような日常ではないし、仕事だって別に追われていなかった。それに二年ばかり前に胃の検査をした時は何ともなかった。本当に胃だろうか。ふと、心筋梗塞で倒れた時の父の姿が浮かんだ。まさか心臓ではないだろう。

そういえば背中の辺りにも圧されるような不快感がなくはない。

しばらく悶々とした後、ともかく診てもらおうと、夫にタクシーを呼んでもらい病院に行くことにした。こんな大騒ぎして病院に着いた頃に、いつものように痛みが嘘のように引いてしまったら、ちょっと格好がつかないと思いながら腹部を押さえて乗り込んだ。

当直の医師はこれから死にかけている子供を別の病院に搬送するとかであたふたしていたが、丁寧に診てくれ、痛み止めの注射も打ってくれた。だが痛みの原因は分からないらしく、そのまま入院することになった。鎮痛の座薬をもらい、嘔吐用のステンレスの盆を抱え、細長くひっそりした個室でうとうとしているうちに、朝方奇妙な声ではっきりと目が醒めた。隣室の男性が何か叫んでいた。人を呼んでいるような呪っているような声で、後で看護婦さんに訊くとアルコールが頭に回っているのよという返事だったが、しわがれた呼び声は一日中続き、その声に呼応するかのように腹部もじくじくと痛み続けた。

痛みの原因が分かったのは入院して二日後だった。胆石だった。胆嚢に一・五センチ大の球状の石が二個あり、前科数犯ぐらいの悪さをしている奴だし、胆嚢も相当固くなっているので取ってしまいましょうという。胆石と聞いた瞬間、思わず拍子抜けしてしまい、もうそういう物ができる歳なのだと改めて自分の肉体のことを思ったが、内臓を取るとなると話は別だった。臓器が欠ける。なくなる。そんなことが自分の体に起こっていいのだろうか。確かに痛みが湧き、じくじくと続く不快さはたまらないが、小さな臓器とはいえ、神様が与えたような天与の配剤物を切り取るなんて。トカゲの尻尾ではなく、人間の体は一度取ったら二度とは生えてこないのだから。

病気とは無縁だったおかげで、お産以来、二十年ぶりの入院のベッドで、いやあ、傷一つないきれいなお腹ですねと、外科医に妙な誉め方をされた自分の腹部を痛みをこらえながらしげしげと眺め、ため息が出た。弟が癌で胃を全部取った時も、何とか少しでも残せないものかと思ったが、取ってもしょうがない時はそのままお腹を閉じますという返事で、取るのはまだ希望がある証拠だった。もっとも私の場合はそんなに切羽つまってはいないが、放っておくと腹膜炎を起こし大事に至ると言われた。

手術は他の大学病院でしてもらった。二日経っても原因が特定できなかった病院では、危ない気がしたからだ。手術は腹部に四ヶ所穴を開け、カメラを入れて切り取るという簡単なもので、麻酔から醒めると全てが終わっていた。息子は切り取った胆嚢を医者に見せられたそうだが、私のはがもらったのは壜に入れられた二個の胆石だった。胆石の石はきれいだときいていたが、私のは大きな兎の糞のような実に可愛げのないものだった。黒色石と名前までそっけない。普通この黒色石は胆嚢にでき、直径数ミリと小さい。それが一・五センチ大だから、我ながらよく育てたものである。

こんなに育ったのは何度も痛くなっていたのに、胃だとばかり思い込んでいたのと医者に行かなかったせいだろう。医者嫌いというより丈夫だったからである。病気らしい病気一つしたことがないせいで、少々の痛みは平気だった。痛みはやがて過ぎ去ると思って疑わなかったのだ。胆石だというと、痛そうと言う返事が返ってくるぐらいで、七転八倒の痛みというイメージだが、私の場合は冷汗が出て海老のように丸くなっても、堪えられないというほどではなかった。だからずっとやり過ごしてきたのだが、我慢強いのか鈍感なのか、痛みを堪えるのも考えてみれば怖い。早めに医者に行き手当していれば、胆嚢は無事だったかも知れないのだから。

胆嚢という普段気にしたこともない地味な臓器が一つ、お腹から欠けてしまった。これから病気の問診のたびに、胆嚢の欠損を書き込むのである。この先老いて、ゆっくり病歴が増えて行く第一歩が胆石とは、いかにも私に似合いの地味なスタートである。

(『朝』十七号、一九九九年十月、署名は「亜」)

「太白山脈」について

長野に住んでいる鄭寿得さんという方から突然キムチやナムルが届いた。知らない人である。同封されている手紙には、

「太白山脈を読ませて頂き筆舌で表現しがたい感動を頂きました。良くぞやって頂きました。心よりありがとうございました。読みながら感動のあまり、ひとりでに涙が溢れでました。又憤りと無念さがこみあげてきました。しかし、私は朝鮮民族として生を頂いたことに、喜びと感謝の気持で一杯です。又こんな素晴らしい日本の友達が一杯おられる事に感謝しています」

と書いてあり、貴美知（キミチ）と名付けた韓国の漬物などの販売会社をやっていることが記されていた。送っていただいたキムチもナムルも大変おいしく、日本人の口にあうよう工夫されていて、異国で一心に商売に励んでいる様子が想像された。

このように読者の方からお便りをいただくのは、滅多にないことだけにとても嬉しい。むしろこんなに長い物語を読んでくれるだけでありがたいと思わずにはいられない。そのぐらい長い。

『太白山脈』は韓国の超ベストセラー小説で、全十巻ある。作者の趙廷来氏もかなり体力維持に気を遣い、田舎にこもったりしながら六年がかりで書き上げている。私たち翻訳チームも翻訳に足かけ七年、一巻ずつ出版しながら次の巻の最後の仕上げをしていくのに約一年、ざっと八年はかかっている。

翻訳を始めた頃は、原作は韓国では四百万部ほど売れていた。もちろん出版界の話題を一手にさらっていた。それが翻訳途中で五百万部になり、翻訳が終わる頃には六百万部に迫る数字になっている。日本に比べ人口もマーケットも小さい韓国でのこの数字は、日本でなら優にその二倍は売れた勘定になる。

どうしてこんなに売れるのか。いろんな人がいろんな分析を行っているが、壮大なスケール、卑近な歴史、そのリアリティや実在感、歴史物語のおもしろさといったことの他に、私には語りくちの小気味良さのようなものがこの本の魅力に一役買っている気がした。

『太白山脈』が雑誌に掲載され始めた頃、ちょうど私は釜山にいた。当時はこの小説のことはもちろん、後に大ベストセラーになるなど知る由もなかったが、洛東江を指さし、「こっちに国軍、あっちが共産軍、すごい激戦地でした。それに大きな声じゃ言えないが共産軍は本当に強かった」とか、「ここで赤の容疑で何の罪もない人がたくさん殺されたんです」と言った話を聞かされたことを良く憶えている。反共が国是の国であり、普通の人々は生身で体験したことを正直に口にできなかったのである。そのような巷に流布している「真実」を、底辺の人々の口を借りてこの本は堂々と言わせているのだ。現代の語り部のように、読者の思いの丈を存分に表現しているのろうか。
である。よくぞ言ってくれたという、心地よさこそが、韓国人の言う「恨みを解く(ハンプリ)」ではないだ

だがこれは反面、大変なことでもある。当時は民主化の兆しはあったとはいえ、大統領を国民の直接選挙で選ぶ日が来るなど想像もできない時代だった。趙廷来氏もたぶん逮捕、投獄は覚悟の上で書かれたに違いない。事実、反共法違反で告訴され係争中であり、発禁処分は免れたものの、「学生や労働者が読めば耽読の罪で起訴されるが、一般人が教養として読む分には罪は問わない」という、苦肉の策のようなお達しが出ている。もし超ベストセラーにならなかったらどうなっていたことか。たぶんあまりに売れすぎて当局も簡単に逮捕などできなくなったのだろう。「涙が溢れ、憤りと無念さが込みあげた」という、先にあげた手紙は、そのまま当時を知る人々の偽らざる感情である。

とはいえ時代背景も政治的な状況も異なる日本で、こんなに時間とお金をかけて出版しても果たして売れるのだろうか。何しろ韓国で百万部を越した『人の子』(李文烈)が、日本ではさっぱり売れずこけている。文学作品は三千部が相場の日本で(韓国では詩集や純文学がベストセラーになるのだ)かなり強気に一、二巻は五千部も刷ったのである。ほとんど祈るような気持ちというより、これ以上損を出してどうするんだろう、いくら集英社が大きな会社とはいえ、やけくそのように見えなくもないというのが正直なところだった。

だがやはり出版社は出版社、当たり前だが売り方のプロであり、読みは正確である。何と一ヶ月もしないうちに、ごく少部数だが増刷がかかったのである。そしてまもなく三巻目も増刷にな

りそうだという。

『太白山脈』は自分たちが翻訳したからだけではなく、日本人には是非読んでほしい一冊である。そしてこの本がなぜ怪物のように売れたのか、それを考えてみるだけでも隣の国が見えてくるのではないだろうか。

（『千葉文芸』創刊号、二〇〇〇年八月）

「ふくちゃん」

弟の通夜のお焼香が始まった。手術の失敗で出血死してしまった弟の葬儀はあわただしく、私と母と兄は、遺族席の一番前にかしこまって坐っていた。そしてお焼香に現われるはずの人を待っていた。ふくちゃんという、弟の学生時代からの友人だった。弟は四十七で、独り者だった。死ぬにはまだ早い歳だった。無口で私にはどこか頼りなく見える弟だった。職場もいくつか変わり、独り者の気楽さで好きな競馬によく出かけていた。それでも先行きのことは考えていたのか、新しいマンションを買い、自分の根っこだけは埋める場所を確保していた。

ふくちゃんの名前は弟から時々聞いていた。弟と気の合う、たった一人と言っていい大学時代からの友人だった。たぶんどこかでちらりと会ったことはあるのだろうが、兄も私も顔が思い出せず、電話で時々、らちもないことをあれこれ話している母も、声は分かっても顔はしらなかった。

弟が危うくなった時、私たちはとにかくふくちゃんだけには報(しら)せておこうと、電話した。何度か電話した後、ようやく捕まったふくちゃんは、弟が危篤だということを告げると、しばらく黙った後、仕事があるので行けない、夕方になると言った。母は、ともかく一目見てほしいと懇願した。だがふくちゃんの返事は芳しくなかった。私と兄は無理強いしては相手が困るからと、母をたしなめ、ともかく報せるだけは報せておこうと思って電話しただけだからと、取り繕った。彼は葬儀の日時も聞きはしなかった。ふくちゃんは弟より少し年上の、同じように独り者だった。友人だからこそ、死ぬ寸前の顔なんか見たくもない。そういうことだってあるのだと、私と兄は話しあった。

ふくちゃんは仕事があるので、葬儀には行けないと言ってきた。彼は弟が緊急入院して手術することになっても、知らないはずはないのに、見舞いにも来なかった。私たちはたぶん葬儀になっても来ないかもしれないと薄々思っていたので、葬儀には行けないという連絡にはあまり驚かなかった。一番に来てほしい人に来てくれとは言えず、でも、どこかで、いつか弟のためにお線香をあげに来てくれることだけは信じて疑わなかった。

だが行けないと言っていたふくちゃんから、お通夜に行きますという連絡がきた。私たちはふくちゃんを待った。顔を知らない声だけのふくちゃんを待った。焼香だけを済ませ、さっさと帰ってしまうかもしれないふくちゃんを捕まえたかった。そして私たち身内の知らない、ふくちゃんにだけ見せたに違いない弟の一面を聞かせてもらいたかった。いや、何よりもふくちゃんにお礼が言いたかった。独り者で愚痴をこぼす相手すらいない弟に、長い間友人としてつきあってもらったことにお礼が言いたかった。私たちが知っているたった一人の友人に〈ありがとう〉と言いたかった。

新しく職を変わり六、七年しか勤めていない弟に、たくさんの弔問客などあるはずがないと思っていたが、百人を越す弔慰客に、誰がふくちゃんなのか、私たちは途方に暮れる思いで、目を皿のようにし、お焼香する人の一人一人を見つめた。だが、ふくちゃんはすぐに分かった。

黒っぽいジャンパーを着た、弟と同じぐらいの年恰好の大柄な男性が一人、遺影を見もせず、涙を振り払うようにぱっと焼香台の前を離れた。最後の弔問客から三人目だった。私も母も兄も彼だと確信した。他の弔問客とは表情が違っていた。何かに耐えているような、怖いような、苦しげな顔だった。すぐにでも追って行き、名前を確かめたいと思ったが、遺族席を離れる訳にもゆかず、最後の弔慰客が終わってから急いで受付に行った。同時に兄が彼の姿を追って、隣室のささやかな振る舞い酒の席を探しに行った。

彼はお清めの間の一番端に一人座っていた。間違いなくふくちゃんだった。彼は「信じない」と言った。「絶対に信じない」と言った。入院する前日に弟と最後に酒を飲み、見舞いになんか来なくていい、絶対に来るなと弟に言われたのだと言った。

私たちは弔問客が帰った後もずっとふくちゃんと飲んでいた。どのくらいたっただろうか、ふっと消えるように彼がいなくなった。夫が探しに行くと、一階の人気のないトイレで、さんざん吐いて頭から水を被っていた。

寝るところがあるから泊まっていったらいいと勧めたが、ふくちゃんは深夜タクシーで帰って行った。無口な弟が、名の通った大学に入った私の息子たちのことを珍しく自慢するほどとても喜んでいてくれたことや、どうも癌が再発したらしいから、何か書き残しておきたい、書くんだと言っていたことなどもふくちゃんから教えてもらった。

（『千葉文芸』第11号、二〇〇一年六月）

魚の水袋《4編》

寄生虫

子供たちが家を離れ、のんびり家事ができるようになったせいか、最近掃除や庭の手入れが楽しくなってきた。掃除も洗濯も以前ほど苦痛ではない。時間に追われ義務のようにやっているのと、適当にさぼり、ややこしいなど考えず、もう疲れたからいいやと途中で放り出しても何の障りもない気楽さの違いだろう。散らかすのは四人、かたづけるのは私一人と愚痴をこぼしていたのが嘘のようだ。それにテレビもほとんど見なくなった。その代わり家事をしながらラジオをよく聴いている。たいていのニュースはラジオとインターネットのトピックスで間に合わせている。ニュースはその程度でいいのだとつくづく思うし、むしろインターネットの方が興味のあるニュースをしつこく関連サイトを追って行く楽しみがある。

ラジオもゲストが長く話す時間があるので、内容も人柄もよく分かる。顔が見えない分、話の受け答えが下手だったりおもしろくなかったりすると、それだけで魅力が半減してしまうが、反対にとてもユニークな人のユニークな話は、皿を洗いながら思わず声を出して笑っていたりする。自分からどこかへ出かけて行く日以外、家の中にいて一日、ほとんど誰とも話さないので笑うことも滅多にないから、気持ちが弾んでとても得をしたような気分にさえなる。

この間はどこかの大学の先生が寄生虫の話をしていた。名前は忘れたが本を何冊も書いている人だ。日本人にアレルギーが増えたのは寄生虫がいなくなったからだという持論の持ち主で、サナダムシを飼っていたという。もちろん自分の体内で。清美ちゃんとか弘美ちゃんとか名前を付けて慈しんでいたそうだが、なかなか育たないらしく二匹は「流産」したそうだ。何とか育った方も今はいないらしい。サナダムシは鮭が媒介すると初めて知ったが、あんなものが人の体にいるかと思うとやはりおぞましい。アレルギーも重症の人は大変だけれど、寄生虫が体内にいるかと思うと「エイリアン」のリプリイのようにおなかを食い破られる夢を見そうで怖い。

だが私の小さい頃はまだ日本が貧しかったせいか、虫がいる子供は案外おおかった。私にもしつかりいた。学校の検便でひっかかると、チョコレート味の薬がもらえ、恥ずかしいような嬉しいような気分だったが、大きくなってある日突然おなかが痛くなり、トイレで便の間にうどんのような虫の死骸を発見した時には、悲鳴を上げそうになった。ショックで茫然自失、ひとしきり泣いた後財布を握りしめて薬局に行ったものの、しばらくは店に入れず、消え入るような声で症状を訴え薬を買ってきて飲んだ。中学二年の時だった。こんな怖いことは親にも話せなかった。口にしただけで死んでしまいそうな気分だった。

寄生虫は共存共栄、宿主は殺さないと言うが本当だろうかと今でも思っている。保健室にあった寄生虫の循環図や、寄生虫のいないにこにこ顔の子供に比べ、寄生虫のいる子供の痩せ細った今にも死にそうな顔がインプットされているせいかも知れない。だが寄生虫博士のように、好んでサナダムシを飼う人がいるそうだ。ダイエットの為にスーパーモデルで飼っている人がいるという。本当に世の中には「強者」がいるものだ。

目隠し

犬を飼っているので一日に一度か二度は散歩にでる。朝は二、三十分、夕方は三、四十分ほど利根川の支流の六軒川の土手までぶらぶら歩いて行く。田舎なので住宅地を出ると川沿いに田んぼや畑が広がり、時々サギの群が空を飛んでいたりする。犬を飼って十三年になるので、十三年間ほとんど散歩している計算になるが、都心まで一時間半かかるせいか、季節の変化以外、住宅地も田畑の景色もほとんど変わり映えしない。それでもよく見ると、ロケットのような巨大な電波塔が排水機場の横ににょっきり立っていたり、住宅地の旧い家が取り壊されて新しい家に変わったり、火事で丸焼けになって黒い残骸をさらしたまましばらく放置された家があったりと、細かな変化があったりする。

犬の糞のことを考えてたいていは草むらの多い土手の方に行くが、たまには住宅地の間を歩き回ることもある。これもまた田舎の特典でゆったりした郊外型の大きな家が多く、クリスマスには庭木に綺麗なイルミネーションが点り、春になると玄関先が鮮やかな春の花々で彩られる。住んでいる人の熱の入れようが分かるような凝った花の家もあれば、どこか気になるたたずまいの家もある。道路に面した二階の出窓に内側から段ボールを張り巡らせた家もそういう家の一つだ。まだそうそう年数の経っていない綺麗な家で、レースや花模様のカーテンが似合いそうな家である。別に硝子が割れている訳でもない。臨時の日除けに張ってあるにしては、もう二年ばかりそのままなのだ。それに二階の小さな窓も一つ割れていて、ガムテープが放射状に貼ってある。安っぽい作りの家でないだけに、ガムテープや段ボールはあまりにもそぐわない。一体どんな人が住んでいるんだろう。年寄りだろうか、若い人だろうか、見かけなど気にしない人だろうか。そんなことを思いながら何度かそばを通っているうちに、雨戸の開け方に特徴があるのに気がついた。

普通、雨戸は日中は全部戸袋にしまって部屋を明るくするものだが、この家はまるで部屋に明かりが入るのを恐れるかのように、あるいは明かりを少しだけ取り入れるかのように、三枚の雨戸のうち二枚がいつも出ているのだ。道路から見える居間とおぼしき一階の部屋も、二階もそうなのだ。だからたぶん部屋はどこも薄暗いに違いない。なんだか穴蔵のような感じがしないでもない。世の中にはいろんな人がいるものだと思いながら、あの段ボール箱はいつまであるのだろうかと時々確かめるように犬を連れて通っているうちに、一年ばかり経って、玄関の前で髪をとかしている家の人をみかけた。六十代ぐらいだろうか、長い髪をせっせとブラッシングしていた。どう見てもごく普通の人で、何かぶつかって割れたらしい二階の小さな窓をガムテープで止めてあるのや、段ボールの目隠しとうまく結びつかない。
だがそういうものかも知れないと、犬と一緒に歩きながら思いなおした。どんな家にもどんな人にも秘密はあるのだ。見られたくないことだってある。その見られたくないことに腐心するあまり、却って目立ってしまうのかも知れない。そしてその腐心している人は、髪をとかしていた人ではないような気がした。

（『千葉文芸』第13号、二〇〇一年八月）

豆腐

不意に大きな声がした。男の人の声だった。言葉になっていないただの声だった。ぎくっとして台所の窓から声の方を見た。天に向かって吠えているような声はすぐに止んだ。空き地の多い住宅街の静けさが戻ってきた。人の姿は見えなかったが、一瞬怖かった。道路幅は広く、ゆったりした敷地の家ばかりなので、普段、風や雨や庭木立の葉ずれのような音ぐらいしかしない。犬の鳴き声や子供たちの歌う声、ピアノの音がたまにきこえてくるくらいで、鋭く、獣じみた激しい声はめったに聞いたことがなかった。泡立つような強い感情のこもった声は、たいてい子どもを叱っている声だった。そういう声に似ていた。苛々をぶちまけるような太い声だった。

やがて誰が吠えているのか、二度目に分かった。分かった時はびっくりした。豆腐を売り歩いている足の悪いおじさんで、いつも私の家に売りにくるのだ。日焼けした真っ黒い顔にゴム長靴をはき、小さな台車を押して歩いている。一丁百三十円。厚揚げと豆腐とがんもどきが、台車に収まっている。一日にどれくらい売れるのか。私の家のように週に一、二度、いつも買ってくれる得意客がいると聞いたことがあるが。

そういえば吠え声が天に響いた日、チャルメラが聞こえていたが、仕事の手を休めるのが嫌で外に出ていかなかった。せっかく延々と歩いてきたのに売れなく頭にきたのかもしれない。たぶん吠え声は私のせいだろう。そう思うとむっとした。そんなことで吠えられてはたまらない。手作りの豆腐は味もよかったが、おじさんはとても食べ物を売っているとは思えないような汚い身なりだった。こんな時代に豆腐を売り歩いているなんて大変だろうと、一度買ってあげたらずっとくるようになっただけで、それにいつも水を一杯下さいと言われ、夏は氷を入れた麦茶を出してやっていた。おじさんは空き地の縁石に腰掛け、一服しながらうまそうに水を飲み、空のコップを玄関先に置いて帰っていく。オヤジがさ、豆腐売れってうるさいんだよ。豆腐売りのおじさんは豆腐屋に住んでいるようだった。

何年かして、突然おじさんが豆腐を売りにこなくなった。なんだかほっとした。おじさんが豆腐を売りに来る日は家を空けては悪いような気がして、気が重くなっていたのだ。久しぶりに会うと、オヤジが入院しちまってよ、もう豆腐つくれねえし、俺も売れねえんだと言う。もう歳だし、もたねえなあ。豆腐は今、オヤジの商売仲間がたまに来て作ってくれてる、といいながら、厚揚げをおまけにくれたのが最後だった。

髪を切ってもらっていると、あの豆腐売りのおじさん、今は優雅なもんよと美容院のママが言う。豆腐売りのおじさんはこの町に流れてきた浮浪者のような人だったが、このままじゃだめになるからと、子供のいない豆腐屋の老夫婦が家に住まわせ、豆腐を売らせて何十年と面倒を見てきたという。そして亡くなる前に新しい小さな家を一軒建ててやり、ずっとこの町に住めるようにしてやったのだそうだ。

食べるだけのものも残してくれたらしいのに、でもね、あのおじさん、ちっともありがたみを感じていないところが問題よね。私も思わず頷いた。私は豆腐屋の主人にこき使われているとばかり思っていたのだ。だから吠えるんだと……。

（『千葉文芸』第14号、二〇〇一年九月）

猫パパ

うわっ、何だ、くせっ！　夫の大きな声に慌てて電気をつけると、子猫を摘んでベッドの上に起きあがっている。猫のお尻には柔らかい便がべっとりついていて、しかも私のベッドも臭うので探すと、シーツの縁に点々と糞がついている。時間は夜中の三時半。夫は猫を抱えて風呂場にお尻洗いにいった。わが家の二匹目の猫、ぴぴたのお尻の汚れは夫が洗ってくれるものと思っている。だから汚れると、何時であろうと拭いてくれとやってくる。それにどうもおなかが弱いらしく、よくゆるむ。病院では寄生虫もいないし、離乳食をやっていればそんなに心配する事はないと言われた。

猫は綺麗好きで、糞の始末は犬より楽というが、ぴぴたはお腹や手足の毛繕いはしてもお尻にはまったく関心がない。呼びもしないのにいそいそとやって来る時は要注意だ。たぶん人間に育てられたせいで、猫らしさを忘れているのだろう。

ぴぴたはトラキジの兄弟と一緒に捨てられていた。まだ目も開かず、高い所から道路に転がり落ちてピイピイ泣いていた。三匹捨てられていたが、夕方の薄暗い中で見つけたのは二匹だけだった。とりあえず二匹保護して、翌朝早く、夫ともう一度探しにいったがみつからなかった。かわいそうに死んでしまったんだろうかと思い、夕方犬の散歩がてらにまだうろうろ探していると、あの、猫ですかと、金髪のお兄さんに声をかけられた。真夜中猫の声がするので。側溝のコンクリートの蓋を持ち上げると、猫が泥まみれで震えていたという。友人が保護しているそうだが、どうしましょうと言うので、私も一匹抱えているので目も開いてないし、しばらく育ててやって下さいと頼んだ。はあ、と困った顔をしていたが、私はしめしめと思っていた。かわいそうだと思ったら、もう九分九厘飼ってもいいよと思ったようなものだ。拾うより捨てる方が難しいのだ。

犬も猫もペットには二種類ある。ペットショップで買って来る純血種と雑種と。そして飼い主もそれに応じて二種類ある。情にほだされるのはもちろん後者の方だが、私はそういう人の方が好きだ。やっかいなことになると知りつつ、背負い込んでしまう愚かさがいとおしい。二十万、三十万とお金を出して買うのは、ブランドバッグと似たようなところがあると、私は思う。だから飽きたら捨てられる。日本中で毎年何十万頭もの犬や猫がまるでゴミのように焼却されている。

バリでは野良犬がけっこううろうろしていた。あまり人にはよってこないが、ちゃんと生き延びている。バリの人は信仰心が厚く、海辺や家の路地門のそば、お社などいろんな所にお供えものがあって、それを食べて生きていると言っていた。もちろん犬を厄介者扱いする人はいなかった。貧しい国で喜捨によって野良犬が生きられ、豊かな日本で野良犬が大量に殺されている。ぴぴたとトラキジはスポイトで三時間おきにミルクをやり、お尻をせっせと拭いて刺激してやって、排尿を促し、ホカロンのベッドで無事すくすくと育っていった。後で猫のほ乳瓶や離乳食の缶詰があるのが分かったが、もう大きくなった後だった。

二匹の子猫は二ヶ月ほど育てて、ボランティアさんに手渡した。が、夫が翌日、ぴぴたは臆病で神経質で気弱だから、とても孤児院では生きていけない。連れ戻そうという。確かに人なつっこく、抱かれるのが好きで、いつも自分専用の籠にちょこんと入っているような猫だった。しっぽの先は鍵型に曲がり、顔は不細工で、毛並みは背中からしっぽはシャム猫の特徴、耳の後ろはチンチラふうに毛が長く、額のM字模様はアメリカンショートヘアと、めちゃくちゃだ。とても喜んでもらわれそうではない。

で、すったもんだの末、二日後またわが家にやってきた。「ほら、お父さん、ぴぴたのお尻」「はい、はい」夫はいそいそと猫のお尻を洗い、薬を飲ませる。そしてわが家の先住猫、メスの竹輪はすっかりすね猫になってしまった。

（『千葉文芸』第15号、二〇〇一年十一月）

サッカー

夜遅くまでサッカーを見ていた。日本代表のポーランド戦だった。２対０の完封勝ちで、日本も強くなったものだと思う。以前は点が取れなくて苦労していた。監督が替わって点が入るようになった。トルシエというフランス人の監督だからだろう。がちがちに守って無失点に押さえ、カウンターから一発狙って辛勝するという、弱いチームの戦法にさよならしたからだろうか。元々サッカーはひどく攻撃的なスポーツで、負けても点が入った方が見ている方は面白いのだ。勝つためのもちろんだけれど、観客にフラストレーションを与えないのも大事だと、彼ら外国人監督はよく心得ている。

サッカーを見るようになったのは、子供が中学になってサッカーをやり始めて以来だから、もう十年ぐらいになる。今の日本代表がユースの頃から見ているので、顔つきや体が大きく変わっていったのがよく分かって、自分の子供が成長しているような親近感がある。小野も中田も高原もみんなかわいかった。

サッカーの魅力は何だろうと、時々思ってみる。一番の特徴はキーパー以外、手が使えないということだろう。文字通りの禁じ手。人間を人間たらしめている、一番器用な部分が使えないというのはかなり奇妙なルールだ。だから彼らの腕や指は非常に細く華奢で、太股のすごさに比べるとバランスを欠いている。昔、負傷兵が敵のしゃれこうべを蹴って遊んだのが始まりと、どこかで聞いたことがあるが、サッカーにはそういうどこか非情な雰囲気がある。

ゲームそのものはみんなでボールを蹴って、空いて陣営のゴールマウスに入れればいい、単純なものだが、とにかく走る、走るで、実に激しく体力を使う。しかもすぐに攻防が入れ変わり、スピード感がある。サッカーを見た後では、野球はあまりにのんびりしていて、優雅にすら見える。それほど土臭く激しく、見ようによってかなり野蛮な匂いがする。だが反対に、かなりクレバーな所もある。選手の一人一人が頭を使わなくてはならないのだ。野球のように監督の指示を一々仰いでいる暇はないし、第一、ピッチに立ったら監督の声など遠すぎて聞こえない。その上、相手を騙してかわしたり、意表を突く所にボールを蹴ったりするのが当たり前で、オフサイドやトラップなど、まんまと相手を罠に掛けるのがうまいチームなのだ。正々堂々などという戦い方は、はじめから存在しない。

ルールも単純な割には、選手がまいるようなものがある。たとえばオウンゴール。味方がミスして自陣のゴールにボールを入れれば、相手の得点になってしまうのだ。これは辛い。がっくりくる。単なるミスではなく、プレゼントまであるのだから。そういえばこのオウンゴールをやってしまい、射殺されたブラジル選手もいた。時間内に決着がつかないと延長になるが、別名サドンデスと言われるぐらい、このルールもなかなかのものだ。十五分以内に、どちらかがゴールを割ればそこで試合は終わりになり、もう挽回のチャンスはない。いやが上にも緊張するようにできている。これで日本は前回のワールドカップに出ることができ、岡野選手は一蹴りでヒーローになったが、ほとんど運の世界に近い。運も実力のうちとはサッカーの為にあるような言葉だ。だから弱いチームでもたまに勝ったりする。トトカルチョにはもってこいのゲームだ。

この延長で決まらなければ、最後はＰＫ戦になる。これはストライカーが圧倒的に有利で決めて当たり前だが、時々はずしたり止められたりする。一人はずしたらもうその時点でほとんど負けが確定するようなものだから、選手へのプレッシャーは相当なものだろう。シドニー五輪ではあの中田がはずし、日本はメダルへの夢が消えた。十一人の中のたった一人のたった一蹴りでおしまいだから、ほんとうに嫌なルールだ。

サッカーはこんなふうにルールも戦い方も実にタフなゲームだ。だから彼らの貌は鋭い。怖い顔が多い。そして全て時間との戦いで、時間がなくなればなくなるほど、ルールが苛酷になって行く。つまりゲームから目が離せないように作られているのだ。スピード、パワー、そして何より精神的なタフさと賢さと、強烈な運。心理的には戦争ゲームみたいなものだ。このアグレッシブさは、やはりヨーロッパ産、東洋人のメンタリティとは違っているせいか、トルシエは常に叫んでいた。もっと攻撃的に！と。だが日本が強くなったというのは、それが身についたということだろう。野蛮は人を気持ちよくさせるのだ。

（『千葉文芸』第20号、二〇〇二年三月）

翻訳していて思ったこと

今、『カラス』という韓国の小説を翻訳している。韓水山（ハンスサン）という作家の本で、全五巻の大作である。一人ではとても手に負えないので、一年ほどして二人に加わってもらい、三人で共同翻訳にすることにした。

三人寄れば何とやら……、二、三年で終える予定だった。だが、予定は未定、足掛け三年半過ぎて、どうにか全巻完訳にこぎつけた。

他の二人は忙しいので、こちらがお願いした手前、いきおい私の翻訳の量も多くなり、細かい直しやチェックもすることになる。原稿の枚数を数えるのも嫌になるくらいの、膨大な量である。おかげで机の上にはいつも原作の本とノート、付箋、マーカーペン、大きな辞書と電子辞書が載り、パソコンやキーボードもあるので雑然としている。

この乱雑な机の上がピカピカになる時が、完全に仕事が終わった時だ。仕事を始めると、いつもその日が待ち遠しい。長丁場なので、たまには嫌になって、しばらく頭の中からハングルを追い出したくなる。それでも一行でもいいから訳しておけば、後が楽と気を取り直し、取り直し、日本語に変えていく。

翻訳が終わると、もうこんな疲れる仕事はしない、もっと気楽にハングルの勉強でもしよう……と思うが、仕事があると、そんなことも忘れて、ついわくわくしてしまう。

翻訳は案外私には向いているのかも知れない。あるいは翻訳ということ自体が持っている。謎めいた部分が好きなのだろうか。

翻訳は一種の謎解きみたいなものだとよく思う。何が書いてあるのかわからない、未知のものに出会う楽しさという点では、読んだことのない本に似ているが、外国語の場合は落とし穴のように、必ず知らない単語、忘れてしまった言葉などがあって、どこか不完全にしか理解できない。その落とし穴を埋めるべく、こういう意味だろうと推測して辞書を引く。当たっていれば、ピンポン！　一人、にやっとする。他愛ないものだが、こうやって少しずつ埋めていくような作業が好きなのかも知れない。

もちろん翻訳はただ文章を訳せばいいというものではないので、また別の苦労もある。一つは第二の創作と言われるように、訳し方次第ですっきりした雰囲気のある文章にもなれば、もたもたした駄文にもなる。これはとても怖ろしいことで、原作を生かすも殺すも翻訳者次第であり、その責任はとても重い。

とはいえ誰も名文家ではないように、私も自分の能力というものがある。後は何度も読み返して、ない頭を絞り、少しでもおかしいところのないよう、少しでもいい訳になるよう、頑張るしかない。

私のいた翻訳グループに、実践的に翻訳のイロハから改めて教えてくれた、今は亡き、尹學準（ユナクジュン）先生は、いつも、原文に引きずられるな、つかず離れず、そして大胆に訳せ、と言っておられた。最後は日本語だと。原作の生殺与奪は、ひとえに日本語にかかっているという意味である。

そして苦労のもう一つは知識。言葉の知識だけではなく、書かれている内容に関する知識である。

今翻訳している『カラス』は、太平洋戦争末期、朝鮮から強制連行で連れて来られた徴用工（当時は半島徴応士）たちが、端島（はしま）こと軍艦島の炭鉱で働かされ、そこを脱出して長崎に逃げ、原爆に遭うという話である。原文から拝借すれば、「真っ黒なカラスのようになって、ただただ石炭を掘らされ、蠢めく繭のように眠る日々」の男たち。落盤事故、儚い恋、命がけの脱出や暴動、望郷の念などの島の暮らしと、当時の朝鮮の事情、残された家族の暮らしなどが描かれ、多彩な人物が登場する。

そして主人公もチニルパ（親日派）の息子という、設定からして複雑である。親日派と言うのは、日帝時代の日本への協力者という意味で、今、韓国では改めてこの人々への追求がまた始まり、広大な土地や財産を没収された人も出ているほどだ。それほど韓国では未だに、日本に協力した人々は政治的に問題にされ、冷たい視線にさらされる。

日本の炭鉱や鉱山を始め、工事現場、地下壕掘り、トンネル工事、あるいは兵隊として南方、北方、いろんな戦場にも朝鮮人は駆り出されたし、朝鮮全土もまた兵站基地として、日本の戦争に組み込まれたが、日本が舞台なので、「日本が勝手に起こした」戦争のことが細かく書かれている。この戦争の記述がいわば、小説のもう一つの柱である。

もちろん私は戦後生まれなので、当時のことも炭鉱のこともほとんど知らない。だが翻訳する時、知りません、ではもちろん通らないし、これらの知識があるかないかでは、当然のことながらかなり違ってくる。幸いなことに、昔と違って今はこれらの知識を得たり、調べたりするのに、ずいぶん楽になった。ネット検索である。手元の韓国大辞典にも載っていないような特殊な単語や、方言にしても、ヤフーコリアにアクセスして、韓国の辞書に当たることができる。多少時間はかかるが、性能のいい韓・韓辞書が手元にあるようなものだ。

例えば米軍の「コロネット作戦」とか神武祭などが出てきても、どういうものかすぐに概要がわかるという具合だ。ウィキペディアにはお世話になっている。

こういう原文に出てくる直接的な知識以外にも、できるだけ関連する本を読むようにして、多少なりとも当時に関することや背景の理解を深めたいと思っている。とはいうものの、こちらの方までは、なかなか手がまわらないので、かなりいいかげんである。それに面白くもない資料などを読んでも頭に入らないので、できれば寝しなにちょこちょこ読める、気楽なものがいいという下心もある。

そういう中で面白かったのは、山田風太郎の『同日同刻』。開戦時、人々はどのように思い、敗戦時、どのように思ったかがよくわかる本だった。

太平洋戦争は私の親たちの世代が体験した、日本の歴史の中では、未曾有ともいえる、過酷なものである。翻訳していて改めて思ったが、本当に人がバタバタと死んでいくのだ。玉砕、空襲、原爆投下、今の私たちの感覚からすれば、ほとんど屍の山である。一人一人の人生が、山になるほど消耗させられ、無感覚になるぐらい、死が身近にあった。

それなのに終戦間際、ポツダム宣言受諾を巡って、阿南陸軍大臣などの徹底抗戦派、本土決戦派は、それでもまだ「(本土決戦で)二千万の男子が死ぬ覚悟があれば、勝てなくとも負けはしない」と、まるで負け惜しみのようなことを言っているのには、驚かされる。まだ屍の山を築いてもやむなしという、このような感覚には怖ろしい退廃を見るような思いがした。

この六十年前の戦争のことを考えると、いつも素朴な疑問が最初に浮かんでくる。どうしてこんな戦争をしたのだろう？　どう考えても勝ち目のない戦争なのに。という疑問である。相手はアメリカで、この圧倒的な国と戦うことは、当時でも不利だとわかっていたはずなのに。

この解答はそう簡単ではないし、複雑で、時代の流れ、というしかいいようのないものかも知れないが、むしろ、開戦を回避できなかった方こそ、重要なものがあるかも知れない。

ただ、具体的に、日本がどのように戦っていたかを本で読んだりすると、素朴にこれじゃ、負けるわと思ったりする。地図を広げて見るとよくわかるが、ちっぽけな日本に比べて、その戦線の広大なこと。北はアリューシャンから、南はオーストラリア、インドネシア、西は満洲・中国、インド、挙句の果てに本気でアフリカまで行こうとしたというから(さすがにこれは大本営から許可されなかった)、今の視点からすると、ほとんどめちゃくちゃに見える。

日本の参謀本部、大本営の一番力を持っていたと思われる人々の、思考力を疑うが、この幕僚たちが数々の失敗を重ねても、戦死もせず、戦後不死鳥のごとく甦っているのを見ると、何だか、今の無責任な高級官僚の姿に重なって見えなくもない。その代表格は辻政信だろうか。極東裁判を逃れるために散々逃げ回り、ほとぼりがさめたら出てきて、参院選に出馬し、全国三位で当選している。彼は戦前、上官にこすっからい人物といわれ、こういう者を用いるには注意が必要とまで言われた人らしい。

いまだに徹底して、親日派を糾弾している韓国と比べると、(これはこれで政争の具になっているようで問題だが)むしろ辻政信に大量に投票している日本人の方が、不思議に見えてくる。あのおびただしい死者は、いったい何のための供物だったのだろうかと。

そして幻に終わったが、アメリカも「ダウンフォール計画」で、本土決戦、首都制圧を考えていて、太平洋戦争最大の兵力を投入するつもりだったと知ると、そんなことにならなくて良かったと思う。もしそうなっていたら、老人も女も子供も、竹槍かなんか持たされて、突撃させられ、さらにバタバタと死んでいったことだろう。ダウンフォールとは殲滅、滅ぼすという意味である。だがアメリカに滅ぼされなくても、日本軍に滅ぼされていたような気がしないでもない。陸軍兵士、百七十万の七十パーセントは戦死ではなく、餓死なのだそうだから。

第一次大戦で戦争形態ががらりと変わったのに、兵站は現地調達という、日清・日露のやり方だったから、悲惨なことになったと言われているが、そのような世界レベルとの距離、疎さ、合理性のなさ、それが問題にされないことに、最大の日本らしさがあったのかも知れないと思えてくる。

今、日本はあんな悲惨な戦争がなかったかのように、平和で豊かになっている。それは戦後、がらりと変わったからだろう。最大の転換は、立花隆の言うように、憲法の改正で、全てが天皇に集中していたものが、国民主権に代わったからだろう。

「朕は国家なり」という、欧米ではとっくに終わり、国民国家になっていたものが、日本では戦争までつづいていたのだ。そして戦後ようやく世界レベルになった。そして今、私たちはその感覚の中で生きている。

もう一つは国家予算に占める膨大な軍事費がいらなくなり、民生に回ったからだろう。つまり私たちの税金が、私たちに戻ってくるという、国民国家として当たり前のことが行われるようになったからである。

そういう目で見ると、かつての朝鮮の半分、北朝鮮は、共和国とは名ばかりの金王朝に見える。そして軍備に多大なお金を費やす、軍事国家に見える。為政者が神のごとく、国民を縛っている事にも、反射的に嫌な感じがするし、かなり異様に映る。だがこれは戦前の日本の姿に似ていないだろうか？　欧米人の目に映った日本は、このようなものだったのではないかという気がする。だから憲法を主権在民にしたのだ。

もし北朝鮮が崩壊したら、日本人もかの国が主権在民、民主主義の国になることを真っ先に願うだろう。今日本人の目に映っている、可哀そうな北朝鮮の国民は、そのまま欧米人の目に映った、戦前の可哀そうな日本国民の姿だったのではないだろうか。

この翻訳を通して、私が学んだことの一つは、指導者には、それにふさわしい人物が選ばれなければならないということだろうか。そういうシステムが必要だと言いことで、言葉を変えれば合理的である。戦争中の言葉は、とても戦争を行っている国とは思えないような、エモーショナルな言葉の氾濫で、なんだか嫌になるほどだった。

日本は幕末、最大のピンチを迎えた。血で血を洗う動乱に、勝と西郷というトップにふさわしい人物が、一応の決着をつけたのだ。激突を回避した。君子豹変。徹底抗戦を叫ぶような者にはとても真似のできない、合理性のように思える。幕末から西南戦争が終わるまで三十年ぐらいは、実に血なまぐさい時代で、そういう中で回避するのはとても大変なことに思えたのだ。

今の時代、戦後の指導者は政治家である。だから政治家には、そのポストにふさわしい人物かどうか、立ち止まって考えてみる必要があると思う。感情的で抽象的な言語を使ったり、国民の生き方だの心構えだの、精神的なことを問題にするような政治家は、それだけで指導者にふさわしくない気がする。人物のスケールの問題で、狭量な人は排他的でもあるからだ。

ましてや、休日は家族揃って、演劇を見に行きましょうなどとは、大きなお世話である。そういえば、女性は子供を産む機械と言った人もいたっけ。こういう人たちには、主権在民という感覚が薄いのだろう。それとも歴史に暗いのか。二度繰り返さないためにも、失敗から学ぶためにも、太平洋戦争の歴史こそ、学校で時間を割いてしっかり教える必要があるのに、なぜか現実は逆である。よほどこれには触れたくないのだろうか。

だから韓国や中国や東南アジアの人々の日本への怒りや、眼差しに、逆に腹を立てたり、うっとうしいとか、いつまで言っているとうんざりした顔の人が増えている。あるいはそういう怒りに理解をしめす人を、自虐史観と言ったりしている。

亡国寸前まで行った日本が、おびただしい血であがない、学んだものは何なのだろうか。今はむしろ、それが気になる。

私はこんなふうに、世界も日本も徐々にナショナリスティックになって行くのが気にかかる。だからせめて憶えておきたいと思っている。日本は明治以来、日清・日露、第二次大戦と、アメリカに負けず劣らずの戦争国家だったことぐらいは。そして沖縄戦までは戦場はみなよその国だったことぐらいは。

ふと見た『東京新聞』（六月五日）に面白い図式が載っていた。「左右両翼の価値観の違い」として、

左翼	自由	平等	理性	進歩	国際的
⇔	⇔	⇔	⇔	⇔	⇔
右翼	秩序	権威	伝統	保守	民族的

とある。これに当てはめると、私の価値観は左翼である。自分自身に初めて気づいた気がするが、ジャーナリストや芸術家、インテリなど、少しでも創造的なことをしている人は、左翼的な価値観の人が多いのではないだろうか。自由に表現できることが大事だと思っているから。もち

ろん全てはこんなに簡単に割り切れるわけではないし、重なっている部分もあるだろう。

二十年ぐらい前、初めて韓国に行ったとき、ハングルは世界で一番よくできた文字です、とさんざん聞かされたことがある。はあ……？　だったが、ハングルを学んだ後では、日本語のツの表記はできないし、ＳとＴは区別しないなど、万能ではないとわかっている。さすがに今は彼らもあまりそんなこと言わなくなった。国民みんな海外に自由に行けるようになり、よその国を知ったからだろうか。

では逆にひらがなは世界一美しい文字です、といったらどうだろうか。

つまり両方とも、世界で一番が余計なのだ。この自国のものが最高という心地よさは、実は片方で他のものを排除した上に成り立っている。だから他と衝突しやすく、危ういのだと思う。文字などたいしたことのないものはいいが、世論という形で政治に影響与えるようなものになると、かなり大変だ。韓国はよくナショナリズムが強いと言われるが、個々人はそうでもない。

だが、個人的には日本を認めていても、公となると、そう簡単にはいかない。世論や建前に、個人など簡単に潰されるとわかっているからだろう。そういえば、客観的に日本を見、日本びいきを表明した人気ＤＪが、突き上げられ、公式に謝罪し、職を奪われた〝事件〟もあった。『非国民』というわけだ。

最後に韓国の諺を一つ。「無知は勇敢だ」。


（『朝』二十五号、二〇〇七年八月）

世界で一番不幸なヒロイン

会話の勉強のつもりで、韓国のドラマを見始めてから、四年ほどが経った。かなりたくさん見た。飽きても惰性のように見ていた。気がつくと、見ながら眠っていることもあった。ときどき頭の中で韓国語が鳴り響き、日本語を聞いても韓国語に聞こえたりした。

百本以上見たかも知れない。今でも見続けているが、朝の四十分ぐらいの連続ドラマだと二百話ぐらい、一時間ほどのドラマだと、四十話ぐらいあるので膨大な時間になる。毎日三時間ぐらい見ていた。

きっかけは大型テレビに買い替えたついでに、ケーブルテレビに加入したことだった。チャンネル数が一気に増えて、どのチャンネルでも、何かしら韓国のドラマを放送していた。おまけにケーブル会社の無料貸し出しデッキで、簡単に予約録画ができた。いつでも好きな時に見られた。時間の節約のために、CMはカットし、セリフのない部分は二倍速の早送りで見た。月に四、五千円で、たくさんの韓国のドラマが見られ、おまけに会話の勉強になれば安いものだった。もっと早く接続していればよかったと、後悔した。

一応勉強のつもりなので、最初のうちはドラマを見ながらいろんなことを試してみた。オーラル・レッスンのつもりで、俳優の喋るセリフをそのまま口移しに喋った。聞き取れないところは何度も再生して、一つずつ音を拾っていった。あるいは紙に書き取り、電子辞書片手に、単語の意味を確認したりした。

だがこれは、やってみるとけっこう大変だった。口移しに喋るのは五分もすると、舌がもつれ、唇がだるくなり、セリフが長いと後ろの方があやふやになって、字幕を見て韓国語の見当をつけ、再生して確認しなければならなかった。それに知らない単語は子音がよく聞き取れない上、リエゾンがあると、辞書を引くだけで時間がかかった。韓国語は発音と文字が違う場合も多く、耳で聞いた通りを文字にすると、何通りもの単語ができてしまうからだった。それに何度も中断、再生、早送りを繰り返したせいか、だんだんリモコンがおかしくなってきた。ついにデッキも調子が悪くなって、やむなくケーブル会社に電話して、新しいものに交換してもらった。

会話は苦手だった。今でもそうだが、ろくにできない。それも恥ずかしいぐらいできない。周りに韓国人もいないので、話す機会もなかったが、やはりレッスンしていないからである。韓国語はリエゾンするうえ、日本語に無い音も多く、耳と脳味噌に染み込ませるには、それなりの訓練が必要だった。会話の個人レッスンに通っていたこともあるが、週一回、二時間の会話では成果は知れているし、回数を増やせばレッスン料が高額になり、そんなお金があったら、韓国に遊びに行く方がいいとか、別に通訳になるわけではないと、自分に言いわけしつつ止めてしまった。

教師は授業以外、一切韓国語は話さない人で、韓国語で話しかけても日本語でしか返さないという徹底ぶりが、気のいい人のような感じがしなくて、それも私とは合わなかった。

昔はよくテープをきいていたが、翻訳をするようになって、運転する時だけCDを聞く程度になり、いつのまにかそれもおろそかになっていった。

当たり前だが、会話はまず聞くこと。それも大量に。そして話すこと。会話は音の連続なので、音の違いと、そのパターンを習得することが大事だった。そして音には意味があり、その意味は文脈に沿って理解される。たとえば端と箸は日本人ならアクセントの位置ですぐに区別がつくが、たいていは文脈に沿って区別している。もちろん韓国語も同様で、アクセントやイントネーションなど、微妙な音の違いで、同音異義語を使い分けつつ、瞬間的に文脈上で区別している。その文脈を構成するのが、文法と言う名の法則である。

それに韓国語には特有の音の変化がある。私にはこれはかなり厄介だった。リエゾンである。これは品詞を越えて語尾が変化する。つまり名詞だろうが動詞だろうが、語尾の子音と次の言葉の語頭の音によって、発音が変わるのだ。たとえば韓国は単独ではハングッである。子音はK音。言葉と言う固有語はマル。これが合わさると、韓国語という言葉になる。ところ発音は、ハングッ・マルにはならず、ハングンマルとなる。Kの子音とマルの語頭のMがぶつかって、音が変化するのである。つまり発音と文字が一致しないのである。

こういう音の変化は、一つの文章の中でも頻繁に起きることもある。名詞も形容詞も何でも、まるで動詞の変化のように、音が変わるのである。正確に発音すれば、舌の位置によってそういう音になるのは分かるが、外国人にはこれは辛いものがある。音が変化しない日本語を母国語としている身には、最初はほとんど理解できなかった。当然こんな変化には一定の法則がある。それは分かっているが、耳になじんでいないと、よく知っている単語ですらとまどうことも多い。ネイティブ・スピーカーではないので、こちらの発音はさておくとしても、会話は相手の言葉が聴き取れなければ、成立しないのだった。

私の韓国語は独学である。学校には行ったことがない。以前、韓国人に、大学院も出てなくて、翻訳をやる人を初めて見たと、面と向かって嫌みを言われたこともある。確かにそうだろう。圧倒的にボキャブラリーに差があるし、なぜこうなるの？　という実に単純な疑問でも、自分で解答を見つけなければならないからだ。学校はお金を払って行くだけの価値は、充分あるのだ。私の場合、外国人向けの語学学校は釜山にはなかったし、テキストですら満足なものはなかった。そういう時代だった。ただ負け惜しみを承知で言えば、語学ができる人が、必ずしも詩や小説の翻訳がうまいとは限らない。むしろ日本語の力の方が大事だろう。翻訳とはそういうものだからだ。

昔、夫の仕事で、家族で釜山に四年間暮らしたが、それが韓国語との初めての出会いだった。それまでは韓国とは無縁の世界で暮らしていた。○や□を含んだ、初めて見るハングルは新鮮だった。いつのまにかそれが読めるようになり、文法が日本語と似ている言語に感激した。こんな言葉は初めてで、外国語＝英語という、かけ離れた言語に四苦八苦した身には、語順が同じだと、こんなに楽に意味が取れるのかと不思議な気さえした。帰国してからは、せっかく勉強し始めたのだから、途中で止めるのは惜しいと、テレビやラジオや何冊ものテキストで少しずつ覚えていった。多少なりとも、翻訳ができるようになること、欲を言えば、言語の宝庫である小説が読めるようになること、それが私の目標だった。

翻訳の方は、今はもう亡くなられてしまったが、尹學準(ユナクジュン)先生に足掛け八年、翻訳のイロハから、手とり足とり教えていただいた。尹先生は『オンドル夜話』をはじめ、日本語で名文をものされている方だった。もちろん翻訳もしかりである。不肖の弟子にもかかわらず、一度も叱られたことがなく、気長に見守ってくださった。

尹先生は安東尹氏という名門貴族の出身だった。一度翻訳チーム全員で先生の故郷にお邪魔して、立派な大門のある本家を見せていただいたことがある。ご先祖様は李朝時代、日本への朝鮮使節団の副団長を務められたとかで、その当時の衣装がガラスケースに納められて飾ってあり、重要文化財に指定されていた。尹先生が私たちをおおらかにかわいがってくださったのは、そんな環境で育たれたせいかも知れない。細かいことは一切言わない方で、私は今でも本当に、良き師に恵まれた運のいいヤツだと思っている。

テレビドラマに話を戻すと、最初は字幕作者の苦労に同情したり、セリフと字幕の違いを楽しんだり、直訳のタイトルに、身の程もわきまえず、もうちょっと何とかならない？　などとイチャモンを付けたりしていた。たとえば『空くらい地くらい』のタイトルを見た時は瞬間的に、くらい＝暗い、を連想してしまい、重く暗いドラマかと思ったりしたが、原題の「ハヌルマンクム、タンマンクム」のハングルを見てわかった。「空ぐらい大地ぐらい」と、濁点にすればいいだけだった。あるいは「空のように大地のように」と訳した方が日本語らしいかも知れない。ひょっとしたらこの字幕作者は韓国人かも知れない、などと思ったりもした。

というのは、韓国人は日本語の濁点が苦手だからだ。かなり日本語のできる人でも、はて、濁点があったかなかったか、一瞬とまどうらしい。文字にするとごまかせないので、かなり大変だと聞いたことがある。韓国語の平音は、語頭以外は濁点で発音される場合も多いのに、濁点があってもなくても意味が変わらないので、彼らの脳味噌が意識しないのである。逆に日本語は濁点があるのとないのとでは、意味が違ってくるので、どんなにかすかな音で発音されても、日本人の脳味噌はただちに峻別する。はかとばか、はしとはじ、はれるとばれる……日本語は濁点によって膨大な語彙を作り上げているといってもいいくらいだ。

字幕にしても翻訳にしても、言葉を移しかえるというのは、言語が違うのだからどこか大まかである。だからこそ、日本語らしい日本語に訳せるともいえる。どんな日本語を選択するかは、訳者の個性や好み、あるいは文学の素養によって決まるようなところがある。私も翻訳をしているので、他人のことをとやかく言える立場ではないが、ついついこんなことを思ったりするのは、自分のことはわからないくせに、他人のことはよくわかるという、凡人の性（さが）のせいだろう。

だが何と言ってもドラマはやはり単語が身につく。日常会話ではよく使われるのに、辞書や教科書に載っていない言葉が、けっこうあったりするからだ。たとえば母とかお母さんと言う言葉は語学のテキストには出てくるが、おっかさん、おっかあ、おかん、おふくろなどは出てこないというように。

普通、外国語はテキストで学ぶから、テキストにない言葉は、どんなに日常よく使われていても、その国に住んでいなければ案外知らない。あるいはテキスト以外のもの、小説などを原文で読まないと身につかない。スラング、方言の類もそうだ。昔、コンダル＝チンピラを知らなくて途方に暮れたことがあった。同じような言葉にカンペ、プリャン、ヤクジャ（日本語のヤクザの転用。韓国語には日本語のザ、ツなどを表す文字がないので、ジャで表記している。当然韓国語にはこれらの音はない）、ヤガチノムなどがあって、それらは知っていたが、なぜかコンダルは知らなかったのだ。ちなみにこの言葉を辞書で引くと、王宮の建物の名称として出てくる。「ノン、カンペヤ、コンダリヤ！＝おまえはヤクザかチンピラか！」と、ドラマの中では定番セリフのように頻繁に使われているのに、辞書にはチンピラなど一言も載っていなかった。だが辞書にないからといっても、この程度の言葉は当然、知っているべきだろう。

それにけっこう日常的な言葉でも、辞書にないものは案外多い。そんな時は尹先生の口癖を思い出して、一人ニヤリとしている。「そんな辞書、捨てちゃいな」と。

ドラマは、なるべくいろんなジャンルのドラマを見るようにした。警察ものや弁護士ものは、法律用語や取り調べなどの言葉の勉強になった。辞書の言葉が生きた場面で使われているので、ニュアンスもよくわかった。取り調べの場面で、テチル（対質）などという言葉が出てくると、そういえば昔、翻訳でやった言葉だと、妙に懐かしくなったりした。対質とは、話しが食い違う二人を対面させて喋らせ、そこから矛盾点を探るという取り調べ方法である。

それに韓国では、取り調べはとっくに全面録画されていることもわかった。ミラーガラスの向こうで、制服の警官二人がパソコンに向かっている場面が何度となく登場したし、容疑者の嘘にむっとして、思わずこぶしを振り上げた刑事が、周りに録画しているとたしなめられる場面もあったりした。

日本はアムネスティから何度も勧告されているにもかかわらず、未だに一部録画でもめている。一部録画など、全面録画を実施している、他の先進国からすれば噴飯ものだろう。今のパソコンはどんなに長時間でも、いくらでも録画できるほど容量は大きいし、保管も小さなUSB一つでOKなのだから。日本は人権に関しては相当遅れていると思わざるを得ない。韓国ではここ二十年ほど死刑は一件もなく、準廃止国と見なされているのに比べ、日本は中国、北朝鮮などにつぐ、死刑の多い国である。

弁護士ものではソンヒロン＝セクハラ、ピョンテ＝変態、ソンチヘンウィあるいはチハン＝痴漢、ムンシン＝刺青（もっともこれは中国語の文身からきていると、中国に行ってみてわかった）、時代劇では、チョンマン、ナッスムリ、バァウィ、トゥリョンダ＝軒の雨だれ石をも穿つ、チゥイド、セド、モルゲ＝鼠も鳥も知らぬように＝こっそりとなど、いろいろと覚えたが、まあ、こんな言葉はたぶん使うことはないと思うが、頻繁に出てくるのでついつい脳味噌に刷り込まれてしまった。

カタカナ言葉、つまり外来語もけっこう役に立った。もとは同じ英語なのに、日韓ではかなり違うからだ。メッカドゥ＝マッカーサー、タットォ＝ドクター、ゴドゥン＝ガーデン、ロポム＝ロー・ファーム、キャッコル＝キャット・ガール、英語ではないがコムナミョン＝カップラーメンというのもある。これはカップ＝コップの子音P音が、次に来るラーメンのN音のせいでM音に変わるからである。アッポンボォと言う言葉が何のことかわからず、思わず字幕を見てしまったこともある。車の前バンパー、つまりフロント部分のことだった。前を意味する韓国語のアップと、英語のバンパーの合成語である。

昔、ハングルはどんな国の言葉も表記できますと、よく聞かされた。だがどうにかハングルが読めるようになった頃、日本語のツの音などは表記できないとわかった。英語のFの音もない。コーヒーがコッピに、ビュッフェがブッペになる。FをPの音で代用しているからだ。この時にしみじみ思った。過度のナショナリズムは、謙虚さを失わせ、簡単に人を盲目にすると。

言葉に話を戻すと、短い言葉だけなら、実際はドラマより歌の方が覚えやすく、使い勝手がいいかも知れない。といっても歌詞なので、敬語や改まった表現、言い回しや構造的な文章などは無理だが、韓国のトロットと韓国人がいうポンチャク（歌謡曲）のメロディーに乗って口ずさめば、気分よく覚えられる。私たち年寄り世代には、K・POPやヒップホップと違ってテンポが遅いので、聞き取りやすいからだ。『歌謡舞台』や『のど自慢』は、ハングルと日本語字幕が出るので実にらくちんな勉強法かも知れない。

だがやはりドラマがいいのは、言葉以外にもいろんなことが読み取れるからだ。私はむしろ言葉より、そちらに関心がある。韓国の社会や文化、しきたりや習慣、家屋や暮らし方など、人が生きていることや、歴史的なことなどに惹かれる。そういう意味ではドラマは多種多様な情報の宝庫である。もちろんドラマはドラマ、作りもので、現実とはかけ離れているのだろうが、それでもその社会の重要な要素や、好みが溶け込んでいるに違いない。でないと誰も見ないからだ。韓国のドラマには、韓国人の好みや行動・思考様式、何を大事にし、何にあまり関心を払わないかなど、いろんなものが反映されている。

そんな韓国人の好みの最大のものは、やはり恋愛ドラマではないだろうか。韓国のドラマは恋愛に始まり、恋愛に終わるといってもいいぐらい、圧倒的に恋愛ものが多い。時代劇でもホームドラマでもなんでも、主人公の恋物語が大きなウェイトを占めている。『冬のソナタ』に代表される、泣かせる純愛ものから、けなげなシンデレラ・ストーリー、愛憎まじりあった復讐ものなど、時代とともに恋愛の形は様々に変化しているし、流行りすたりもあるが、お爺さんから幼稚園児の孫まで、たくさんの登場人物たちが年代を問わず、恋心に胸をときめかせている様子は、他の国のドラマにはあまり見られない気がする。本当に恋愛の好きな、いや、恋物語に格別な思いを抱く人々なのだということがよくわかる。韓国の恋愛ドラマが中国、日本、東南アジア、中近東などでヒットするのは、彼らがそういうドラマをたくさん作り、愛してきたからに他ならず、おもしろいものが作れるのは当然かも知れない。

そんな彼らの大好きな恋心の中でも、初恋（チョッサラン）はどうも特別なもののようだ。韓国人なら誰でも知っている『ソナギ（夕立）』という小説がある。幼く淡い初恋を描いたもので、『野菊の墓』とよく比較される。その小説に描かれた、田舎の美しい景色、貧しい田舎の少年と、都会からやってきたかわいい少女、無垢な淡い恋心、幼い誓い、夕立、雨宿り、不治の病……これらがいわば初恋のシンボルである。淡い思いを寄せあった少年と少女が、いろんな事情で離れればなれになり、大人になって再び巡り会うが、その時は二人の境遇に、天と地ほどの差ができているというわけである。

ソン・スンホンの『秋の童話』、クォン・サンウの『天国の階段』、チサンの『愛情の条件』などに見られる、少年と少女が雨宿りした軒先で、屋根から落ちる雨の滴を手で受けるシーンなどは、その典型である。ヒョンビンの映画、『百万長者の初恋』にも、淡い恋を育んだ幼い頃の美しい田舎の景色が出てくるし、ハン・ヒョジュの『春のワルツ』も女の子の命を救うために、幼い少年が自分の身を売るのだが、二人が遊んだ小さな島の美しい菜の花畑や、郷愁をそそる音楽などが情緒たっぷりに使われ、大人のかたくなな心に宿る、ほのかな明かりになっている。

韓国の視聴率歴代一位のドラマも、チェ・スジョンの『初恋』である。視聴率六十四パーセントという、驚異的な数字である。弟役のペ・ヨンジュンを一躍メジャーにしたこの作品は、かなり古いものだが、いまだに一位に君臨している。ドラマの最終回に、「初恋は真昼の月のようにさ迷う」という、ロマンチックな長い詩が出てくる辺りが、時代を感じさせるが、ドラマそのものはおもしろかった。あまたある韓国のドラマの中で、後半が一気におもしろくなるドラマはあまりないからだった。たいてい途中でだらけたり、タネも尽きたのか、平気で同じことを繰り返したりしていて、最後まで見るのが苦痛というものもある中では出色だった。この作品と『冬のソナタ』を見て、ヨン様ファンになった人も多い。

ちなみに日本の高視聴率といえば『おしん』だろうか。日韓、同じように物語は主人公の子供時代から始まるが、韓国は長男の引き裂かれた初恋と弟の復讐を描き、日本は耐えに耐えて自らの道を切り開く出世物語を織り上げる。彼我の好みはかなり違うようだ。

韓国には「純愛譜（スンネボ）」という、純愛物語の系譜がある。そのせいか夫の知り合いで家族ぐるみのおつきあいになると、私たち夫婦と同年輩の男性たちが、ちょっとテレながら、「いやあ、ここは私たち夫婦が初めてであった場所です」とか「学生時代、妻とよく歩いた道です」などと言って、若かりし頃の恋物語を聞かせてくれる。もちろん財布には家族の写真が入っている。

どうも教養度や文化度と、恋愛度は比例するらしい。彼らが体現しているのは、王朝文化、公達文化の伝統や十九世紀的なロマンに見えて仕方がない。伝統的な書や絵をたしなみ、そして酔っぱらったら歌曲を歌うのがお好きな人が多かった。

韓国の恋愛ドラマに欠かせないは、初恋だけではなく、不治の病、交通事故、記憶喪失の保険会社泣かせの三大アクシデントがある。これに血縁関係や出生の秘密、ウォンス（仇敵）に身分違いの男女が加われば、立派な韓国メロドラマの出来上がりとなる。

ヒットしたテレビドラマの大半が、これらの組み合わせでできているところを見ると、韓国人はこういったものに強い関心があるのだろう。スエの『四月のキス』に至っては、交通事故二回、不治の病二人、記憶喪失一回と、実に盛りだくさんだった。あまりにも安易な展開だと思うが、ほとんどのドラマが似たようなものなので、今では、これこそが韓流ドラマだと思うことにしている。

そんな恋愛ドラマの王道中の王道は、やはりシンデレラ・ストーリー。もっとも白馬の王子様が貧しい女の子を救ってくれる、この身分違いの恋の成就は、韓国に限らず、世界中の女の子の夢には違いない。ハリウッドでもこの手の映画は、山のように作られているのだから。少年にとって、ウルトラマンが永遠のヒーローであるのと似たようなものだ。ちなみに北朝鮮の故金正日主席にも、ナポレオンのように白馬にまたがっている壁画がある。民衆を救う白馬の王子様というわけだろうか。

韓国のシンデレラものの原点は、有名な李朝時代の物語、『春香伝（チュニャンジョン）』ではないだろうか。妓生の娘春香と、貴族の息子李夢龍（イ・モンニョン）の恋愛譚である。二人は広寒楼で出会い、愛を育んで行く。だが地方長官の父の任期が終わり、再会を誓って夢龍は都に戻る。代わってやってきた悪代官が、春香をわがものにしようとするが、拒まれて、彼女を投獄し、拷問にかける。一方、夢龍は科挙に受かり、暗行御使（アメンオサ）（＝地方長官の悪事を暴く国王直属の隠密捜査官）になって、悪代官を成敗し、春香を救い出すという話で、いわば貞女と勧善懲悪の、胸がすっとするような物語である。

今でも物語の舞台になった南門に行けば、広寒楼があり、李夢龍の屋敷があり、春香のお墓もある。料亭で頼めば、伽耶琴を弾きながら『春香伝』の「サラン・サラン・ネッサラン（恋よ、恋よ、私の恋よ）」という、有名なくだりをパンソリ（浪曲のような語り物）で歌ってくれる。

だがこの春香も夢龍も、実はみんな架空の人物である。にもかかわらず映画や芝居やドラマにと、繰り返し上演され、お墓まで作られている。日本でならさしずめ『忠臣蔵』というところだろうか。片やシンデレラ・ストーリーの公達の恋。片や武士の仇討。もっとも忠臣蔵の外伝には恋物語もあるが、「忠ならんと欲すれば孝ならず」の武士社会であることに変わりはなく、なかなかハッピイ・エンドというわけにはいかない。ちなみに朝鮮儒教では、中国と違って、最初に来るのは忠でもなければ義でもなく、愛なのだそうだ。

このシンデレラ・ストーリーが現代ものになると、貧しいけなげな娘が、ひょんなことから財閥(チェボル)の御曹司と知り合い、一挙に玉の輿に乗るという話に変わる。しかもこのシンデレラは、たいてい孤児である。身寄りがない。血縁こそがすべてのよりどころの韓国社会で、世界で一番不幸な境遇というわけである。

一方、御曹司の方は、横柄で冷たく、特権階級的な言辞を弄する鼻もちならない男だが、実は何らかのトラウマを抱えており、本当は心根の優しい人物という設定になっている。それが常識的でまっとうな女の子と出会い、身分違いの彼女を愛するようになり、真の愛に目覚め、周囲の反対を押し切る過程で、幼稚な男が大人の男になっていくというパターンが多い。パク・シニャンの『パリの恋人』、ペ・ドゥナの『グロリア』、イ・ボヨンの『ミスター・グッドバイ』、ハン・チエヨンの『オンリー・ユー』、チェリムの『オー・マイ・レディ』、チサンの『ボスを守れ』、キム・ジョンファの『一パーセントの奇跡』、イ・スンギとハン・ヒョジュの『華麗なる遺産』など、数え上げればきりがないほどだ。

シンデレラが普通の貧しい女の子ではなく、ちょっとひねってある変わり種としては、ク・ヘソンの『十九歳の純情』やリュ・シオンの『君に出会ってから』のように、韓国系中国人がヒロインというものもある。ソン・チャンウィの『黄金の新婦』は、韓国人とベトナム人のハーフだった。極めつけはハン・イェスルと、K・POPグループ「神話」のメンバー、エリックの『ラブ・ミッション・スーパースターと結婚せよ』だろうか。いくらラブ・コメとはいえ、ヒロインは北朝鮮の特殊工作員という設定である。ヒロインのネタもついにここまで来たかと思った。イ・スンギとハ・ジウォンの『ザ・キング』に至っては、特殊工作員の女性と、韓国の王族の二番目の王子様という組み合わせで、さらに飛んでいる。ちなみにキム・テヒとソン・スンホンの『マイ・プリンセス』は、平凡な女子大生が王族の末裔とわかって、王家を再興させる話である。私はこのキム・テヒの実際の恋人、レインのピ（歌手・俳優）をロスに向かう飛行機のビジネスクラスのシートで見たことがある。黒の半そでTシャツに黒いズボン、黒い帽子で、二メートルの至近距離で見た彼は、ファッションモデルのようにスマートでカッコ良かった。

韓国のドラマでは、玉の輿に財閥の御曹司という夢のような組み合わせだけではなく、登場人物の出世もすこぶる早い。一足飛びにものごとがどんどん成就する。

このスピード感、あっという間の展開、架空性、夢物語、リアリティのなさは、そういうものだと思えば、これはこれでおもしろい。この単純さが意外に物語を盛り上げている。シンプルなドラマは、バカみたいと思いつつも、見ていて案外楽しいのだ。これこそが韓国ドラマの真骨頂かも知れない。

とはいえ、これらシンデレラの女性像が、私にはどうもしっくりこない時がある。おバカな御曹司が大人の男に変わっていくのに比べ、シンデレラはほとんど変わらないからだ。まるで母親のように、ひたすら御曹司が変わるのを手助けする。イ・ヒョンビンの『シークレット・ガーデン』、イ・ミンホの『花より男子』などなど。それにヒロインのシンデレラは、かわいく明るく、素直で逞しく生きているという以外、ほとんど能がないようにも見えるし、美人でもないしかっこよくもない。特技や知性や秀でた技術があるヒロインは珍しく、有能な社員や腕の立つ職人を目指して頑張ってはいても、ただそれだけでほとんど成長しない。それでもかまわないのは、御曹司にひたすら愛されるという、最強の才能を持っているからだろうか。

これらヒロインを演じる女優の中で、イケメンの王子様俳優との共演が一番多いのは、ハ・ジオンである。二番目が『ありがとうございます』『パスタができるまで』のコン・ヒョジン。二人とも美人というよりは普通に近く、少し男性っぽい感じがする。それに整形手術はしていないように見える。たぶん。『雪だるま』でコン・ヒョジンを初めて見た時は、美人とはほど遠く、こんな女優さんもいるのだと好感が持てたほどだ。たぶん、女は美人が嫌いだからだろう。嫉妬するから。これが強いほど、ヒロインの女優は等身大の普通の女性に近くなる。ひょっとしたら韓国の女性は、相当競争心が強く、嫉妬深いのかも知れない。

ヒロインと王子様の身分違いの恋は、そう簡単に実ってはドラマにならないので、障害物が必要になる。最大の障害物は王子様の母親と、ヒロインにとっての恋敵だろうか。

特に激辛キムチのような、激しい母親の反対は恐怖ですらある。父親など足元にも及ばない。チョ・インソンの『バリでの出来事』の母親などは、叫ぶ、わめく、殴る蹴る、ヒロインの髪をつかんで引きずり回す、というすさまじさである。もう少し穏やかに話せないものかと思うほど、わめき散らしている。圧倒的に母親の天下である。こういう時の定番セリフは、「フンブンハジマ＝興奮するな」「チンジョンハセヨ＝落ち着いて」である。そのぐらいやたらに激しく言いつのる。

夫は外の主人（パッカチュイン）妻は家の主人（アンチュイン）と言い、家庭内のことは妻が取り仕切ってきた伝統によるのかも知れない。

それとも母親は、嫁という婚家での最下層から、耐えに耐えて生き抜き、子を産み、姑をみとり、夫の尻を叩き、晴れて天下を取ったせいだろうか。ここまできたら、もう怖いものなしである。ちなみに嫁は小姑のことをアガシ＝お嬢さん、と呼び、夫の弟で未婚だったらトリョンニム＝坊っちゃん、と今でも呼んでいる。李朝時代さながらに。

母親に劣らず、恋敵の方もヒロインの強敵に相応しく、いろんなものを兼ね備えている。こちらの方はたいていヒロインより美人、有能、学歴も家柄もよく、努力も惜しまない。教養も知性も理性もあって、むしろ女性としてはこちらの方が優れているように見えるほどだ。ただし外見と違って、実に性格が悪い。よこしま、欲深、姦計を弄し、すぐばれるような嘘をつく。王子様の母親に取り入り、人を騙す。悪役の面目躍如である。

さらにこんな美人が嫉妬に狂うのだから、迫力がある。ヒロインなど足元にも及ばないほど、悩み、苦しみ、涙して悔しがり、人間的にも複雑である。クォン・サンウの『天国の階段』のキム・テヒのいじめぶりも凄かったたし、キム・ナムジンの『揺れないで』も、主人公の男女が優柔不断で無能に見えるほど、恋敵の方が堂々たる悪役ぶりだった。もちろん彼女たち、恋敵の末路は自業自得、身から出た錆ということになっている。

もっともシンデレラになれなかったヒロインも、たまにはいる。キム・ソナの『私の名前はキム・サムスン』。シンデレラ・ストーリーをなぞりながら、最後にどんでん返しが用意してあるこのラブ・コメは、韓国でも大ヒットしたが、日本でも好きな韓国ドラマの上位に常に顔を出すほど人気がある。

私も大好きで、ドラマに使われた豚のぬいぐるみをついつい買ってしまったほどだ。姉が御曹司に恋された妹に向かって「ノン、シムシムハンテ、プリヌン、タンコンギヤ＝あんたは退屈しのぎのピーナッツよ」という名セリフに代表されるように、妙にリアルなところがあって、おもしろかった。女の子なのにサムスンという男名前を付けられたヒロインからして、おデブのおやじギャルという設定。まさにコメディの王道を行く、シンデレラ・ストーリーのパロディだが、こういう作品を見ると、韓国ドラマも奥が深いと思わずにはいられない。ちなみに御曹司が自分のことをサムシクと呼ばせる辺りは、日本人には分かりにくいかも知れない。サムスンもサムシクも、昔、庶民の三男坊によくあった名前で、いわば対になっているとも言えるし、恋人ではなく友だちという伏線と取れなくもないからだ。同じキム・ソナの『シティ・ホール』も、ミス・コンテストの部分は大笑いするほどおもしろかった。

ソ・ジソプ、チョ・インソンの『パリでの出来事』も、財閥の御曹司と貧しい女の子のシンデレラ物語かと思いきや、だんだん変容していって、実にシリアスな話になっていき、セリフにグラムシの『獄中ノート』が出てきた時には正直驚いた。（チェ・ジウの『スターの恋人』にはジャック・デリダが出てきた。実に教養深い）。このドラマは、金持ちは貧乏人を利用し、貧乏人は利用されつつ、金持ちの富をかすめ取るしかないという展開である。玉の輿に乗るシンデレラどころか、世の中そう甘くはなく、愛人がせきのやまというリアルさもさることながら、ラストに至ってはまるでフランス映画のような不条理さだった。

コ・スの『クリスマスに雪は降るの？』も、ロマンチックなタイトルとは全く違う、長男が母親のために恋人を諦める話で、こういう初恋が成就しない展開の作品は私には初めてだった。男に媚を売る喫茶店のマダムをしている母親と、秀才の高校生の息子の葛藤もなかなかリアルな描き方で、一味違う恋愛ものになっていた。

韓国ドラマに欠かせないものとしては、身分違いの恋のほかにも、血の後継者（ピッチュルフゲジャ）に代表される、血族のしがらみというものがある。兄と弟。姉と妹。父親と息子。母と娘。出生にまつわる秘密などなど、人間関係が実にややこしく入り組んでいる。これがあまたの葛藤を生み、ドラマを盛り上げる要素として作用している。

儒教では長幼有序は絶対である。一族の後継者は長男と決まっていて、次男、三男は付録のようなものだ。兄は弟を慈しみ、弟は兄に従う。兄（ヒョン）は特別な存在であり、父親のように偉く、一家の要なのである。

イ・ビョンホンの『美しき日々』のように、兄弟で同じ女性を好きになっても、弟はそんなことはおくびにも出せない。だから弟の方が人間的には複雑で、苦悩し、豊かな感受性で深く傷ついていく。この弟役のリュ・シオンは、この作品で日本でも人気が出た。私には、どう見ても現代ではこの弟の方が主人公に相応しいキャラクターに見えるが、韓国のドラマでは主人公はあくまで長男である。ジェームス・ディーンの『エデンの東』は、韓国ではたぶんありえない。オム・テウンの『復活』のように、双子であっても死ぬのは弟の方である。これが韓流ドラマの道理である。

もちろん弟に軍配が上がるドラマもある。チョ・インソンの『春の日』やソ・ジソプの『カインとアベル』などがそうだが、こういう場合はたいてい異母兄弟か、兄弟同様に育てられたが、実はまったくの他人という設定がなされている。血の秩序に反して、兄弟が相争う場合は、兄弟の血のつながりが薄いほど存分に戦えるし、ドラマもおもしろくなるというわけだ。ソン・スンホンの『エデンの東』のように、弟が自分の出生の秘密を知った瞬間に、慕っていた兄と敵対する豹変ぶりは、血の秩序感の薄い日本人には、感覚的に違和感があるかも知れない。

こんな血族に対する強固な考え方は、法的にも見てとれる。イ・テランの『黄色いハンカチ』は、未婚の母と子供、その再婚相手と子供の姓の関係を巡る話だが、実父だけが母親の同意がなくても、子供を自分の戸籍に入れることができるという法律には、父系血族だけが一族であり、子供は常に父系に属するという考え方がよく現れている。

子供は誰のものか？　答えは夫のものという、前近代的な感じがするような法律である。それにこの法律は、たとえ未婚の母親が自分と同じ姓の子供を連れて結婚し、夫と子供が養子縁組をしても、子供の姓を結婚した相手の姓に変えることはできないというものである。子供の父親の血筋、子供の出自を明確にしている法律だからだ。逆に言えば、子供と母親の姓が同じということは、それだけで私生児だと一目で分かることになる。

日本の場合は、女性が子供を連れて再婚し、相手の男性が子供と養子縁組をすれば、子供の姓を相手の男性の姓にすることができて、夫婦、親子が同一の姓を持つことができる。つまり日本の場合は血脈よりも、家が重要視されているということになる。

韓国では結婚しても女性の姓は変わらない。これは別に男女平等だからではない。血筋を明確にしているからで、嫁は一族の中の他人である。だからかつては結婚した女性は、宅号などの出身地を表す地名などで呼ばれたりした。一方、実家を出て嫁げば、出家外人（チュルガウェイン）と言い、実家とは縁が切れた。

スエの映画『あなたは遠いところに』は、ベトナム戦争で前線に送られた（韓国はベトナム戦争に参戦している。タイガー部隊と呼ばれた）一人息子の夫に、死線を潜りながら必死で会いに行く嫁の話である。だが別に恋焦がれて会いに行くわけではない。愛人がいて、自分には見向きもしない夫なのだ。子供ができずに、婚家からは追われ、実家にも戻れない妻が、「シバチ（種貫い）」に行くのである。後継ぎの一人息子（ドッチャあるいはウェアドル）の嫁が、どのようなものかをよく物語っている。

ところでこの映画のスエはとてもよかった。かたくなで無口な田舎娘が、どんどん変わって行き、最後はセクシーなダンサーに変貌するが、歌も踊りもうまくて、女優というのは凄いものだと感心したが、それもそのはずで、もともとはダンスのうまい歌姫出身の女優さんだった。

韓国はまた、法的な血族範囲が日本より広い。従弟同士の結婚は日本では合法だが、韓国ではご法度である。

コン・ヒョジンの『雪だるま』は、急死した姉の夫に惹かれて行く、妹の恋の行方を描いたものだが、たとえ血のつながりがなくても、妹と姉の夫は結婚できない。義理の兄弟でも、兄弟とみなされるからだ。しょせん日陰でしか生きられない、雪だるまのような恋というわけである。もちろん二人の間に子供が産まれたら、私生児扱いである。

日本のように、姉妹がそれぞれ兄弟同士で結婚するなど、韓国ではとうていあり得ない。姉が向こうの兄と結婚したら、その時点で妹と弟は義兄弟になってしまい、アウトである。イ・テゴンの『ああ、神様』にも、自分が結婚したい相手の妹と、弟の仲がよさそうなので「絶対に結婚するな」と、釘をさすシーンが出てくる。ちなみにこのドラマは、自分の結婚相手の息子と、未婚の母で産んだ実の娘とを結婚させるという、複雑な血筋のドラマだった。

一族の血統を記した「族譜（チョクボ）」を持ち、先祖を同じくする「宗親会（チョンチンへ）」を組織する韓国人にとって、自分の血の証明こそが大事で、この血脈に対する思い入れは、日本人からすると想像しがたいほど深くて重い。婿養子などあり得ないし、家庭内暴力で息子が親を殴るなども、とうていあり得ない、いや、あってはならないことなので、ドラマにもならないのだ。

シンデレラ・ストーリーに欠かせないものは、白馬の王子様だが、ヒロインが平凡なのに比べると、こちらはいろんなものを兼ね備えている。チャルセンギョンナダ（ハンサム）のモッチンナムジャ（カッコイイ男）の上に、背が高く、頭が良く、高学歴でアメリカに留学し、博士号を持ち、文句なしの大金持ちである。もちろんナイス・バディ。韓国の女性は、こんな絵に描いたような、スーパーマン的な男性が大好きなようだ。いくらハーレクイン・ロマン、リアリティの欠けらもないとはいえ、ほどほどの男性では満足しないところがおもしろい。

それにこんなカッコイイ男性がシャワーを浴びるシーンがよく登場する。韓国の俳優はハリウッドなみに体を鍛えているし、そういうシーンがあるとたいてい七、八キロは体重を落として撮影するとか。もちろん腹筋が割れているのは当たり前。女性視聴者へのサービスである。だがこの逆はない。女性の入浴シーンはほとんどなく、あっても首から上と手足だけがほとんどだ。日本に比べて、映倫規定が厳しいからである。テレビの画面には必ず右隅に、視聴年齢を現わす数字が、十二、十四というように出てくるが、その数字以下の年齢だと、親が子供に配慮するようにという意味である。もちろんベッドシーンはほとんどと言っていいほどないし、キスシーンもロマンチックなものか、ほのぼのとしたものばかりである。

こんな王子様にも、男性らしいタイプもけっこうある。もともとのお金持ちというより、裸一貫、貧乏人から才能と努力によって、会社のオーナーに上り詰めるタイプで、こちらの方は苦労人なので、間違っても性格に問題があったり、ひ弱だったりはしない。腕力があり、イ・ソジンの『恋人』のように、くりからもんもんのヤクザだったりして、派手なアクションで楽しませてくれる。イ・ミンホの『シティ・ハンーター・イン・ソウル』では、東南アジアの麻薬地帯、黄金の三角州で二十年ほどかけて貯め込んだ金を背景に、超大金持ちになり、そのうえアメリカでITの博士号を取り、大統領府に勤める、華麗な経歴の持ち主という設定である。もちろん変格でも王子様は王子様、出自は実はいいということになっている。なにしろ大統領の息子だったのだから。

チ・ソンの『太陽を呑み込め』やオム・テウンの『赤道の男』『復活』などのように、男性が主人公のアクションものは、たいていが父親との葛藤や、出生の秘密にまつわる復讐劇だが、これに貴種流離、孤児、双子、長男と次男、姉と妹の葛藤、財閥と貧乏人、恋敵、記憶喪失、交通事故、海外留学が加われば、立派な男性版韓国ドラマの出来上がりになる。つまり女性版も男性版も組み合わせパターンは同じなのである。

さらに韓国ドラマには欠かせない「薬味」がある。チャジョンシム（自尊心）とコジンマル（嘘）である。

自尊心、プライド、誇りというものは、私などは多分に内面的なものを想像するが、韓国のドラマでは、対人関係における矜持に近いものに見える。だからかなり外見的なもののようだ。安っぽく見られたくない、軽んじられたくない、バカにされたくない、人前で堂々としていることなど、こういった自尊心のために、なかなか妥協できず、意地になってしまい、その結果、恋仲まで怪しくなったりして、ドラマを盛り上げている。

嘘の方は、苦し紛れにつく嘘から、罠にはめたり、恋人同士の逢瀬を邪魔する嘘まで、人はよくまあこんなに嘘をつくものだと思うほど、ドラマの節々でありとあらゆる嘘が語られる。こんな嘘によって、主人公が窮地に立たされ、次回はどうなるの？　と視聴者を引っ張って行くというわけである。嘘という実に単純なもので、ドラマを作り上げ、盛り上げていくテクニックは、なかなかなものである。

とはいえ、あまりにも同じパターンのドラマばかりで、さすがにもう飽きてきた。最初の頃は新鮮だったが、『あなたの女』のように、半年前に作られた新しいドラマなのに、出生の秘密や孤児、記憶喪失や貧乏人と財閥の御曹司、嘘と計略では、おお、またか、という気になる。いくら韓国語の勉強とはいえ、時間がもったいない気がしてくる。この飽き飽きした感じは、なぜか俳優たちの整形顔と重なってくる。みんな同じ鼻、同じ目、同じ顎で、男も女も一見きれいだが自然の個性がないので、区別がつかないし、魅力的でもない。あまりにも派手過ぎて、嘘っぽい感じがする。あまりにもバランスが取れ過ぎていて、みんな大韓航空のスチュワーデスのような顔をしている。きれいだけれど、そういう顔の人がずらりと並ぶと、やはり異様で、痛々しい感じさえしなくもない。

もっとも整形は俳優だけではなく、普通の人も抵抗なくしているようで、この間友人が連れて行ってくれた料亭の雇われ女将さんも、整形仕立てのほやほやだった。「きれいになられましたね」

と友人が言うと、ふふふ、と笑っていた。五十代の女性だった。

ドラマに戻ると、最後にシンデレラ・ストーリーだけではないものもあることを書いておきたい。オム・テウンの『魔王』のように超能力を加味したもの、シン・ハギョンの『ブレイン』のような医学もの、女性の大統領や検事、刑事もの、チャン・ヒョクの『マイダス』のように金融を舞台にした巨額の資金を扱うものなどいろんなジャンルのものがある。イ・ビョンホンの『アイリス』は、国家を動かすほどの国際的な陰謀組織を扱ったものだが、日本、東欧などを舞台にした派手なアクションは、ハリウッドばりに実にスタイリッシュだった。

あるいは韓国の民主化が進んで、それまでは政治的にタブーとされていたものを背景に用いることで、物語に奥行きを与えているものもある。チサンの『太陽を呑みこめ』は、主人公は済州島の海女とヤクザの脱走囚人との間の子という設定だが、これは軍事政権時代、済州島の開発に囚人を投入したことが下敷きになっている。ソン・スンホンの『エデンの東』は、主人公の父親は炭坑の労働組合運動に身を投じた労組の委員長という設定で、経営者に謀殺された父親への復讐劇である。炭坑労働者と彼らを搾取する貪欲な資本家、それに対抗する労組の委員長が英雄という背景は、それまではテレビでは描きたくても描けなかったものの一つだろう。

ウォンビンの『コッチ』は、七〇年代半ば頃の地方都市が舞台で、末っ子の高校生ウォンビンと、二人の兄という、男三人兄弟を中心にした家族の物語である。父親は、かつてはモスム（小作人）で、地主の跡とり息子が共産主義に走り、彼に従って済州島蜂起に加わったものの、主人は死に、自分も瀕死の傷を負ったが、島の女性に助けられて生還したという設定である。自分の家からパルゲェンギ（アカ＝共産主義者）を出したせいで、必要以上に保守的な愛国者を気取る地主と、いつまでも使用人の気持ちが抜けない卑屈な父親。字も読めないほど無学だが、愛情深い母親。身分など関係ない現代の息子たち。このごく庶民的な一家像も、かつては描くのが難しかった人々だろう。朝鮮戦争後、共産主義に走った者を出した家族は、結婚、就職などいろんな面で差別されてきたからである。

そう言う背景を抜きにしても、このドラマは私にはとてもおもしろかった。ブルース・リーに憧れるお気楽な高校生だったウォンビンが、学校をさぼって入り浸っていた喫茶店の子持ちのママを好きになり、元夫と対立する過程で段々大人の男に成長して行く。やがてそのいざこざで殺人未遂の濡れ衣を着せられ、服役までしたあげく、誰も知らない町で子供と三人で暮らそうと、彼女を迎えに行くが、ラストは、彼女は子供と二人、無言でウォンビンの目の前をタクシーで去って行くのである。まだこれからの若者を捨て去ることが、大人の女のせめてもの恋というわけである。

他にもしっかりした小説をドラマ化した、テレビ文学館というシリーズもあった。ドラマの良心と銘打たれたこのシリーズは、やはり見応えがあるものが多く、中でも『セヤ・セヤ（鳥よ、鳥よ）』は、田舎に暮らす耳と口の不自由な兄弟と親子の情や恋の行方を描いたものだが、残酷さと美しさとがないまぜになっていて、今まで見たドラマの中で一番秀逸な作品だった。原作は韓国の女流作家、シン・ギョンスク。またこの作品はイタリアでテレビ部門の賞を受賞している。こういうドラマが作れること、それ自体が羨ましいほどだった。

今、日韓は素人のような二人の政治家のせいで冷え切っているが、かつては蜜月時代を象徴するかのように、日本の脚本家によるドラマが韓国でも色々作られた。

映画では東野圭吾の『白夜行』があり、韓国のタイトルは『白い闇を歩く』である。日本版が先に作られ、後から韓国版が作られた。だが韓国版の方がよくできていた。

主人公のヒロインにはソン・イェジン、刑事にハン・ソッキュ、犯人役の若者にはコ・ス。いずれも演技力のある俳優揃いだが、日本版は船越英一郎演じる善人の刑事という設定で、韓国版では、自分の子供を捜査に使い、それがもとで死なせてしまったクセのある刑事にしてあった。子供を失くし、妻にも去られ、半ばアル中になって糖尿病を患い、視力を失いかけているお荷物刑事である。人物の描き方も、映像も私には韓国版の方が断然おもしろかった。特にラストの緊迫感やセリフの重さ、少女をうまく使った映像などは、どきっとするほど印象的だった。日本版に比べると、メリハリが効いているのである。

韓国はテレビドラマでも映画でも、日本よりたくさん作っている。それにお金と時間もかけている。特にお金のかかる時代劇がふんだんに作られている。韓国のテレビドラマの放送スタイルは、アメリカと同じで、ドラマの途中にCMを挟むことができないと聞いたことがある。CMの間にドラマを見ているような日本に比べると、実に羨ましい。

これは作る側からすれば、けっこう大変である。チャンネルを変えさせない工夫がいるからだ。長いと飽きて来るからだ。

だが何よりいいことは、たくさん作られると、おもしろいものが出て来るし、活気も生まれるからだ。自由と活力のないところにおもしろいものはない。

（『朝』三十四号、二〇一四年十一月）

紀行

熱帯官能〈バリ〉

二月の初めにバリとジャカルタに行って来た。バリに四日、ジャカルタに四日の短い滞在だった。

出発の三日前に、取材で出かける夫にくっついて行こうと思い、チケットを買った。バリはノービザで入れるから、こんなふうにふと思い立って出かけるにはとても都合がいい。

バリに行ってみようと思ったのは、バリがどこにあるかさえろくに知らないからだった。インドネシアのリゾートの島、魔女ランダの伝説の島、南の熱帯の島、そういえば昔の「南太平洋」の映画の中に「バリ・ハイ」というきれいな歌があったっけ。そんな程度だったから、かえって行ってみたくなった。

わたしたちがバリに行った頃はちょうど雨季だった。季節のない一年夏の熱帯は、かろうじて雨季と乾季の二つに別れるが、雨季だといっても日本の梅雨のようにじめじめ降り続いているわけではなく、朝晩、サアッと降ってサラッと上がる。山間に行くとスコールのように激しく降ったりしたが、平地では通り雨のように穏やかだった。

バリ島は、ジャカルタのあるジャワ島のすぐ隣の小さな島だった。ジャカルタでのトランジットを入れて、成田から約十時間ほどで行く。時差はジャカルタとバリの間で一時間あったから、日本からだと一時間の差しかないことになる。わたしたちが乗ったのは、インドネシアのガルーダ航空だった。ガルーダというのはインドネシアの守護神的な怪鳥で、大きな目をギョロリとむき、鋭いくちばしと長い爪を持っているが、よく見るとなんだかひょうきんそうな顔をしている。もっとも、大統領官邸や独立記念館の壁にあるガルーダは、さすがにこんな民話的なスタイルではなく、いかめしい普通の鳥そのものだったが。この聖なる守護鳥をシンボルマークにした飛行機なら、めったなことでは落ちないだろうと、おまじないのように自分に言い聞かせ、飛行機に乗った。飛行機は何度乗っても、落ちるのではないかという恐怖感が頭の隅にあって、落ち着かない。

バリは「不思議な島」とか「葬式の島」とか「夢の島」とか「悪魔の島」とか、いろんなふうに呼ばれていたらしい。それだけ外の人間には、エキゾチックな魅力に富んだ神秘的な島だったのだろう。もちろん現代のこれだけ観光化された島に、神秘性や夢のような幻想性があるはずもなく、日本人がドッと押し寄せ、カタコトの日本語が溢れる観光地で目にすることができるのは、かつての不思議さの名残り、ショー化された伝統芸能やお祭りのようなものに違いないし、またわずかな滞在でそれ以外のものを目にするチャンスもほとんどない。

だがそれでも歩いてみなければ始まらない。わたしたちはまずバリの州都デンパサールの街に出かけた。日中はさすがに日差しは強く暑い。この街には二十六万人ぐらいが住んでいるそうだが、人間がひしめきあっているような雑踏があまりなく、メインストリートを中心にした市街地もわりに小さくて、一日もあれば充分に歩きまわれた。四つ辻に立つ大きな守護神を中心に、右側が総督官邸やバリ博物館のある一帯で、広い通りの両側には大きな並木が茂り、白く長い塀が連なる官庁関係の建物はいかにも南の島らしくきれいだ。また広い通りの街路樹には太い幹に腰巻きのように白いペンキが塗ってあった。街灯がないので、夜、車が立木に激突するのを避けるためだ。

ここではププタン広場に寄った。広場は公園のようになっていて樹木が茂り、手入れされた芝生の鮮やかなグリーンがとてもきれいだが、ここはバリの血にまみれた近代の始まりの場所だった。二十世紀の初めオランダ軍の近代兵器に短剣クリスで立ち向かい、正装した王や臣下や女や子供までがまるで集団自決のように突進して死んで行ったという。アジアのどこかしらにたいていあるヨーロッパとぶつかった血溜の場所は、血のメモリアルのせいかどこもこんな風にきれいなのだろうか。

わたしたちは通りを流していた観光用の馬車に乗り、馬の足音を響かせながらこの辺りを一周し、旧市街の民家や市場（バザール）がひしめき合う方へ行った。料金は五千ルピア。日本円でざっと三百円。交換レートが一対十四なので、円はまたたくまに打ち出のこづちのような威力を発揮してしまう。日本人にとっては一万ルピアでも五千ルピアでもたいした差ではないのだが、馬車引きのお爺さんはそばにいたバリ人の運転手に通訳を頼み、五千ルピアとニコニコ顔で言ってきた。彼等に取ってはこれでもかなりな金額なのだろう。あっさり五千ルピアでＯＫしたわたしたちを見ていた白タクの運転手はいい客だと思ったのか、馬車を降りたら車に乗れと、馬車の後をしつこく付いて来ていた。この観光用の馬車はけっこう揺れて乗りごこちは今一つだったが、馬車の先にはちゃんとバックミラーがついていて、鈴をシャンシャン鳴らし、ひょいひょいと車の間を縫って行くし、信号でもピタリと止まる。だが、わたしたちを引く馬が、暑い中よだれをタラタラたらしながら走るのを見ていると、かわいそうでそう長くは乗っていられなかった。

バリの交通機関はペモと呼ばれる小さなトラックに幌と座席を付けたようなものか、タクシーぐらいしかない。もっともタクシーは屋根に表示マークが付いているのはめったになく、もっぱら白タクで、ほとんどが観光用である。庶民の足のペモの便利な所は街角で手を上げれば、座席があいているとすぐに拾ってくれる点だ。料金も二百ルピアから三百ルピアと安い。ステーションに行くと行き先別のワゴンタイプの車もあった。

バリで走っている車のほとんどが日本車だ。走るのも日本と同じ左側通行である。車はやはり高価らしく彼等のファミリーはもっぱらバイクで、信号のある交差点などはすぐにバイクの洪水になる。もちろん一人で乗る贅沢なのは若者ぐらいで、一家総出でぎゅうづめのサンドイッチのように乗り込むから、親子で五人、六人というのもよく見かけた。運転のしかたはけっこうみんな穏やかで、横から突っ込むような車はまずなかった。韓国ではバスやトラックが突っ込んで来るあらっぽさだったから、怖いなと心底思ったことが何度かあったが、バリでは人と擦れ違ったりぬかるみに差しかかったりすると、ちゃんとスピードを落とし丁寧に運転してくれる。当たり前のことだが、この当たり前のことがうまく機能しない国が世界にはけっこうたくさんあって、これだけでもわたしのバリへの第一印象はかなり良かった。

旧市街に出たわたしたちは市場の果物売り場を覗いたり、インド人たちが経営する宝石店を眺めたり、小さな商店街がひしめき合う通りをブラブラ歩いたりした後、あっちこっちの家並みの間に見えるお社(やしろ)を見て回った。バリはバリヒンズーと呼ばれる宗教が島民の九十パーセントをしめているという。今もその宗教が人々の暮らしのすみずみにまで生きていて、お社を祭り神のもとに集い、祈り、宗教儀式を大切にし、その慣習に沿って暮らしているのだそうだ。そういう厚い信仰心を現わすかのようにパコダによく似たお社（メル）がたくさんある。瓦葺やヤシの葉の葉葺の三重や四重になった塔が、大小様々、街の塀の間やロータリーの割れ門の間から覗いている。目をギョロリとむいた愛嬌のある守護神を祭っているのもよく見かけた。

お社がほんとうにたくさんあった。個人の家の庭前や道端、町内や田んぼの中など、人間の数と同じくらい、社やほこらやプラと呼ばれる寺院があるのではないかと思えるほどだ。まるで神様だらけの島である。一人がいくつものお社と関わりを持ち、大小様々なお社を支えているからお参りするだけでも大変そうだ。

バリの寺院で特徴的でおもしろいのは、割れ門だろう。普通のアーチ型の門を真ん中からすっぱり割り、両側にぐっと引っ張ったような門で、真ん中に階段が付いている。「開けゴマ！」と叫んだら奇跡が起きたような門だ。赤い煉瓦色の石や白い火山石などを美しく積み重ね、複雑なレリーフの板扉や装飾をほどこした門のそばには、よく一対の守護神のカラが祭ってあり、このカラの耳には赤いハイビスカスの花や、白い蘭や黄色いキンセンカに似た花などが挟んである。また、黒と白のチェッカーフラッグのような布を腰に巻き付けていることもある。カラはヒンズーの神シバが、地上の人間たちのために遣わした神様で、人間に動物や作物の育て方を教えるように命じられたのに、どういうわけかかたっぱしから人間を食べてしまってばかりいたらしい。シバの神様はあわてて別の神を遣わしたそうだがバリ人はカラはお腹がすくとまた人間を食べるようになるので空腹にならないよう、供え物を欠かさないようにするのだそうだ。白と黒の布はヒンズーの教義にもとづく意味だそうで、白は破壊の神シバを、黒は保全の神ウィシュヌを現しているのだそうだ。もう一つ赤と白の組合わせの布もあったが、赤は創造の神ブラフマンのことだとか。

お社はどこもきれいで手入れが届いていた。花や線香や食べ物を入れたヤシの葉であんだ供物籠が供えてあったりした。サンスクリット語の護符のような紙がお社の扉の上に貼ってあるのもあった。こんなに大事なお社だから、扉の中には一体何が入っているんだろうと思い、開けてある扉の中を覗いたら、供物があるだけで空のようだった。また工事中のお社もけっこうあった。二、三人の職人が暑いさ中、石を積んだり木陰でコンクリートをこねたりしていて、入念に、お社の土台を積んでいたりする。集会所の涼しい屋根の下でコロンと昼寝をしている人もいたし、集会所の壁には儀式の時の共食の宴会の写真が貼ってあったりした。マイクで挨拶する人、踊る人、ガムラン音楽を奏でる人々の写真もあった。

バリの人々がどんなにお社を大事にし、お社に集い、神様に供え物をして日々を過ごしているかは、街角の路上や砂浜などあらゆる祈りの場所に供物を入れたヤシの葉籠が置いてあるのを見ても、なんとなく想像がつく。お社の数も多いが供物の数も凄いもので、一軒の家で十や二十は軽く供えるというし、豊かな家では何十となるというから、神の宿る所に供物ありといった感じだ。そんなせいか、バリには野良犬がけっこうウロウロしているみたいだ。わたしたちのホテルのそばにも三匹ほどいたし、ウブドゥの通りでは哀れ車に撥ねられた痩せた犬が、キャンキャン鳴きながら走っていった。

バリが「夢の島」と呼ばれ、リゾート地として人々を引き付けることができるのは、極東の日本から見れば信じられないほどの恵まれた贅沢な気候や、適当な大きさの島であることや、エキゾチックな宗教や、伝統的な豊かな文化を育んで来た宗教美術があったからではないだろうか。ショー化されているとはいえ、優雅な舞踏、レゴン・ダンスや陶酔的なケチャ・ダンスは充分わたしたちを楽しませてくれるし、ガムラン音楽の竹の木琴の音色は、リズミカルで時にもの悲しく、吹き過ぎる風のように優しい。観光地で笛を売り付ける少年の、木彫りの笛さえけっこういい音色なのだ。

わたしたちはバリに来たらバロン劇を見たいと思っていた。バロンと魔女ランダの舞踊劇は、いわばバリの代表的なドラマで、バロンは日本人にもよく知られていたからだ。菅原文太のソーラー湯沸かし器のCMに、砂浜で目をギョロリとむいた南方の動物がにぎやかな音楽に乗って踊るのがあったが、あれが太陽の化身バロンである。わたしたちは車をチャーターし、バロン劇を観光用に演じているというプーラに行った。ワヤンの影絵芝居は残念ながら時間がなくて見られなかったが、バロン劇は滑り込みセーフで間に合った。

劇はすでに始まっていて、境内に常設されている籐の観客席は五、六十はあっただろうか、ほぼ埋まっていた。わたしたちは一番前の角の席に座った。陽が差して暑かったがよく見える所だった。バロン劇は「ラーマーヤナ」のラマ王子の冒険譚を下敷きにした物語で、王妃の魔女ランダが王子を殺そうとするが、王子は仲間と善の神バロンの力を得て逆に魔女ランダを討とうとする。魔女ランダは魔術の力で仲間の若者たちがクリス（短剣）で自害するようにし向ける。そこへバロンが現われ若者を救い、やがてバロンと魔女ランダの果てしない戦いになり、決着がつかないまま終わるという筋である。

舞台は苔むした古い寺の境内で、楽屋は割れ門の向こうの空き地、照明は天然のお日様といったぐあいだから、登場人物のきらびやかな衣装を除けばかなり素朴な野外劇である。昔からこうやって演じられて来て、今も寺を出て行かない。観客の中にはバリ人もいて、笑いを誘うコミカルな寸劇の時には声をたてて笑っていた。

このバロン劇がいかにもバリ的なのは、魔女ランダとバロンの戦いが永遠に続くというところらしい。「ラーマーヤナ」では猿王などの味方を得て、ラマ王子が恋人を奪った悪の王ラワナを滅ぼす話になっている。ところが、魔女ランダは滅びないのだ。バロンも勝利しない。魔女ランダは、夫がウブドゥの民芸品店で仮面を買って来たからわが家の壁にぶら下がっているが、ボサボサの長い髪に大きな目をギョロッとむき、牙が上下から天と地を突くように伸びていて、長い爪をもち、いかにも怖そうな不気味な顔をしている。バリの緑の暗がりからニュッと出て来れば獣とも人間ともつかないその姿は、迫力満点である。

なぜ魔女ランダとバロンの戦いには勝利も敗北もないのか？ これは民俗学者たちの気持ちを揺する問題らしく、『インドネシアの民俗』という本の著者、リー・クーンチョイは、バリ人の考える善と悪は、完全に善、完全に悪という考え方ではなく善時には悪のように怒り、悪は魔術で善をなすと考えるという。また魔女ランダを破滅させないのは、魔よりの表現であり魔女の側に立つことで魔女の好意を得られると思っているという。思わず、シバが破壊の神様であることを思い出してしまうが、いずれにしろ、魔女を魔女として受け入れる所がおもしろい。

また、リー・クーンチョイはバロンに関してもおもしろいことを言っている。バロンはバロン・サイとも呼ばれているらしいが、このバロンは獅子ではないかと言うのだ。リー・クーンチョイはシンガポールの高名な政治家で、インドネシア大使だったこともある学者である。彼はバロンのふさふさした毛の感じ、中に二人入り、前足と後ろ足になって踊る方法は獅子そっくりだと言う。獅子舞いだと言うのだ。バロン・サイのサイにしても、獅子舞いを中国語でプーシー（舞獅）というが、サイはシーから来たのではないかと言う。なるほどと思う。日本のお正月の獅子舞いはすっかり毛が抜け落ち、緑色に矢車の模様布にかわってしまっているが、舞踊の鏡獅子などは毛がふさふさだし、韓国の獅子（サジャ）も毛がふさふさな動物である。沖縄ではシーサーといって、一対の獅子の置き物は魔よけとして門や屋根の上に飾られているし、東南アジア一帯の獅子の置き物を集めた展示物のコーナーでは、韓国の海の怪物ヘッテによく似た獅子があった。魔よけとしての獅子は、海流に乗っていろんな国々に渡って行ったのだろう。獅子舞いのダンスとして。あるいは狛犬の守護神となって。

バロン劇を見たあと、わたしたちは山の奥へと入って行った。やはりバリの聖なる山アグン山にあるバリ最大のお寺ブサキに行かなければなるまいと思ったのだ。神様の島のその一番近い山は、どんな所なのか一見の価値はあるように思えた。

山をうねうね曲がりながら上って行くと見晴らしのいい所に出た。はるか彼方まで折り重なるような山が続き、その先は煙に包まれたようにぼうっと見え、山の斜面は高いヤシの林が続き、ヤシ木立の足もとに流線型にカーブした畑が縞模様のようにつながっている。緑、緑、緑の世界だ。沖縄で見たヤシの葉は固く濃い緑色だったが、バリで見るヤシの葉はなんと優しいのだろう。糸のように風に流れ、光がその隙間に溢れ、ヤシの木一本一本がくっきり浮いている。他の緑の木々も、若葉の鮮やかな濡れた緑色から濃淡のある暗い緑色まで、信じがたいほどの色の膨らみがある。わたしたちは運転手に促され、この緑の谷間を背景に写真を撮った。たった一枚のバリでの記念写真だった。

運転手の目的はわたしたちにこの美しい景色を堪能してもらうこともあったが、山の中腹にあるレストランで食事をさせる方にもっぱらウェイトが置かれていたらしく、レストランのウェイターに運転手にもジュースを差し入れてやってくれと言ったら、もう彼には充分払っているから心配はいらないという返事だった。

レストランでわたしたちはバリふうのチャーハンとインドネシアコーヒーを頼んだ。バリではホテルでの西洋料理か、外人客向けにアレンジされたバリ料理しか食べていない。あとはクタの海岸通り（ここはほとんど外人観光客たちがショートパンツで遊びやショッピングや食事に出る一帯）で小ぎれいなレストランに入り、壁を這う何匹ものヤモリを眺めながら食事をした程度だった。ヤモリはカやハエを食べるのでわざと飼っているのである。生きたハエ取り紙みたいなものだが、ヤモリの鳴き声というのも初めて聞いた。ケーッという乾いた板をこすり合わせたようなカン高い声だった。

したがって、わたしたちはバリの庶民料理のようなものはほとんど食べていない。せいぜい屋台を覗いた程度だ。バリに着いた頃はちょうどコレラが流行っていて、成田の検疫でひと月に三十数人のバリ帰りの日本人客がひっかかり、日本がインドネシア当局に調査の要望書を出したりしていた。死ぬほどのひどいコレラではなさそうだったが、かかるとあとがやっかいそうで食べ物には注意したのだ。「ロブスターのさしみ」などの看板を横目で見ながら、油の中を泳いできたような中華料理のエビやカニを食べたが、メニューにチャイナ料理がけっこうあったところを見ると、ベトナムなどと同じようにベースに中華料理が入っているのかも知れない。ナシゴレンというバリふうのチャーハンにしても、香辛料を除けば中華ふうだし、必ず付いて来るエビセンのような揚げ米菓子にしても、昔懐かしいような味で、エキゾチックな料理という感じはしなかった。

このレストランでぼんやり外を眺めていて、ふと、奇妙なことに気がついた。遠くのヤシの葉の一枚、一枚が透けて見えるのだ。葉の一本一本がきれいに分かれていて、葉の緑で光が跳ね、その重なりぐあいがどんなに遠くても見えてしまうのだ。近眼のわたしにさえおぼろに見分けが付くのだから目のいい人だったらもっとはっきり判るだろう。なんと不思議な植物なのだろうと、じっと眺めてしまった。

ブサキの山門の駐車場に入ると、子供たちが四、五人寄って来た。手に手に傘を何本も抱えている。ちょうど小雨がパラついていた。夫がそのうちの一人から一本借りた。ラッキーといわんばかりのとても嬉しそうな顔になる。わたしは車に備え付けの傘があったが、子供たちは借りてと、傘を出す。途中、学校に通っている子供たちを見かけたから、この子たちは学校に行っていないのかも知れない。バナナを売っている子もいた。モンキーバナナが一房五百ルピア。四十円にもならない。

入り口で喜捨の拝観料を払い（金額はいくらでもいいのだが大学ノートの名簿を見るとみんなけっこう高い金額を払っていて、一万ルピア出したら二人分だからもう一枚と言われた。しっかりしている）両側に土産物店の並ぶ参道を上って行くと、すぐにガイドが付いて来た。夫はこの手のガイドの知識はいいかげんだし、適当に案内してすぐに山を下りようとするからうるさくてかなわないと、手を振ってけっこうだと言ったが、もちろん付いて来る。バリのこういった観光客相手の商売人たちは、けっこうしつこい。なまなかなことでは諦めず食い下がって来る。韓国では声が大きく強引な所があって、値段の交渉でもケンカ腰だが、脈がないと見るとサッと諦めるか悪態を付くかする。バリでは大きな声は出さないし、腕を引っ張ったりするような強引な所はないが、とにかく延々と付いて来る。お願い、お願いといった感じで、脈がないと諦めるのに時間がかかる。朝の散歩に出た浜辺では「ミチュアミ」を連発するおばさんたちに取り囲まれてしまったが、髪の毛を三つ編みにしてやるという歩く美容院のようなおばさんたちの集団もかなりしつこかった。

ニコニコしながらついて来るガイドに根負けし、一緒に寺を回ることにした。彼は英語しかできず、日本語は「こんにちは」だけだった。ブサキは山の頂上に寺があり、相当古いもので彼の説明によると、四、五世紀のものだという。正面の大きなブサキ寺院の裏手には、他にいろんな寺があり、個人のものから地域の集団のものまであると言う。僧房もあるとか。バリヒンズーでは、人は死ぬとその肉体は火葬にし、骨と灰になった遺体は海に投げられ、海の水は水蒸気となって風になり天に昇ると信じられている。寺院に祭られている、風の神シバ、水の神ウィシュヌ、火の神ブラフマに対応する。わたしたちが行った時はちょうどブラフマのお社は工事中だった。

わたしは寺院はもう少しきらびやかなものを想像していたがデンパサールの街で見たのと同様、いたって簡素で、ヤシの葉葺の古い石塔が天に向かってそびえている以外、緑と花があるだけで、目もあやなこってりした装飾性や色彩などはほとんどなかった。広い階段状の公園みたいだった。

帰り道、うまいぐあいに結婚式のお祈りを上げているカップルに出会った。石塔の前に新郎と新婦が座り、身内らしいおばさんたち四人一緒にならんで供物を上げていた。ガイドに通訳を頼み、写真を撮らせてもらったり立ち話をしていると、おばさんたちが供物の籠の食べ物をすすめてくれた。蒸したお米や菓子で、わたしはヤシの葉で包んだものをいただいた。チマキそのもので、なんの香辛料も入ってない所まで同じだ。日本人のルーツは南方から海流に乗って上がって来た原住民に、北方からの征服民族が馬に乗ってやって来たという。米と肉である。チマキを食べながら、色が浅黒く背が低い南の無数の島を行き交ったインドネシア人たちのことを、ほんのちょっと考えた。

バリにはウブドゥ芸術村という所がある。バリ絵画の中のウブドゥスタイルと呼ばれるバリ民画（と呼んでいいのかどうかよくわからないが）の発祥の地である。お寺や石塔（メル）などを見るより、わたしはここに一番行ってみたかった。デンパサールではあいにく博物館は閉まっていて、どうしても絵が見たかった。バリに来てウブドゥスタイルと呼ばれる、いわば日本画のような一種の様式美を持った絵画があることを知り、民芸品店に並べてある絵ではなく、もっと大きく、もっとセレクトされたものを見たいと思ったのだ。

ウブドゥには午後三時頃着いた。芸術村というだけあって、メインストリートを中心にいろいろな工芸品を扱う店や工房が軒を連ね、民芸品店を眺めて歩くだけでもなかなか楽しい。薄暗い店内に所せましと置かれた工芸品の数々は、まるで人間の感情の現われのようないろんなものがあり、それらがひしめき合いながら無言の声を上げているような、妙な迫力がある。天井から吊るされた空飛ぶ子供の大きさぐらいの天人たち。彼等はまっ白な膚に東洋人のようなインド人のような顔をしていて、背中に大きな翼があり、女や子供や男や、ペニスをむき出しにした仏様のような顔の半陰陽の少女などだが、この腰布をまとっただけの半裸の群れが、外の熱帯の明るさを遮るような薄闇の空間で、わずかな風にゆらゆら揺れているのは、息を飲むほど薄気味悪くて不思議に心楽しい。

壁には壁面を埋め尽くすような仮面が飾られている。バリの仮面はみんな目がすこぶる大きく飛び出していて、愛嬌のある表情にもなれば、おどろおどろしい恐怖に引きつったような顔にもなるが、その快楽と恐怖の間の無数の顔が壁でうごめいている。動物に近い人間の顔。人間に近い動物の顔。猿や蛙や鳥や名付けようのない生き物の顔、顔、顔、顔が木彫の生温かい感触で並んでいる。笑い、泣き、狂い、吠える顔の古びた木の艶やかなかび臭い感じは、仮面とわかっていても、じっと足を止め思わず表情を読んでしまいそうになる。

床にはまた無数の置き物が、立ち上がった人間のように置かれている。ヒンズーらしい王様の格好の立像、あぐらを組んだ仏様、素朴な木彫の母子像、天馬にまたがって合掌するインドの王子、ガルーダの背に乗る神様、ワヤンのインド人の顔をした無数の人形たち。人形の後ろの陰の間に人形が潜み、その背後に人形の横顔を見せ、その横顔の陰からまた不思議な人型の生き物が顔をだしているような、空間を人の顔や身体や腕が満たしているようなびっしりした置き方だ。

棚には観音様や、バリ人にとって神秘的な銀の細工ものや、鳥や獣の剝製やこまごました工芸品が並び、入り口には人の頭そっくりの魔女ランダの恐ろしい仮面が、長い頭髪を風にそよがせ、死体の頭のような感じでたくさんぶら下がっている。まるで人の情念を形にしたような、人の指跡がどこかに残っていそうな物たちが、ひっそり声を殺しながら重なり合いもつれ合って、買われるのを待っているようだ。わたしたちは「店ごと買いしめたい」と溜息をつきながら見て回った。

ウブドゥに着いてまっ先に行った美術館は、幸いなことに一つだけ開いていた。白く大きな花がアーチを作っている径を通り、木立の奥にある美術館に入った。薄暗くひんやりした館内にはたくさんの絵が掛けてあった。一人、二人の観光客しかいず、とても静かだ。見たかったウブドゥスタイルの絵画は何点もあった。どれもがとても幻想的で、物語的で、部屋の薄暗さの中に溶けて行きそうに見える。プリミティブな素材をもとに神話やバリ人の日常を描いた作品が多く、混沌としたイメージとしてのバリがキャンバス一杯に凝縮されている感じだ。バリの幻のようなエキゾチシズムは、もはや絵の中にしかないのだが、その幻想を夢のような繊細な筆致で表現している所がとてもいい。デンパサールのミュージアムやウブドゥの芸術村の美術館にしても、時間によってはすぐに閉まってしまうし、開いてないこともあるし、保存や手入れの状態もさほどよくなくて、なんだか心配になって来るような設営の仕方だし、わたしたちのように三泊四日程度の駆け足旅行だとなかなか見るチャンスがないが、素朴な子供のような情熱の絵の群れには、そうめったに出会えないという気がする。

ウブドゥスタイルの絵は、伝統的な絵画と、現代の西洋絵画の中間にある絵のようだ。たとえば、インド人の横顔を思わせる戦いの模様を描いた絵や織り布の伝統的な絵柄と、現代の西洋絵画の手法や精神によって描かれた、普段わたしたちがよく目にする油絵との間にあるといったらいいだろうか。バリの絵の歴史にたとえれば、ウブドゥスタイルの絵は、中世からいきなり近代に飛び、そこで初めて絵画という絵の価値を見いだした感じだ。本当は間にもたくさんの絵や織り布などの美術品があるのだろうが、もうすでに失われてしまったのか、その歴史を埋める絵を目にすることは簡単ではなさそうだ。そういう切れ目の中で、夜と朝の間の淡い光に照らされたような、ウブドゥスタイルの密林の絵の突然の出現は、とても興味深い。

ニョマン・レサンの「バリのいのち」（一九八六年）という絵がある。薄く淡いグレーがかった色調の森の中に、バロンや魔女ランダなどの神々と一緒に、ガムランを奏でる楽隊や見物の子供を抱いた母親や、頭に果物を乗せて川を渡る女や水遊びする子供たちが描かれているが、どれも同じ比重の細密さで画面一杯に描き込まれていて、重なりあった葉の一枚、一枚、水面の影の一つ一つ、魔女ランダの髪の毛一本にまで微細な線と光と影が宿っている。息苦しいような繊細な濃密さだ。アンリ・ルソーの幻想的な絵の雰囲気をもっと微細にもっと濃密に、もっと物語的でプリミティブで官能的にしたといったら少しは通じるだろうか。遠近感の薄い平面的な手法、モノトーンの色調、画面一杯にくまなく描き込む息苦しいまでに圧縮された構図、夜の気配をにじませた薄暗い光と影。幻想と物語が天空で結び合い、魂が浮遊し、どこか遠く高い所からバリを見ているような、神の目の位置を思わせる絵だ。

こういう絵を描くのは、ニョマン・レサンだけではもちろんない。ワヤン・ペンディにしても、他の画家というか、職人といった方がふさわしいのかも知れない、ウブドゥの民芸品店に軒を連ねている絵画にしても、基本的には同じスタイルで描いている。といっても、当然、職人芸とニョマンやワヤンの絵とは、同じ手法でも天地の開きがあるのだが、この幻想性にたいする慕わしさ、親密な感じというのは全く差がない。これがウブドゥスタイルの絵の様式なのだが、どうしてこういう様式になったんだろうと不思議な気がする。画家の名前のワヤンやニョマンというのは、一番目の子三番目の子という意味の名前で、男女兼用であり、ヒンズーのカーストのスードラ（バリ人の九割を占める）には姓がないから、レサン、というのが名前だろう。

こんなウブドゥスタイルの絵を誕生させたのは、ウブドゥに住みついたドイツ人画家ウォルター・シュピスやオランダ人のルドルフ・ボネなどだそうだ。彼等は一九三〇年頃にやって来て、バリ人に絵の具やキャンバスの使い方を教え、身の回りのものは何でも絵になると教えたのだという。絵の描き方を教えたのではなく、絵の具の使い方だけを教えたとか。この辺りがやはり画家だと思わずにはいられない。シュピースより十年ばかり後の戦時下に日本人もたくさんバリに行くようになるが、当時の『バリ島の神々と祭典』などを読むと、外来文化に毒されいたずらに観光用に堕落して行くバリの工芸品を嘆き、「あくまでも素朴な情緒と、一方絢爛を極めたる芸術を創る国バリの、この面はどうしても日本の手で親切な護りをかためてやらなければならない」と、インドネシアの新しい支配者日本人の国粋的な顔が見え、がっかりさせられる。ひょっとしたら、当時のウブドゥスタイルの絵にしても、西洋の亜流と簡単に投げ捨てられたかも知れないのだから。もっとも、こういう見方は当時の日本だけではなく、西洋にだって今でもたぶん厳然とあるのかも知れない。バリニーズ・アートに、伝統的な古典的なものだけを求める価値観で、モダンを括弧でくくってしまうやり方である。

ともあれ、バリの画家たちはこの新しいキャンバスと絵の具という道具で、今まで布や寺院の壁に描いていた絵とは違い、もっと自分たちの身近な世界を描くようになっていったという。生活や森や花や魔女や動物や、水田やヤシの木や、川や人々の行列といった風景である。絵の具という素晴らしい色彩の表現の道具を手にした時、ルソーのような光と影の陰影に富んだ手法を真似たのだろうか？

わたしはウブドゥスタイルの絵のファンタジックな画面を見るたびに、なぜ彼等はこんな細密で、繊細で、葉の一枚一枚、模様の一つ一つを丹念に描き分けるような手法を選んだのか、不思議に思っていた。もし、バリに来ないで美術の本か何かでウブドゥスタイルの絵だけを見たら、西洋の真似ぐらいにしか思わなかったかも知れない。バリという南の島の文化など何もわからなかったし、彼等がどんなに情熱を傾けて美しい布模様を描いたか、どれほど精巧な彫刻で寺院を飾ったのか、想像すらできなかったからだ。この細密さ、官能的な魂の浮遊、微細な陰影によってもたらされた肉感的な膨らみの感覚や視覚は、実はとてもバリ的で、バリの風土そのものだということに、バリに来て初めてわかったからだった。

バリでは草や木や光や影が現実に、絵のように見える時があるのだ。言葉を変えれば、わたしたちには幻想的に見えるウブドゥスタイルの絵も、バリではリアルだということである。このことに気がついたのは、ヤシ林を見てからだった。無数の繊細な糸を振り下げたようなヤシの葉は、一枚一枚が煙ったように識別できるのだ。最初はこの幻想的な葉模様に目を奪われたが、よくみると樹木の枝や葉がおぼろに空間を満たし、薄い葉が幻影のように重なり合っているのがわかるのだ。ウブドゥスタイルの絵のあの幻想的な光のぐあい、細密な線、木陰の薄暗く官能的な緑の闇、そして視界一杯に広がる風景は、わたしたちにはとても幻想的だが、バリでは当たり前の風景だと気づいたのだ。緑と光の調和が違うのだ。

日本でも五月の新緑の頃になると、木々や森や林が明るい光と新しい若葉によってひどく膨らんで立体的に見えて来る。初夏の強い日差しは緑の下陰の奥まで届き、薄い葉の一枚一枚に陰影の縁飾りを忍ばせて行く。バリでは一年中この季節で、光ももっと強く、田んぼでは稲刈りと田植えとが隣あった田んぼで行われている。いつも緑が膨らんでいる熱帯。ウブドゥは山の中にあり、緑に包まれている。ウブドゥスタイルと呼ばれる幻想的なバリ絵画は、緑の森から生まれ、宗教美術によって洗練された緻密で官能的な魂に育まれたように思えるのだ。

こんなふうに感じたのは、どうやらわたし一人ではなかったらしい。バリから帰って読んだ『バリ不思議の王国を行く』の著者、大竹昭子さんがやはりヤシの葉の繊細さは、ウブドゥスタイルの絵と関係がありそうだと書いていた。

わたしたちは正味四日もバリにいなかった。夫が急に日本で仕事ができ、一日早くジャカルタへ飛ぼうと飛行場に行ったりして、ろくに見物もできなかった。日本との国際電話のやり取りだけでとてもエネルギーを使った気分だ。だが、それでもバリに来てよかったと思う。とてもバリが気に入った。バリに着いた最初の夜、ホテルで日本人の女の子と一緒にビールを飲んだ。彼女はバリに花嫁になるためにやって来た女の子で、昼寝から覚めると恋人のロッキーの、ビリヤードに出掛けるという書き置きがあり、腹がたって一人でホテルに食事に来たと言っていた。彼女は恋人と同じくらいバリが好きなようだった。短い滞在だったがその感覚が少しわかった気がした。

バリは観光の島である。島全体が外来の客となんらかの形で繋がりあっている。海岸通りの飲食店やショッピング街は夜の十時になるとみんな閉まってしまう、キノコあるよ、麻薬やらない、とカタコトの日本語で誘って来るいかがわしいお兄さんが、ちっとも怪しげに見えない島でもある。高いビルのない島、都市の匂いのない島バリは、やはり現代に浮かぶ緑の夢の島なのかも知れない。ウブドゥの民芸品店の、いっぷう変わった木彫の人形たちがひしめくような、熱帯の魂のようなバリ。精巧なレリーフを、自分たちや神のために刻んだ歴史に生きるバリ。バリのイメージとしてのバリが、くっきり浮いているのがウブドゥスタイルの絵なのかも知れない。絵の中のバリはどこにでもあるし、またどこにもないようだった。

(『朝』五号、一九九一年九月)

ストローのエッフェル塔

二〇〇九年の十二月十日、ＪＡＬで成田を発った。

夫がパリに「島流し」になったので、私もついて行った。

私は内緒で、夫が海外の大学に講演や講義で出かけることを「島流し」と呼んでいる。

サラリーマンの海外出張と似たようなもので、現地の大学が用意してくれた宿舎やホテルで暮し、一定期間労働しなければならないから、けっこう大変だろうし、食事は口に合わず、言葉も通じず、地理も不案内となれば、ただひたすら帰国の日を待つことになると思うからだ。まさに気分は「島流し」。おまけに孤独で、期間が長ければ長いほど、飽きるだろうなあ……。

と、以前はそう思っていたが、最近は案外そうでもないのかなと思うようになった。あっちこっちに行っているので、慣れたのかも知れないが、もともと無口で、一人本を読んでいるのが好きな夫には、さほど苦痛でもないようなのだ。その証拠に、呼ばれればけっこうまめに出かけて行くからだ。おまけに家では縦のものを横にもしない夫なのに、ホテルでは洗濯も自炊もしている。シアトルの大学に三か月行っていた時は、規則正しい生活と野菜中心の食事で、血糖値が劇的に下がったし、大学と図書館とホテルという暮らしで、他にすることもなかったのか、本を二冊も書きあげたと言っていた。アメリカの大学の図書館だけあって、夫の必要な日本関係の古典本が揃っていたので、せっせと原稿書きにいそしんだらしい。

それでも時々は、行きたくなくなるらしい。アメリカで教授になった教え子に「先生、何を考えてるんですか。誰でもが呼ばれるわけではないし、とても名誉なことなんですよ」と、叱られたりしている。私にとっては、うーん、名誉もいいけど、費用が交通費と宿泊費だけというのがほとんどなので、いつも大赤字なんだけど……と、夫のいない気楽さとお金とがいつも天秤にかかっているようなもので、だ。あまりにも本を買い込み過ぎて、重量オーバーでたっぷり取られたりとか、時間があると他の街に調査に出かけたりするので、翌月のカードの支払い明細が怖いくらいだ。

パリ行きも最初は渋っていた。

だが私がパリに行きたかったので、「どうせ行くんでしょ。ぐずってないで、さっさと返事のメール出したら。私も行こうかな?」とそそのかした。夫は持病があるので、「ちょっとあなたの体調が心配だから、一緒の方が安心だし……」と一応それなりの理由をつけてみるが、気分は単なる物見遊山。

一緒に行かなかったのはインドのデリー大学での三か月間の「島流し」の時ぐらいだろうか。その代わり息子がインドには陣中見舞いに行った。夫が一人淋しくホテルでカップラーメンを食べてるのかと思うと、まあ、私でも息子でも、いないよりはマシかもと言う気持ちにはなるからだった。

私はパリはもちろん、フランスは初めてだった。だから一度行ってみたかった。ヨーロッパはポルトガル、スペイン、イギリス、イタリア、ギリシャ、ポーランド、チェコ、スロバキア、ハンガリー、オーストリア、ロシアなど、いろんなところに行ったが、フランスとドイツはまだだった。『朝の会』で永井荷風を読んだことがあって、荷風の愛したパリを一度は訪ねたいと思っていた。と言うのも、窮屈なエコノミーでの長時間の飛行が苦痛だった。

それに通り一遍の観光では、行っても行かなくても同じような気がしてきた。高いお金を払って、口に合わない食事を続けるのも段々嫌になった。それに異国の物珍しさや体験が、そう楽しくもなければおもしろいとも思えなくなった。こういうのを歳というのだろう。

少し前までは、くたびれても重い荷物を引いても、自由の女神に登るのに三時間待って、うんざりするような階段をはあはあ言いながら登り、足をがくがくさせながら降りてきても、英語など話せなくても苦にならず、こってりした食事に飽きたら、中華料理や韓国料理を探し回る情熱があったことが嘘のようだ。夫も私もゆっくり生きることが最上に思えるようになっていた。

最後の旅行だから少し贅沢をしよう。そしてのんびり過ごしてこよう。夫は仕事をしに行くのだし、後はついでなのだから。

そう思って、飛行機のシートもプレミアム・エコノミーというものにした。エコノミーより少し広く、足が伸ばせるようになっているだけで他はエコノミーと同じだが、値段はエコノミーの二倍だった。

シャルル・ドゴール空港には同日の一時十五分に着いた。やはり腰も足も痛くなっていて、エコノミー症候群にはならずに済んだが、二倍の値段の甲斐はあったかというと、貧乏症のせいか損した気分にならなくもなかった。どうも贅沢は性に合わないのかも知れない。

空港にはすらりとした黒髪のパリジェンヌが迎えにきてくれていた。パリ大学の大学院生だった。彼女の日本語はくせがなく、とてもきれいだった。それもそのはずで、お母さんが日本人で、高校まで日本で育った完全なバイリンガルだった。だから私は日本人みたいなもので、フランスのことはよく知らないと言っていた。ホテルまで地下鉄で一本で行けるそうだが、荷物もあるし、足も痛かったのでタクシーにした。これもささやかな贅沢である。

ホテルはカルチェ・ラタンにある、シュリー・サンジェルマンという、小じんまりしたところを予約してくれていた。

カルチェ・ラタンは、私たちより上の世代には懐かしい響きのある場所だった。学生の街、古本屋街。そしてここから始まった学生運動が欧州やアメリカに飛び火し、日本でも全共闘運動になっていった。私は学生の頃、深夜映画館で見た『パリは燃えているか』や『東京戦争』をふと思いだした。

今ではあの頃の熱っぽい空気はなんだったのだろうと、時々思ったりする。はしかのように少し感染して、世の中や社会について考えるきっかけになったが、学生運動は急速に血なまぐさくなっていった。内ゲバで角材で殴り合うのを見てしまうと、何か怖いものにとりつかれた人々のように思えた。いきなりどやどやと教室に入ってきて、老教授を吊るしあげ、拡声器でののしり、丸めた紙を一斉に投げつけて脅し、意気揚々と去っていったヘルメット姿の学生たち。彼らのこんな姿を見てしまうと、世の中のための革命だという言葉が空虚に思えた。

十二月十一日。ホテルで朝食をとった。コンチネンタルなので野菜がないのが辛いが、朝のたっぷりのカフェオレがおいしい。塩味のきいた大きなハムもおいしかった。

冬のパリは朝九時を過ぎないと明るくならない。日没は四時半。カルチェ・ラタンのある旧市街はパリのど真ん中で、主な見物場所がセーヌ川を挟んで広がっていた。夫と二人、ガイドブックを片手にぶらぶらと歩いた。十数分でパリ発祥の地、セーヌ川の中州のシテ島に出た。ここには大きな薔薇窓で有名なノートルダム寺院があった。

パリ最古の寺院だけあって、巨大で黴臭く、ろうそくの匂いや煤に満ちていて薄暗かった。だがそれとは対極の、青を基調にした、聖書の絵物語をステンドグラスで描いた薔薇窓の輝くような美しさは絶品だった。光に満ちた明るさに溜息が出た。天上の輝きを思わせる、澄んだ青さ、赤や黄色の聖人の衣服の気高い色調、それらが「狭き門より入れ」と語っていた。まさに天国はあの窓の向こうにあるように見えた。

まだ電気などなかった頃、神の視線が常に感じられた頃の人々は、ひょっとしたら今の私たちより幸福だったかも知れない。物見遊山の観光客は写真を撮り、行儀よく聖人の像を見上げたりしていたが、祈りをどこかに置き忘れているようだった。

セーヌ沿いに歩くと、市場街に出た。ペットショップを覗いて、子猫や子犬の愛らしさをしばらくめでた。フランス人の犬好きと街中の糞は有名だったが、今は専門の清掃人がいるのできれいだった。途中、サント・シャペルのフランス最古のステンドグラスを見ようとしたら、ストで閉鎖されていた。ストで美術館などが閉鎖されるのは、ヨーロッパではよくあることだった。アテネでは組合が違うのか、半分だけ開いているという、不思議な博物館もあった。半分だけなので無料だったが、喜んでいいのかどうかへんな気分だった。

やがてルーブルに出た。ブルボン王朝の富を見せつける王宮は、大きい、の一言だった。美術館はその一部にすぎなかった。夫は三十四年前に来たことがあるらしい。だが何も覚えてないそうで、人間の記憶もあまりに昔だと無いも同然のようだ。半年かけてヨーロッパを巡ったというのに。

少し休んで腹ごしらえをして、美術館を巡ることにした。日本のラーメン屋さんがあったので入った。寒くて温かいものがほしかった。

欧米で日本食や漫画がブームだと聞いていた。たぶん本当だろう。「すし」というメニューの和食レストランはたくさん見かけたし、ラーメン屋さんも客のほとんどはフランス人だった。彼らは器用に箸を使い、ギョーザやラーメンを食べていた。箸を使うから日本人は手先が器用だという説が、昔あったが、あまりあてにならない。

美術館の前庭にはガラスのピラミッドがあった。トム・ハンクスの「ダビンチ・コード」に出てきたあのピラミッドだ。大小四つあった。フランス人はピラミッド・パワーを信じてるのかね？

と夫が言う。確かにルーブルの庭のピラミッドは、まるで何かの儀式にでも使かわれる物のように見えたが、実際は単なる明かりとりの天井で、下は美術館への入り口やレストラン、お店などがあるショッピングモールだった。世界中から毎年、何百万と「モナリザ」見物にやってくるのだ。その客を逃す手はないということらしい。

もちろん「モナリザ」は見た。あまりにも写真やテレビで見すぎているせいか、何の感動も湧かなかった。世界中で最も消費されつくしている一枚の絵は、むしろこうやって見物に来る我々の方を見て、人類の愚かさに微笑んでいるのかも知れない。

もう一つの客寄せパンダは、もちろん「ミロのビーナス」。これが本物か、という以外、これも見慣れ過ぎてどうも感情が動かない。日本と違ってたった一ついいところは、ガラスケースに入っていなくて、誰でもがビーナスの横で記念写真を撮れることだった。私も撮った。海外の美術館はよほどの絵ではない限りガラスケースに入っていないので、本物の色彩が肉眼ではっきりと見分けられる。絵は本来そういうものなのに、日本では有名な絵は全部ガラス入りである。まるでしげしげと見るなと言っているようだ。海外ではよく見かける、名画を模写する画学生も日本では見たことがない。美術館や絵は誰のものか？　そんなことを考えたりもした。（未完）

冬のパリの街は美しくて寒かった

冬のパリの街は美しくて寒かった
凍るような冷たい空気、底冷えのする石畳み、夜になると街路樹の淡い光の中を粉雪が舞った。夜明けは遅く、九時ごろようやく空が白み始め、夕暮れは早く、夕方の四時過ぎ頃から店や街路灯の明かりが輝きだして、街全体が薄灰色の闇に沈み始めた。

私と夫は二〇〇九年の十二月十日、ＪＡＬで成田を発って、パリに着いた。

パリではカルチエ・ラタンにある、シュリー・サンジェルマンという小さなホテルに宿をとった。夫がパリ大学とボルドー大、トゥールーズ大で講義をすることになり、私も同行したのだった。

パリは初めてだった。いや、スペインに行くためのトランジットで、ツアーの観光バスで市内を移動したことがあった。その時にちらっとオペラ座と凱旋門を見た記憶がある。

パリはクリスマスを控えて、シャンゼリゼの通りにはノエル用のたくさんの出店が出ていた。

どの店も色や規格が決められていて、マロニエの街路樹に灯された白とブルーの小さなネオン、その星明かりのような色の下に、白い丸太小屋が整然と並んでいる様は、おとぎの国の子供の家のようで、かわいらしくきれいだった。

このノエル用の丸太小屋は、ボルドーでも繁華街の中庭にたくさん出ていた。こちらの方は白ではなく、素朴な木の色そのままだった。すぐそばにはいかにもクリスマスらしく、メリー・ゴーランドやアイススケートのリンクも作られていて、子供たちが遊んでいるさまや、賑やかなデコレーションなどは、旧く懐かしい西洋の映画を見ているような感じがした。

ヨーロッパの街並みがきれいに見えるのは、建物の色や規格が統一されているからだった。特に旧市街地など、観光や保存に力を入れているところは、路地裏までが落ち着いた旧い美しさに保たれている。街路に丸い緑色の球体が、まるでオブジェのようにぽんと建っているので、何だろうと思ってよく見ると、空き缶などを入れるごみ箱だった。いかにもパリらしい感じがして、おもしろかった。

あまりの汚さにナポレオンが大改造したという、セーヌ川沿いの旧市街は、かつての西欧の中心、豊かなフランスの貴族の大邸宅が整然と並んでいて、歩くだけで楽しく、どこを見ても絵になるようなたたずまいだった。そういう街並みだと、枯れ枝になった街路樹や、店先にビニールを掛けて果物を並べてあるだけの、鮮やかなオレンジの黄色さえ風情があるように見える。

夫に時間がある時はぶらぶらと街を歩いた。ホテルからセーヌ川までは十分ほどで、河の中州のシテ島には、薔薇窓で有名なフランス最古のノートルダム寺院があるので行ってみた。広場には観光客が楽しそうにおしゃべりしたり、周囲の景色を眺めたりしていた。すると、そまつな身なりの女の人が声をかけてきた。英語でガイドをするという。夫が断ったあと、「ジプシーだよ」と言った。鳥の巣のようなもじゃもじゃ頭が、いかにもそんな気がした。

教会の中は薄暗く、大きく、蠟燭の油や大勢の観光客の人の匂いに満ちていた。長い年月を経た煤やカビの匂いが、巨大なアーチ型の柱や聖人の像や、聖書を絵説したステンドグラスに絡みついていた。巨大な円形の薔薇窓は圧巻だった。赤や青や黄色のガラスを透かして見える戸外の光は、青く澄んだ天国の空のように美しく、暗い教会の内部に神の恩寵を示しているかのようだった。

讃美歌、パイプオルガン、光を取り入れるステンドグラスの装置。蠟燭や香物の匂い。金色に輝く祭壇。キリストやマリアや聖人たちの怖いような人型の群れ。十字架という刑具。大理石の冷たく重い感触。ほんの少し前まで、人々の暮らしは厳しく、病や飢えが身近にあった。いや今でも避けがたい生老病死がすぐそこにある。そういう人々にとって、この美しい薔薇窓から見る空は、特別なものに見える気がした。

セーヌ川を渡り、川沿いに歩いて行くと、やがてルーブルに出る。かつてセーヌ川を汚濁と悪臭にまみれさせた市場街は、今はもちろんきれいな商店街に生まれ変わっている。それでも当時の面影を残すように、川岸の歩道には小屋掛けの古本屋が並び、常設店は食べ物屋、ペットショップ、花屋などいろんな店が軒を連ねたビルになっている。

フランス王朝の栄華を誇るルーブル宮殿は、中庭から建物を見上げるだけで、実に大きかった。その王宮の巨大さに圧倒された。美術館はそのごく一部だが、それでもあまりに広すぎて、見て回るだけでくたびれそうだった。

世界中の観光客のお目当て、ミロのビーナスとモナリザは、やはり見ることにした。そしてもう一つは映画『ダビンチ・コード』に出てきたガラスのピラミッド。映画を見ながら、中庭に作られたこの大きなこのピラミッドは一体何だろうと、カルト風の映画だったので、ピラミッドパワーなど信じていないが、気になっていた。行ってみてようやくわかった。地下のショッピングモールの明かりとりだった。単なる明かりとりの天窓を作ったりせず、ピラミッドにしてしまうところが何だか楽しかったが、正直、ルーブルにはそぐわない気がした。たぶん私は、芸術や美に関して年相応に保守的なのだろう。

ビーナスは手を伸ばせば届くような距離で見られた。やたらに触れないように、ビーナスの周囲を立ち入り禁止のモールが張ってあった。ただそれだけなので、観光客はぐるりとビーナスの周りを一周して眺めたあと、思い思いにビーナスと並んで写真を撮っていた。私も何人かに頼まれてシャッターを押してやったり、夫とビーナスを挟んで写真に納まったりした。片腕のない、あの少し前かがみの大理石の美しい肌の美女は、背中も頸筋も優美だった。

モナリザの方は、やはりモナリザはモナリザだった。かつて盗難にあったせいか、ガラスケースに収まっていた。あの柔和な不思議な微笑は、普段あまりにも目にし過ぎているせいか、不思議に何の感動もなかった。世界で一番消費されている絵とは、そういうものかもしれない。

反対に感激したのは、オルセーでシャガールの大きな絵を背景に写真が撮れたことだった。シャガールの絵は、メトロポリタン、エルミタージュやプーシキン美術館など、いろんなところで見た記憶があるが、こんな大きなものは初めてだった。

パリの美術館は東洋美術館、ポンピドー、オルセーと行ったが、このかつてのパリ駅を美術館にしたオルセーは、パリが芸術の都だった頃の、日本の画家たちの憧れであり目標だった、近代画家の絵がたくさんあって、溜息が出るような贅沢さだった。

これらの絵画は外国にもたくさん貸し出されているだろうし、建物のどこかにあるかも知れない倉庫には、まだ沢山の名画が眠っているのだろう。そう思うと、豊かな国というのは、文化や芸術にかけるお金が違うのだと思えてきた。もっとも当時の絵はとても安かったに違いない。むしろそういう画家たちが集まり、絵を描き、芸術運動を起こし、それを保護してきたフランスという国にこそ、価値があったというべきなのだろう。ある評論家が言っていた。絵というのは値がついて初めて、芸術として認知されるのだと。たぶんその値段というのは、かなり胡散臭いところがありそうな気がする。お金と交換される価値というは、みんな投機なのだから。

ところで欧米の美術館の展示の絵は、痛みの激しい旧い絵以外、ほとんどがガラスケースに入っていない。数十億はしそうなゴッホの絵もそのままだ。億単位の絵でもむき出しで展示されていて、学生たちが絵の前に座り込んで、よくデッサンしていたりする。写真を撮っても咎められたりしない。メトロポリタンだけがペットボトルは持ち込み禁止で、バッグの中のものを取り上げられた。絵に限らず、芸術は市民に開放されるべきものという、コンセンサスが羨ましく思えた。

もっとも西欧の美術品は、イギリスがナポレオンから奪ったロゼッタストーンのように、よその国から失敬したり、安価で買い取られたものも多い。大英博物館のこのロゼッタストーンは、本物はガラスケース入りで、私はレプリカに触ってきたが。

メトロポリタンのエジプトのたくさんのミイラや、巨大な石像の群れなどは、帝国主義時代の美術品がどのような経路でここに集められたか、充分に想像できるほどのおびただしさだった。パリの東洋美術館のカンボジアの仏像なども、たぶんそうなのだろう。


夜、セーヌ川のクルーズに乗った。飲み物と軽い食事がついて、二時間で二千五百円ほどだった。かなり安い気がした。アルコール類は別料金で、シャンパンを頼んだ。私たちから二日遅れて、息子とガールフレンドがパリに遊びに来たので、パリでの再会を祝して乾杯したのだった。

遊覧船は広くてゆったりしていて、大きなガラス窓から眺める景色はまた格別だった。

セーヌに掛けられた橋が美しかった。橋を下から見上げると、いろんな彫刻が施してあって、ライトアップされた明かりが、獅子や海神や女神などに陰影を与え、魔法の国に迷い込んだような感覚にしてくれる。

フランスには年間約七千万人の観光客が来るという。最大の産業といってもいいくらいの人数だ。建物などに英語表記があるのは、出口、入り口の二語ぐらいで、決して外国人に親切という感じではないし、アメリカやイギリス人のように、地下鉄の掲示板を見て、どうやって切符を買おうかと迷っていると、必ず「てつだいましょうか?」とフレンドリィに声をかけてくれるわけでもない。それでも大勢の観光客がやってくるのは、人間は旧くて大きく豪華で贅沢で、まがまがしく魅惑的なものが好きだからだろう。オペラ座の怪人のように。パリの旧市街はそんなものに満ちているように見える。エッフェル塔にしても、昼間、下から見ると、巨大な鉄骨の足のようで醜いほどだが、夜、遊覧船から見ると、ストローのような淡い黄金色だけでライトアップされていて、近くにある観覧車とともに、夜空に伸びる儚い夢のように幻想的だった。(未完)

ルーブルのピラミッド

夫がフランスに行く用ができたので私もついて行った。二〇〇九年の十二月十日から二十一日までの慌ただしい日程だった。

パリまでは飛行機で十二時間ほどかかる。狭いエコノミーでは辛い歳になったので、一つ上のプレミアム・エコノミーというものにした。料金はエコノミーの二倍近かったが、ヨーロッパはポルトガル、スペイン、オーストリア、イギリス、ギリシャ、イタリア、ポーランド、チェコ、ハンガリー、スロバキア、ロシアと、行きたいところはほとんど行ったので、これが最後の旅行のつもりだった。最後だから、少し贅沢してもいいだろうと思った。ビジネスはあまりにも高くて、仮にお金があったとしても、貧乏症の私にはとてももったいなくて乗れなかった。こういうのを育ちというのだろう。

ホテルはカルチェ・ラタンにあるシュリー・サンジェルマンというところを、パリ大学が予約してくれていた。小さな古いホテルで、部屋もロビーもバーも小ぢんまりしていて、年月を経たどっしりたした木の色や匂いが、いかにもヨーロッパらしい感じだった。それにパリの歴史そのままの旧市街にあるので、歩いて十分ほどでセーヌ川に出られるのがありがたかった。セーヌ沿いにはパリ発祥の地・シテ島や観光名所がたくさんあって、道に迷わずにすむし、何よりこの一帯の街並み自体が、どこから見ても絵になるようなとても美しい所だった。

それに学生の街カルチェ・ラタンという名前には、私たちの世代にはどこか懐かしい響きがあった。学生運動の発火点になったところで、これが世界中に飛び火して、日本でも団塊世代が中心になって、全共闘運動が吹き荒れた。私も大学に入りたての頃は、デモの尻尾にくっついて夜の街を歩き回ったりしたが、深入りはしなかった。

ホテルのすぐそばに、MANGA・CAFFEという看板が出ていた。日本の漫画喫茶を模したものだった。店内は狭かったが、日本の漫画喫茶と違って、ディスプレイも本の並べ方も、寝転がって漫画を読めるスペースも、アニメを鑑賞するコーナーもとてもセンスがよく洒落ていた。白を基調にして、手すりやテーブルなど、ところどころに赤でアクセントが付けられていて、ポップな感じなのに落ち着いていた。漫画はフランス語に訳された日本の漫画もたくさんあった。

カルチェ・ラタンは学生街なので、若者の集まるお店も多い。オタクの集まる漫画やアニメのフィギュアなどを置いてある店は、等身大のダースベーダーなどがあって、実にマニアックだったが、漫画本の美しいのには驚かされた。アメリカン・コミックなどは豪華な絵本のように美しかった。日本の漫画も紙質といい、印刷といい、普段目にしている漫画とはまるで違う感じがした。

読み捨て、使い捨て、安くて、雑なもの……どうせ漫画だから。だが漫画に限らず、どうも物に対する感覚が違うような気がした。

寒波が押し寄せたパリの街はひどく寒かった。

朝九時を過ぎてようやく明るくなる街は、空気が冷たく、すっきりとは晴れず、夕方の四時半にはもう暗くなった。薄い粉雪が舞い、濡れた歩道は凍っていた。地下鉄の蒸気の吹き出し口に、ビニールシートに蹲るホームレスが目についた。彼らにもそれぞれ縄張りがあるのか、セーヌ川のはずれの、あまり観光客が行かない場所では、焚き火をして暖をとり、ビニールテントの家を持っている人もいた。

だが観光客はそんな寒さには関係なく、元気だった。マフラーを厚く巻き、耳当てをし、ガイドブック片手にセーヌの川風に吹かれ、入館のために列を作って楽しげにおしゃべりしていた。私たち夫婦もその一人だった。

ヨーロッパでもアメリカでも、街をぶらぶら歩くと必ず教会にぶつかる。そんな時は大きく重い扉を押してみて、開くと必ず入ってみることにしている。モスク以外は女でも入れてもらえるからだった。

蠟燭の煤や黴臭いにおい、祭壇に向かって並ぶたくさんのベンチ、そして圧倒的な大きさと高さを支える為の林立する無数の円柱。キリストやマリアや聖人たちの黄金に彩られた聖像。教会の内部も外観もあまりに大きすぎて、いつ見ても中世の禍々しく血なまぐさい雰囲気が漂っているようで、不信心者の私は、信仰という心のありように恐ろしさを感じてしまうが、祈る場所というのは、人を圧倒してこそ信者も増えるのだろう。どこの国でもそれは同じで、人がいるところにしか富も権力もないのだ。

そんな教会の中の最大のものは、シテ島のノートルダム寺院だろうか。大きく美しい薔薇窓が有名だ。その青い円形の美しいステンドグラスの窓は圧巻で、この光輝く窓の向こうに天国があるという気持ちにさせられた。まだ蠟燭が唯一の明かりだった時代には、この窓はこの世のものならぬ輝きに満ちていたことだろう。

ノートルダム寺院の近くには、サント・シャペル教会がある。フランス最古のステンドグラスが有名で、趣味でステンドグラスのランプシェードなどを作っている私は、ぜひ見ておきたかった。中二階から見る壁面一面のステンドグラスは、薔薇窓とはまたまた違う、三角錐の大きなものので、細工が細かく宝石の輝きを放っていた。ガラスが信じがたいほど高価だった時代のものである。

どこの国でもそうだが、寺院は貧者の一灯で現世に天国や極楽浄土を作り出している。ステンドグラスは高価なイコンであり、お寺さんの壁面に描かれたお釈迦様の絵物語と同じ、聖書の絵説きである。そんなパリの街角の教会ではお葬式が行われていて、遠く離れた席の隅にポツンと座っている老人がいた。どう見てもホームレスだった。戸外の寒さに耐えかねて、しばし暖をとっているのだろう。それとも何か祈っているのだろうか。ぼんやりと正面を見つめている先に、神はいるのだろうか。だが彼の小さくなっている姿勢からは、無情にも追い出されることを警戒しているようにも見えた。

教会のほかに夫と私が行くところは、これもまた誰もが行く美術館である。ルーブルもホテルから近いので歩いていった。元は大国フランスの王宮なので、とにかく建物が大きかった。建物自体が美術品なのは、エルミタージュと同様だった。

ルーブルの中庭には、ガラスのピラミッドがある。映画『ダビンチ・コード』を見て、一体これは何なのだろうと思っていた。夫は「フランス人もピラミッド・パワーを信じてるのさ」と言っていたが、実は地下のショッピング・モールの明かりとりだった。モナリザとミロのビーナスを目当てにやってくる、世界中の観光客を逃す手はないというわけだ。(未完)

アルゼンチンに行って来た

　アルゼンチンに行って来た。行くのに少々決心がいった。地球儀で見ると、ちょうど日本の真裏、一番遠いからだった。時差は十二時間。日本で昼の十二時が、アルゼンチンでは夜中の十二時になる。そのせいか、帰国してから数日は時差ボケに悩まされた。夕方の七時頃眠くなり、夜中の一時過ぎに目が覚めると、今度は眠れなくなった。一日中、眠いようなぼうっとした感じで、家事にも身が入らず、ソファにだらだら寝転がっているありさまだった。

　二〇一三年の八月九日、成田を発った。かつてはＪＡＬのブラジル・サンパウロ行きがあったが、ＪＡＬが潰れて以来、不採算路線なのか廃止されてしまった。ＪＡＬはいわば日本の顔だった。鶴と日ノ丸のマークは、日本人だけではなく海外に暮らす日系人にとっても、象徴的な意味があった。自分たちのルーツを思い起こさせる深紅の色だった。だが私と夫が向かった先は、ソウルのインチョンだった。

　ＫＡＬこと大韓航空がサンパウロに就航していた。落日の日本と入れ替わるように、勢いのある韓国が白とブルーのツートン・カラー、でんでん太鼓のような赤と黒の陰陽のマークをつけて、飛び立っていた。機長も滑らかな韓国語を話す日本人だった。昔、ＪＡＬでサンパウロ路線に乗っていた人かも知れないと、思ったりした。

飛行ルートは、成田からインチョン、インチョンからアメリカのロサンゼルス、そこからブラジルのサンパウロ、サンパウロで五日ほど過ごして、アルゼンチンのブエノスアイレスに入るというものだった。国だけでも韓国、アメリカ、ブラジルと三か国を経由してたどり着くことになる。その都度イミグレーションを出たり入ったりして、指紋と目の虹彩を採られ、通関のための長蛇の列に並ぶことになる。想像するだけでうんざりするようなルートで、夫のプランニングだったが、これには理由があった。

一つはサンパウロに用があったこと。もう一つはこの長時間の飛行に耐えられるように、シートを分不相応と思いつつビジネスにして、歳なので、エコノミー症候群になって、天国に行かないようにしたいと考えたからである。

以前、パリまで十二時間ほどをプレミアム・エコノミーで行ったことがあったが、それでも着いた時には足がうっ血して腫れていた。ところが帰りはシートが替わっていた。それに気づいたのは、飲み物のサービスの器を手にした時だった。エコノミー用のプラスチックコップと違い、グラスだった。とすると、中身はリンゴジュースではなくシャンパンだ！　一口飲んで高級シャンパンの味を確かめてから、慌てて前の座席に取り付けてある、機内販売や雑誌などを入れてあるポケットを探った。メニューが出てきた。間違いない、私と夫はどういうわけかビジネスシートに座っているのだった。たぶんビジネスが空いていたので、サービスしてくれたのだろう。何と言う幸運。エコノミー・プレミアムとシートの幅も模様も変わらないので気づかなかったが、JALならではの、日本式サービス、マッサージ・チェアになっていた。実に快適だった。値段はエコノミーの四倍。だが老体には信じがたいほど楽だった。

この経験から、悩んだ末、ビジネスにした。そしてビジネスで一番安かったのがKALで、インチョン乗り継ぎになった。トランジットの時間も入れると、時間を数えたくも無いぐらい、空港をうろちょろすることになる。ざっと四十時間はあるだろうか……。それでもかつての人々は、船で一か月以上かかっていたのだから、マシと言えばマシである。

KALのビジネスは、思ったより良かった。航続距離が長いので飛行機が大型の上に、シートは十四席しかなく、ゆったりしていて周囲を気にする必要もないし、トイレも専用が三つもあるので待たなくてもいい。何よりシートが平らになるので寝そべっていられる。飛行機に乗っている時間だけでも、片道、二十六時間なのだから。しかも客は半分ほどしかいなかった。

その客たちの中で、一番前に実にカッコイイ若者が座っていた。私の所からは三メートルほどの距離で、彼が荷物を棚に載せる時にちらっと全身が見えたが、黒っぽいTシャツにズボン姿は、背が高く小さなお尻が引きしまった、いい体つきだった。一目でお金のかかった服だとわかった。身のこなしもスマートで、連れらしいもう一人の男性も、同じように素敵な感じだった。まるで韓国のドラマのように、ロスに留学している、あるいは住んでいる、韓国のお金持ちの御曹司だろうかと思った。そんなふうに見えた。私も夫も身なりは実にラフだった。トランクが一杯になったら、いつでも捨てられるような着古した服に、金目のものは一切身につけず、バッグも軽いナイロン製の安いものにしていた。何しろ世界一治安のいい国から、世界でも指折りの治安の悪い南米に行くのである。白人に混じれば、東洋人は嫌でも目立つし、強盗に遭うのは嫌だった。

　だがこのカッコイイ若者は、私には大変なオマケだった。ロスについて下りる支度をしている時に、彼が被った帽子を見て気がついた。HMと大きなロゴの入った黒い帽子には、見覚えがあった。テレビで彼のステージを見たが、その時にこの帽子をかぶっていたのだ。慌てて眼鏡をかけてじっくりと見つめ、フラッシュをたかないようにして写真を二枚撮った。後ろ姿で腕しか映っていないが、まあ、何でもいい。こんなに近い距離で、韓国のスターを見られるのはそうそうあることではなかった。カッコイイはずである。歌手で俳優のレインのピだった。彼の迫力のあるダンス・ステージは魅力的で、世界中にファンがいる。二年間の兵役に行っていたが、除隊したのだろう。兵役中に女優のキム・テヒとのデートが発覚して、芸能人だけ特別扱いかと、さんざん叩かれていたが、ロスに稼ぎに行くのだろうか。何しろ二年間収入がなかったのだから。ビジネス以上はプライオリティがあり、飛行機は優先的に乗り降りできる。足早に階段を下りて行くピを、すぐ横でじっくりと眺めさせてもらった。

　ロスで三時間のトランジットの後、また飛行機に乗った。ようやく半分来た。サンパウロまで、また十二時間ほどかかる。映画を見、眠り、食事をし、また眠り、ひたすら時が過ぎるのを待った。翻訳の仕事をギリギリまでかかって済ませ、慌てて荷造りしたせいか、本を入れるのを忘れていた。夫のカバンの中にあったのは、世阿弥の『風姿花伝』が二冊。さすがに読む気はしなかった。

アルゼンチンに行くことにしたのは、これが最後の機会だと思ったからだった。夫は毎年、三年間、夏休みに南米に通っていた。韓国の大学教授との共同研究で、夫は日本人の南米移民の文学を、韓国のキム・ファンギ先生は韓国人の移民文学をそれぞれ研究していた。今回、キム先生はその成果を韓国で本にして出版し、夫は日本で本にしていた。いわば一つの区切りのようなもので、この先、また南米に行くかどうかは未定だった。この機会を逃したら、いつ行くか、歳だから最後になるかも知れないよと、迷っている私に夫がそそのかした。

私の家には三月まで、九か月間、アルゼンチンから来た十九歳の女の子がホーム・ステイしていた。名前はフリエタ。綴りを英語読みすればジュリエット。私たちはジュリーと呼んでいた。彼女がそう呼んで下さいと言ったからだった。夫がアルゼンチンで大変お世話になった、韓国人移民のチョン社長の次女の友だちがジュリーだった。次女はソウル大に留学中で、ジュリーはブエノスアイレス大学に入ったばかりだったが、夫たちに日本語を勉強している女の子がいると、紹介されて、それが縁で我が家に来て、東京の日本語学校に通うことになった。

ジュリーはイタリア系の移民で、目も髪も鳶色で、ちょっとリスのような前歯をしていて、とてもしっかりしているし、頭もよく、見かけよりもうんと大人びていた。背はそんなに高くないが、頭が小さく手足の長い西洋人の体型は、かわいいお人形のようだった。性格も素直で物事をよくわきまえていて、不思議なことに一緒に暮らしていて気まずいことは一つもなかった。たぶん彼女が忍耐強いからだろう。我慢するところも多々あったと思う。そういう子供はけなげだ。

彼女が日本語に興味を持ったきっかけは、お姉さんと一緒に宮崎駿のアニメを見ていて、日本語の響きに惹かれたからだそうだ。入口がアニメというところが、いかにも今ふうだが、そこから先が普通の子供とはちょっと違うようだ。彼女は哲学が好きで、ショーペンハウアーが好きで、日本語を勉強し始めてから、スペイン語に訳された日本の本をたくさん読んでいた。平家物語などを始め、川端、漱石、鷗外、谷崎、大江健三郎まで、古典は好きだと言って、今自分が何をなすべきか、またそれが自分にとってどれほど大事なことか、よくわかっているようだった。そしてそんなことを誰に言われたわけでもなく、進んで黙々と学ぶところがかわいかった。

たぶん翻訳家の母親、詩人で評論家で雑誌を出している父親の影響だろう。文学の価値を知っているところが、普通の十九歳の女の子ではなかった。日本語の勉強も、ブエノスアイレス大学には日本語科が無いので、語学学校のようなところで少し勉強した後は、日本人を探して個人教授を受けていたそうだ。もともと勉強熱心な子だったから、日本に来てからは急速に日本語がうまくなった。またたく間に語彙が増え、怪しげだった文章もしっかりしてきた。何より勉強の仕方がしっかり身についていて、アルゼンチンで一番難しい大学に入っただけのことはあると思えた。そして私の家からほとんど休むことなく、学校に通い続けた。片道二時間近くかかるというのに。

西洋人はよく小さい頃から自立することを教えられるという。彼女に甘えたところが無いのは、そういう教育のせいかも知れない。十五、六歳でもう大人扱いで、自分で起きて食事を作って学校に行き、自分の進路も何もかも自分で決める。もちろん両親と相談したり、アドバイスを受けたりもするが、最後の決断は自分でし、それに責任を持ち、よりよい自分の人生を考えるのだそうだ。そんなせいか、日本語学校の作文のタイトルに、とても不満だったことがあった。「メールと手紙について」作文を書けというものだった。こんな答えが分かり切っているものを、なぜ書かせるのか？　というのだ。小学生じゃあるまいしと。確かにその通りだと、私も笑ってしまった。日本の場合、学校の作文、つまり文章を書くことは、生活綴り方が基本になっている。いわば感想みたいなものだ。だがジュリーにとって、何かをテーマに文章を書くということは、思考であり、論理の展開であり、感想ではなく創作に近いもののようだ。所感ではなく、意見に近い。小さい時からそういう訓練を受けているせいか、かなり違和感があったようだ。

ジュリーの家に遊びに行く。今を逃したら、たぶんこの先はもう無理だろう。あまりにも遠いから、老身にはこたえるし、たぶん苦労して会いに行く気持ちの方が、先になくなってしまうだろう。親しい気持ちがまだ残っているから、この気持ちがあるうちに会いに行こう、そう思ったのだった。

サンパウロは冬だというのに、暖かかった。むしろ初夏のような陽気で、日中は半袖でもいいくらいに暑かった。ホテル・トゥリップは閑静な住宅街の中にあった。入口は高い塀があって、何の看板もなく、門をくぐるまではホテルとは分からない。しかも周囲は大きな並木がつらなっていて、ヨーロッパふうの高級マンション街にしか見えないのが、優雅な感じである。看板にネオンに幟までところせましと立っている、日本の街並みを見慣れた目には、建物の中に入るまでは何屋さんか分からないのが、いかにもヨーロッパ的な感じがする。後で知ったが、この辺りはお金持ちのユダヤ人が住む、高級住宅街だった。もちろんホテルの室内も広くて、清潔で、シャワーしかないのが欠点だったが、夫が後で私に不満を言われないよう、それなりの部屋を用意したのだと思った。

サンパウロではリベルダージに行った。かつての日本人街である。今は韓国人や中国人が増えて、東洋人街と言う名称になっているらしいが、地下鉄の駅前広場の正面にあるお城ふうの建物、大きな提灯、朱塗りの欄干の大坂橋など、日本の雰囲気がまだあちこちにあり、看板やレストランの文字も日本語が多かった。

リベルダージというのはポルトガル語で、自由という意味だが、この一帯は昔、奴隷制度があった頃の刑場の跡地だったと知ると、自由という美しい言葉も、死んでからしか得られない奴隷の自由であり、処刑場というまがまがしい、誰もが忌避するような場所に入って行った日本人のことなどを、沖縄のそばをすすりながら考えてみたりした。そばを打っていたのは、目が大きく色の浅黒い、ブラジルでよく見かける黒人系の混じった、陽気なお兄さんだった。

リベルダージには日本人移民の資料館があるので行ってみた。すると七、八十代とおぼしき日本人の一団が来ていた。「ほら、笠戸丸よ。乗ったよ」という日本語が上がり、お婆さんが船の写真を指差したが、その後はポルトガル語で、みんなとわいわい話していた。三世代、四世代を経ると、言葉も顔立ちも変わり、もはやルーツが日本人というだけで、他の移民の人々と同じように、ブラジル人となりきっているようだった。（未完）

八月九日、夫と二人、成田空港に向かった。サンパウロに行くためだった。夫は数年前から毎年、南米に通い、南米移民の文学を調べていた。もうそろそろ南米通いも終わりになるというので、私もついていくことにした。こうでもしなければ、私自身が海外旅行に行くことができないからだった。

海外へ行くのはたいてい物見遊山か仕事かのいずれかだろう。私の周りには貴重なお金と時間を旅行に、しかも一週間も、十日もかかる海外旅行に費やそうという人はいなかった。そういう意味では夫は好奇心の赴くまま、どこにでも行く人なので、くっついていくといろんなところに行くことができた。私だけではなく、子供たちもいろんなところにくっついて行った。

成田からは大韓航空で仁川に飛んだ。南米は日本からは地球の裏側、一番遠いところなので、二十四時間以上は飛行機に乗ることになり、ビジネスクラスにした。高いしもったいない気もするが、還暦を過ぎた老身にはあの狭いエコノミーは、十時間ぐらいが限度である。還暦を過ぎたら、いつ病に倒れても不思議ではない。それに血行も悪くなっていて、同じ姿勢だとどこかがすぐに痺れたりむくんだりする。体を労わるのは大事だ。

仁川では五時間以上待ち時間があった。一度イミグレーションを出て、サウナに入った。南米は基本的にラテンヨーロッパである。たぶんバスよりシャワーに違いない。ここで温かいお風呂に入っておきたかった。帰って来るまで、二十二日間はお湯で体の芯から温まる快適さは求めようもないだろう。たっぷり汗をかいた後、ふと、化粧品はすべてトランクにしまったことを思いだした。仕方なくサウナに備え付けのローションを塗って、またイミグレーションを通り、搭乗口のそばにある、大韓航空専用の待合室に行った。

エコノミーではこの待合室は使えない。入り口のカウンターでチケットをチェックされる。広い待合室は混んでいた。仁川は二十四時間の発着で、大韓航空は世界中に飛んでおり、乗客の数も多かった。椅子は布張りだが柔らかく、飲み物とバイキングの軽食とワインが提供されている。作っているのはホテル・ハイヤットだった。それにここは充電設備も無線ＬＡＮもあるので、パソコンも使えた。私は少々重いが、マックエアを持ってきていた。といっても昔のノート型に比べれば、半分の軽さだが。

向かう先がアメリカのせいか、手荷物検査は厳しかった。ボーディング・パスを見せて搭乗口を抜け、飛行機に乗り込む直前の場所で再度検査があった。私はラウンジでもらってきた、小さな牛乳パックを取り上げられた。ひどくのどが渇いていたのに。世界中からのテロに対処しなければならない、アメリカの対応は神経質、かつ徹底していた。入国にエスタを取らせることもそうだ。この入国許可証を事前に申請させることで、身元をチェックしている。だが、しっかりお金もとっている。パソコンで申請できるが、支払いはカードである。一人四千円ぐらいだろうか。夫は去年ブエノスアイレスの空港で、エスタが切れていて飛行機に乗れなかった。チケットはパアになるし、ええい、アメリカ経由はお断りだと、腹を立て、新たに香港経由のチケットを買って帰ってきた。だが今回もまたアメリカ経由である。理由は大韓航空のビジネスが、ヨーロッパ経由よりうんと安かったからだ。

　ビジネスは十四シートあった。斜め前に若くかっこいい男性の二人連れがいた。黒いＴシャツに黒いズボン。一目でブランド品とわかる。背が高く、鍛えられた体は人目を惹く。たぶんロスあたりに留学している、韓国のお金持ちの息子たちなのだろう。韓国人は子弟の教育にはお金をおしまない。中学、高校の、まだ子供の頃からどんどん留学させる。そして海外に出て行く。今では移民は全人口の二割を占めているそうだ。

　飛行機の中では何もすることがない。食べて寝て、時々映画を見て、十二時間をやり過ごす。映画はトム・クルーズの『オビリオン』を見た。日本語吹き替えだったが、ハリウッドのＳＦ映画は大画面に限ると思っているうちに、眠くなったのでシートを倒した。シートはベッドのように水平になる。足の位置も背もたれも細かく調節できて、自分の好きな腰かけ方ができるし。少々狭いがベッドで横になっているのと同じだ。私たちはこのために、分不相応のお金を払ったのだった。これで足がパンパンにむくむこともない。

　ひたすら太平洋を飛び続けた飛行機は、ようやくアメリカ大陸に到達した。ロスまで三十分ほどのアナウンスがあり、眠っていた機内の人々も起き始めた。斜め前のかっこいい若者が黒い帽子をかぶった。ＨＭの大きなロゴを見た瞬間、あっと思って慌てて眼鏡をかけた。思わず凝視。彼がすっと立って棚の荷物を取った。その横顔、間違いなかった。思わず後ろ姿だけだが、写真を撮った。かっこいいはずだ。私はトイレに立ったついでに、スチュワーデスに聞いた。あの前の席の男性、韓国のスターでしょう。ええ、歌手です。レインのピですよね。スチュワーデスが頷いた。あの黒いHMの帽子をかぶって、ステージで歌い踊っているのをテレビで見たことがあった。迫力のある踊りとセクシーなお尻で、ナイスバディの代表だった。ドラマはソン・ヘギョとの『フルハウス』を見たことがある。二メートルの距離で垣間見た韓国のトップスターは、実にモッチンナムジャ（素敵な男）だった。

ロスで下りた私たちは再びアメリカのイミグレーションに案内された。パスポートのチェック、指の指紋採取、目の虹彩までカメラで撮影されて、ようやく乗り継ぎの待合室に行った。ここにも専用のラウンジがあったが、あまりのボロさに思わず笑ってしまった。もちろんこれは大韓航空のせいではなく、アメリカの空港の問題である。エスタでも何でもお金を取っているのだから、建物ぐらいきれいにしたらといいたい。古いままで、リニューアルする気はないようだった。

時間が来て私たちは再び飛行機に乗り込んだ。仁川からロスまでは機長は日本人だった。韓国語もそれなりに上手だった。JALからKALに転職したのかも知れない。ここでも落ち目の日本と勢いのある韓国を見た気がした。ロスからサンパウロまでは、機長もスチュワーデスも変わっていた。ビジネスの客も、南米人の家族など、新しく乗ってきた人もいた。

ロスからサンパウロまで、やはり十二時間ほどかかる。ロスまでと同じように、食べて、うとうと寝ての繰り返しになる。映画もほとんどが英語と中国語字幕なので、イ・ビョンホンの『光海』を見た。韓国語の方がまだ少しは分かるし、これは韓国で大ヒットした映画だったからだ。王様そっくりの賤しい身分の芸人が、毒殺されかけて瀕死になった傲慢な王になり代わり、王を演じているうちにやがて真の王とは何かを示し始めるという話である。イ・ビョンホンの二役ぶりも見ものだが、私には芸人の身のこなしのうまさが印象的だった。ずい分練習したんだろうなあと。

朝食を食べて一眠りした頃、サンパウロに着いた。ようやく着いた。昔は船で三か月かかったことを思うと、三日はたいした日数ではないが、それでもやはり遠い。ブラジルはポルトガル語である。私はオブリガード＝ありがとうしか知らないし、夫のポルトガル語は数字は三までしか数えられない。つまり二人とも何もわからない。それで五日間ここで暮らすのだ。老夫婦が。何をしに来たのか、来る必要があったのか、よくわからないが、夫が組んだスケジュールではそうなっている。

空港からホテルまでタクシーに乗った。夫がホテルの名前と住所を書いた紙を運転手に見せる。ただそれだけ、実に簡単だ。私たちは口がきけないのだから。サンパウロは今が冬である。だが亜熱帯なので、夏のような気温だ。湿気がないのでカラッとしている。片側三車線を同じ方向に流れて行く車から、景気の良さがうかがえる。どの車もきれいで新しく、ドイツ、フランス、日本、韓国、アメリカ、いろんな国の車が走っている。もっともこれらの国の車は、今ではいろんな国で生産されているので、国名はあまり関係がない。トヨタブランドのアメリカ車が、アメリカから輸出されているかも知れないのだ。

ホテルは二十階建てぐらいの比較的小さなものだった。公園のそばの閑静な住宅街の中にあって、看板も何もないので、ゲートをくぐって中に入らないと、ホテルかどうか、外からはうかがえない。ロビーには頭に小さな帽子を乗せた、ユダヤ人と思しき人々の一団がいた。後で知ったが、このホテルの周囲は高級住宅街で、お金持ちのユダヤ人がたくさん住んでいるところだそうだ。そのせいか東洋人の客は私たちだけで、従業員はみんなとても親切だった。

案内された部屋はツインでそれなりに広く、こぎれいで快適だった。何より電気が百十ボルトなのがよかった。この電圧の違いで、何度かぼっという音とともに、ドライヤーから煙が出てダメにしたことがあったからだ。

夜、私たちは迎えに来てくれた人と一緒に、本の出版会場に向かった。行った先は韓国人がたくさん住んでいる一角にある、レストランだった。迎えに来てくれた人は、この会の主催者、ナム・ギョンジャ先生のご主人だと後でわかった。

会場にはたくさんの人がいた。四、五十人はいただろうか。夫と共同研究しているキム先生もいらして、彼はこれまでの成果をまとめた本を韓国で出版し、それを持参していた。南米における韓国移民の文学で、これまで中国、日本、アメリカの移民文学は研究されていたが、南米は初めてということだった。研究者にとって最初というのは、最大の価値である。いろいろ話を聞いているうちに、だんだんわかってきた。

韓国のブラジル移民は歴史が浅く、今年で五十周年だそうだ。こちらで大学教授をしているナム先生が中心になって、『熱帯文化』という本を毎年出していたが、それが途切れていたところに、夫やキム先生が現われたことがきっかけになり、また出そうという機運になって、今年、新しい号が出され、そのパーティが私たちの到着に合わせられたようだ。

サンパウロは気候がいい。真冬なのに日差しがあると、半袖でもいいくらいに暑い。だが朝晩は冷えて、冬の服装になる。一日の寒暖の差が激しい。私たちは陶芸家の金先生の案内で、古い駅舎の一部を改築した言語博物館に行った。駅は往時の盛況ぶりをうかがわせるようなレンガ造りの壮大な建物で、今でも列車は運転されているが、結構閑散としている。モータリゼーションにその座を明け渡した、かつての夢の跡だが、こういう栄華の名残は想像力を掻き立てる。実用的で機能的な地下鉄と違い、ニューヨーク、パリ、どこでもまるで宮殿のように富がつぎ込まれている。鉄道はそういう乗り物だったのだろう。

言語博物館というのは珍しいと、同行のキム・ファンギ先生が言った。そうかも知れない。ブラジルはポルトガル語だが、それ以外のラテンアメリカは、ほとんどがスペイン語だった。言語は三世代で消える、つまり移民したら孫の代ですぐに現地語化してしまい、第一世代の祖父母と孫は話せなくなる。だから言語博物館とは、ポルトガル語を守るという、姿勢の表われなのだろうかと思った。

市内には広く大きな公園がいくつもあった。緑が多く、市民の憩いの場になっている。美術館なども近くにあり、みんなのんびりと暮らしているように見える。その公園の中に、きれいな亭があった。階段のついたそのカロリナふうの高い亭は、人が休むところではなく、かつてアフリカから連れてきた奴隷のセリのための建物だったそうだ。この亭に鎖で繋いだ黒人を立たせ、値段をつけていたのだと思うと、瀟洒な亭だけに怖さが募る。こういうものは南北アメリカをはじめ、白人移民の国には歴史的遺物として無数にあるのだろう。この野蛮さは今でも形を変えて存在している。

　夜、私たちはナム先生の友人、朴氏の家に招待された。行ってみて驚いた。少し高い山の別荘地の一角にあるお宅は、その地域全体のためのゲートがあり、来訪の確認が取れて初めて門番がゲートを開けてくれる。家の構えは塀と小さな門扉があるだけなので、外から中はよくわからないが、門をくぐると広い平屋の家が現われ、斜面を利用した立体的な庭やプールが目に入る。庭は手入れが行き届いていて、ホテルの離れのようである。それも一流ホテルの。サンパウロで成功した韓国人なのか、それとももともとお金持ちが移民したのか、いずれにしろ資産家には違いない。

　家の中も広く素敵だった。奥さんの手になる家の中のしつらいは、ほどよくきれいでほどよく生活の匂いが感じられるような、洗練されたものだった。こういう感覚はそう簡単には出来上がらない。それもそのはずで、家の中の絵や陶磁器は奥さんの母親の手になるもので、そういう環境の中で育ったのだとわかった。そして奥さんの方は、ナム先生によると、韓国の正真正銘の名家なのだそうだ。ひいお祖父さんが植民地時代に、京大の医学部を出て医者をしていたという。当時のお金持ちの子弟は日本に留学するのが普通だったが、国立に入るのはとても難しかった。

　朴氏の家には二人の子供がいる。女の子はイギリス人と、男の子はブラジル人と結婚している。実にコスモポリタンな家族に見える。（未完）

川村亜子年譜

一九五一（昭和二十六）年　六月二十二日、長崎県西彼杵郡崎戸町に生まれる。父・須川啓之亮、母・チヱ（千恵）子の長女で、兄・直樹、弟・亮二の三人きょうだいだった。

一九七〇年　三月、千葉県立千葉女子高等学校卒業。
四月、法政大学文学部日本文学科入学。学部では小田切秀雄ゼミに所属し、卒業論文は安部公房論。
在学中は、『木月』『文研』『富士見坂文学』『せみ・ろうまん』『で』『連弾』『法政詩人』などの同人誌に詩・小説の習作を発表した。

一九七四年　三月、法政大学を卒業し、株式会社ユアサ産業に勤務する。

一九七六年　「白雉子」が、中央公論社主催の女流文学新人賞の最終候補七篇に選出されるが落選【原稿は逸失。米国の鉄道建設に携わった中国労働移民の話らしい】。

一九七八年　一月、川村正典（湊）と結婚し、浦安、南行徳、新木などに住む。
六月「姥湯宿の絵本」（『水脈』第五号）【『水脈』は法政大学出身の文学志望者が集まった同人誌。夫の川村湊も評論を発表していた】。
八月　長男・岬を生む。

一九七九年　二月、「湿った関係・乾いた関係」（『水脈』第七号）【エッセイ。題名は吉行淳之介の小説から取っている。吉行は、愛読していた作家】。

六月、「兎」（『水脈』第八号）、「冬の水族館」（『青髭』創刊号）。

十一月、次男・潮を生む。

一九八三年　五月、夫の赴任に伴い、家族いっしょに韓国釜山市に居住。釜山女子大学校（現新羅大学校）、東義大学校などの時間講師を勤める。のち、東亜大学校文科大学日語日文学科専任講師。【こうした韓国での生活体験、日本語教師の体験は、後述の『隣の国の女たち』と『韓国ダウンタウン物語』に描かれている】

一九八六年　三月、帰国し、新木、浦安を経て、千葉県我孫子市布佐に居住。

四月、「隣の国の女たち」を『図書新聞』に連載。

六月、「ある韓国女性の身世打鈴」（川村湊・鄭大均編『韓国という鏡』東洋書院）。

十一月、「贈物と冠と」（『現代コリア』266号）。

一九八七年　四月『隣の国の女たち　現代韓国庶民事情』（三交社）。「タクシー・ドライバー物語」（『現代コリア』270号）。

一九八八年　四月、「韓国の女性雑誌は政治好きである」（『まるごと一冊雑誌の本』女性のための編集者学校出版局）。

七月、「韓国・女流詩人の流れ」（『詩と思想』八月号）。

九月、『韓国ダウンタウン物語』（風媒社）【韓国・釜山での四年間の生活体験をエッセイとしてまとめたもの】。「映画「於宇同」のショックのショック」（『現代コリア』277号）

一九八九年　八月、「風棲むよき日」（『すばる』八月号）。【この題名は、韓国映画『風吹くよき日』のモジリである】。

一九九〇年　九月、「歌うように語るように訳す」（『図書新聞』第２０２３号）【シャーロット・ヴォーク著ぱくきょんみ訳の絵本の書評】。
一九九一年　九月、「熱帯官能〈バリ〉」（『朝』五号）。【夫婦でインドネシアへ行った時の紀行である。バリを中心に、ジャカルタなどを回った】。
十二月、家族、佐藤洋二郎氏の家族とともにシンガポールを旅行。
一九九二年　八月、夫とともに日本社会文学会の訪朝団の一員として北朝鮮（平壌、元山、金剛山）を旅行。
九月、「蓬」「蝶をみに行きませんか」（『朝』六号）。【「蓬」は、母親をモデルとしているところが見られる。大阪での生活体験が一部活かされている】
一九九三年　四月、「臥待月」（『朝』七号）。【自宅の隣の土地を買った体験などが基になっているように思われる】。
一九九五年　三月、「狐」（『朝』十号）。【従姉の息子についての実体験が基になっているようだ。ただし、名前は仮名であり、虚構化されているので、随筆ではなく、小説として分類した】。
五月、「冬の川辺」（『うらやすニュース』第193号【第六回浦安文学賞受賞。選者渡辺淳一氏】。
十二月、「現代の身世打令」（『図書新聞』第２２７５号）【梁石日『雷鳴』の書評】。
一九九六年　一月、「耳」「チョソン・ビョルドゥリ（朝鮮の星たち）」（『朝』十一号）。
一九九八年　九月、夫、長男岬とともにアメリカ（ニューヨーク、ナイヤガラ）を旅行。
一九九九年　一月〜、翻訳『太白山脈（一〜十）』（ホーム社、集英社）【趙廷来著、尹學準・川村湊・安岡明子・神谷丹路・筒井真紀子との共訳】
一月、書評「村上龍って誰？」（『翻訳の世界』一月号、バベル・プレス）。
八月、「『太白山脈』について」（『千葉文芸』創刊号）。

十月、「病気」(『朝』十七号。埋め草原稿、署名は「亜」)。

二〇〇〇年　五月、家族(夫、岬、潮)とともにサイパンを旅行。

二〇〇一年　六月、「ふくちゃん」(『千葉文芸』第11号)。

八月、夫とともにスペイン(バルセロナ・マドリード・セヴィリア)ポルトガル(リスボン、ロカ岬)を旅行。「魚の水袋《その2》寄生虫　目隠し」(『千葉文芸』第13号)。

九月、「魚の水袋《その3》豆腐」(『千葉文芸』第14号)。

十一月、「魚の水袋《その4》猫パパ」(『千葉文芸』第15号)【『千葉文芸』は、庄司肇氏と宇尾房子氏が二人で始めた、毎回四ページの文芸タブロイド紙。三十号までの月刊の限定発行で、二年間続いた。「魚の水袋《その2》」は、二編という意味か。《その3》《その4》は、それを番号として踏襲したものと思われる。《その1》は、『千葉文芸』の前号に見当たらない】。「佐藤正孝さんのこと」(『朝』二十号)。【『朝』の同人だった佐藤正孝氏への追悼文】

二〇〇二年　四月~五月、夫とともにロシア(モスクワ、サンクトペテルスブルグ)を旅行。

六月、「サッカー」(『千葉文芸』第20号)。

二〇〇三年　三月、夫とともにハワイ・ホノルル五日間ツアーに参加する。

五月、夫の研究休暇(サヴァティカル)に伴い、ソウル東小門洞のオピステル(事務所兼用住居)に居住する。

六月~七月、夫とともにイギリスを経由してギリシア、エーゲ海を旅行。

二〇〇四年　一月、夫とともにタイを旅行する(チェンマイ、スコータイ、ナコンチャシマ、アユタヤ、バンコクの五泊六日)。

二〇〇五年　五月、『ソウルにダンスホールを』(法政大学出版局)【金振松著、川村湊・安岡明子との共訳】。

二〇〇六年　七月〜八月、夫とともに東ヨーロッパ（ポーランド、チェコ、スロバキア、ハンガリー、オーストリア）を旅行。

二〇〇九年　八月、「翻訳していて思ったこと」（『朝』二十五号）。【ここで言及されている韓水山の『カラス』は、『軍艦島』という訳題となり、二巻本として刊行された】

十二月、夫の訪仏に伴い、パリ、ボルドー、トゥールーズを旅行した。【この旅行の様子は、未完の紀行に描かれている】。

十二月、翻訳『軍艦島（上・下）』（韓水山著、川村湊監訳、安岡明子共訳、作品社）。

二〇一〇年　八月、「なんてことないわよ」（『朝』二十九号）。【『朝』の同人であり、ご近所づきあいをしていた宇尾房子氏への追悼文】

九月、家族（夫、岬、潮）と共に上海万博を見物。

二〇一一年　三月、自宅で東日本大震災に遭う。夫とともに韓国（ソウル）に一週間、避難旅行。

十一月、夫とともに韓国・済州島に旅行。

十二月〜一月、岬、潮と共に、夫の出張先の釜山で年末・年始を過ごす。

二〇一二年　三月、夫とともに中国（蘇州、無錫、上海）を旅行。

四月、夫とともに、次男潮の赴任先の長沙を訪ねる。

二〇一三年　八月、ブラジル・サンパウロ、アルゼンチン・ブエノスアイレスに旅行し、ブエノスアイレスのジュリーの家に宿泊、長男の岬と合流し、イグアスの滝などを見物する。

十月、翻訳『金王朝「御用詩人」の告白——わが謀略の日々』（張真晟著、文藝春秋）。

二〇一四年　十一月、「世界で一番不幸なヒロイン」（『朝』三十四号）。

二〇一五年　一月、乳ガンが発見され、聖路加病院の乳腺外科にて外科手術を受ける。これより放射線治療、抗ガン剤治療のために通院する。【ガン治療の間は、もっぱらテレビで韓流ドラマを鑑賞する。「世界で一番不幸なヒロイン」などの韓流ドラマについての下書きなどが多く残されている。海外ミステリー本、テレビドラマもよく見ていた】。

六月、夫、川村湊の韓国日本学会の功労賞の受賞式のため、ソウルを訪問。これが最後の韓国行きとなった。

十月、「侑子さんと美代さんと」（『朝』三十五号）。【『朝』の同人だった吉住侑子氏への追悼文】。

二〇一六年　九月、「文字の好きな人」（『朝』三十六号）。【高校、大学で同級だった吉田妙子氏への追悼文。同時期にガンが発見され、吉田氏の方が数か月先立つことになった】。

二〇一七年　三月、「たがめ」（『朝』三十七号）。【車庫に水が入り、車を買い換えたことや、自宅近辺がホットスポットになったことは、事実に基づいている】。

五月、聖路加病院への通院のため築地のマンションに転居する。訪問看護を受ける。

七月、身体衰弱し、聖路加国際病院のホスピス病棟に入院する。

八月三十日、炎症性乳ガンによる全身衰弱のため永眠。九月二日、新宿区若松区民センターで告別式が無宗教で行われる。

十一月、日本文藝家協会に死後入会し、翌年十月、文学者の墓に夫・川村湊と並んで碑刻し、遺骨を納める。


（川村湊・作成）

追想

わたしが川村亜子さんと初めて出会ったのは、今から三十八年前のことだ。なぜそのことを憶えているかというと、夫である川村湊氏が、一九八〇年に「異様（ことよう）なるものをめぐって―徒然草論」で、群像新人賞の優秀作を受賞した年だったからだ。

彼ら二人のことを書くには、どうしても自分のことも書かなければいけなくなってくる。のっけから私事を書いて申し訳ないが、二人と知り合った頃、わたしはどう生きていいか迷い続けていた。今、思い出しても、あんなに人生に悩んだ時期はない。

というのもわたしは父親を失い、郷里には目を患い、失明状態の母親がいた。その彼女の後家の踏ん張りで、わたしたちはかろうじて生きていた。彼女の元に戻って、なんとかしなければいけない。それで簿記学校に通っていた。とりあえず税理士になって、田舎で開業しようと考えていた。だがなにも手につかない。その心の底に小説家になりたいという感情が巣くっていたからだ。

そんな時、慶応大学に通っていた弟妹が、「三田文学」を読んでいた。なにげなく手にすると、そこに新人の原稿を募集しているのを目にした。一度だけ書いて駄目だったら、まじめに勉強をしようと考えた。それで三ヶ月間かかって、小説らしきものを書いた。それを編集部に送ると、また半年近くが経って、一度きてくれという連絡があった。こちらは推敲や朱入れのやり方も知らない。それを教えてもらい、また半年近くが経過して掲載された。

わたしは有頂天になり、やはり小説を書いていこうと決めた。母親は弟妹の生き方にも影響するから、まっとうに生きてくれと悪い目に涙を溜めた。彼女が泣くのも、哀願するのもはじめて目にした。わたしは動揺したが振り切った。それから七、八年近く消息を絶った。

そして編集部に次も書けと言われていたが、「三田文学」は休刊になった。落胆していたのを憐れに感じたのか、編集部の一人が、「早稲田文学」に連絡をつけてくれた。それでわたしは当時、編集長だった平岡篤頼氏と会うことになり、こちらの原稿を前に掲載すると言われた。しかしその原稿は若い編集者がなくし、その後、連絡も途絶えた。わたしは途方にくれた。だがその時知り合った人物に、「水脈」という同人雑誌があり、そこに入会したらどうだと教えられた。その雑誌は法政大学を卒業した人たちが中心に作ったもので、小説や評論を書く人たちがいた。

わたしはその人物に入会を頼んだが断られた。それがなぜだかわからなかったが、そのうち許可をされた。断られたのは酒癖が悪いということだったらしい。それをまだ会ったこともない川村湊氏が、そのくらいの人間のほうがいいと入れてくれた。一、二年経ってそのことを知ったが、こちらの酒癖が悪くないとわかってからのことだった。それまでは危ない人物として警戒されていたらしい。

月に一度の合評会は、御茶ノ水の喫茶店「丘」で行われて、三十前の若い人間の集会は熱があった。わたしははじめての世界だったので、大いに刺激を受けた。彼らが眩しく映ったりもした。そんなある日、川村湊に、あの人はすごいねと、亜子ちゃんのことを言ったことがある。文学に明るく、小説もいい。すると彼はなんの返答もせずに黙っていた。なにかおかしなことを言ったのかと思案したが、そんなことはない。あるいはその女性を好きではないから、押し黙っているのかと思ったが、それも間違いだった。

実際、彼女の小説は深みがあり、文章も際立っていた。なによりも批評が的確で、誰に対しても自分の思いや考えを伝えた。はっきりものを言ってくれれば、聞くほうも判断ができる。手直しもできる。そういった人が本当はやさしいのだが、彼女はそんな人物だった。いつ聞いても納得することが多く、いずれこの女性は世に出る人だなと思っていた。

だから川村湊にそう言ったのだが、その時はまだ二人が夫婦だとは知らなかった。次男の潮くんが生まれて、その話をしている時にはじめて知り驚いた。彼女の文学歴を見ると、学生時代に小田切秀雄の薫陶を受けている。卒業論文は安部公房論で、多くの同人雑誌や学内誌に作品を発表し、早熟な文学少女だったことがわかる。そしてその延長に「水脈」があるのだが、その作品群を目にすると、確かな文章でいい作家だったと改めて思う。小説は文章で人間の喜怒哀楽の感情を摑むもの、文体は思想の容れ物と教わったことがあるが、若い頃の彼女の作品には、もうそのことが内包されていた。当時は言葉化できなくて、川村湊にそう言ったのだが、ぼくがいるからなあと呟いた。自分がいるし、幼い岬くんと潮くんがいて、母親をやらなければいけないと言いたかったのかもしれない。それとも文学者は同じ家に、二人は無理だと考えていたのかもしれない。

その頃、彼らは我孫子市の新木に住んでいたが、一九八二年に夫が、韓国・東亜大学校文化大学日本語日本文化専任講師として赴任すると、一家で釜山に移住した。亜子ちゃん自身も専任講師となっている。その新木で何度か飲んだが、二つ違いの岬くんがよちよち歩きの潮くんを可愛がり、家族とはいいものだなあと羨ましく感じたこともある。それに彼女と川村湊は同じ方向を見て生きていた。人間は自分が生きる中心に、なにを置くかで生き方が決まる。そこに金銭欲や名誉心を置けば、そういう生き方を目指すようになるが、彼らはそこに文学を置いた。すると貧乏は我慢しなければならないし、相当の覚悟がいる。だが彼らはなにも怖れず、気にして生きていないように見えた。

やがて帰国し、家族は浦安の彼女の実家に住むようになった。わたしもその数年前、浦安や行徳地区で暮らしていた。その二つの町は江戸川区と浦安は浦安橋、行徳と千葉県は行徳橋でつながり、島となっている。東京ディズニーランドは開業して間もなかったが、埋立地は風が吹くと、砂塵が舞うようなところだった。海辺には未開発の広大な土地が延びていた。わたしは彼らが浦安に住むという時にはまた驚いた。それも歩いていけるような距離だったのだ。

そういうこともあり、よく彼らの家に立ち寄った。川村湊は自分だけの部屋を増築して、いつ訪ねてもワープロの前に座っていた。部屋から出てくることはなく、懸命に仕事に打ち込んでい

二人のおかげだった。

数年前のある日、彼女と電話で話をしていると、突然、夫を注意してくれと頼まれた。こちらが聞き返すと、あまい物を飲むのをやめさせてくれ、わたしが言ってもきかないのだと批難めいたことを口にした。四十年前に彼女と知り合って、はじめて夫のことを詰る言葉を聞いた。わたしは川村湊にそのことを告げた。そういうこちらも成人病の巣で、人のことを言えたものではなかったが、聞いた川村湊は神妙にしていた。

しかし彼の健康を一番気にかけていた亜子ちゃんが先に逝ってしまった。人生は無情だ。親を亡くせば過去を、子を亡くせば未来を、配偶者を亡くせば現在を失うというが、その伴侶を失った川村湊の胸中は、痛いほどわかる。彼は言葉にはしなかったが、愛妻家だった。そして亜子ちゃんが聖路加病院のホスピスセンターに入っている時、顔を出してくれと言われた。もうこの世での時間がないらしい。彼は一年近く前から布佐の家を出て、病院の近くにマンションを借りて、毎日、彼女の介護と世話をしていた。

それで訪ねると長男の岬くんの姿があった。彼と会うのは二十数年ぶりだった。東大を出て、ＩＴ企業の経営者をやっているが、幼い頃の姿を思い出し、月日が経つのは早いなと実感させられた。亜子ちゃんは夫と息子に囲まれて、穏やかな表情をしていた。目に力もあった。淡々とおしゃべりをし、自分がまもなくこの世を去るということを、まったく気にしていない様子だった。やはり女傑だなと思った。

それから川村湊と病院の喫茶室で話をしたが、彼は憔悴しきっていた。その姿を見て、この夫婦は本当に仲がよかったのだなと改めて知ったが、人生は儚い。この世に生を享けた者は、必ずまたこの世を去る。それはどんな人間でも例外はない。二人は知り合ってから同じ志と夢を持って生き開花させた。これ以上幸福な夫婦はいないのではないか。そして彼女が、もし川村湊と一緒になっていなければ、どんな人生を送っていたのだろうと、また思い返してみた。あの落ち着き払って、才能豊かだった彼女は、作家としてもっと大きく羽ばたいた気がしたのだ。そのことをつい口にすると、川村湊はあの時と同じように黙っていた。だが目頭に熱いものが膨らんでいた。

亜子ちゃんは逝ったが、直にわたしたちも追いかける。それは遠い日ではない。老いることも逝くことも哀しいことではない。それは誰にもある定命なのだ。彼女とは「水脈」「朝」と同人で、この世で一番ながいつきあいの女性だった。その上、川村湊の伴侶ということもあり、よく話もした。もう話せなくなったが、またあの世で文学談義をやろうと思っている。現世で善行を施した人は、金銀財宝で飾られた橋の上を歩いて三途の川を渡り、軽い罪の者は浅瀬を、重い罪を背負った者は深瀬を渡りながら、悪鬼に苦しめられるという。亜子ちゃんがその橋の上を歩いて行くのが見える。多分、わたしは深瀬を溺れながら渡るはずだから、その無様な格好を笑ってもらいたい。

この作品集を我が身の財産として、再び亜子ちゃんに会うまで大切に手元に置いておくつもりだ。いい思い出が残りの人生を潤わせてくれることを知っているからだ。だがもう少し待ってほしい。川村湊とやり残したものをやって追いかけるよ。そういえばあなたもわたしも六月生まれのかに座だったよね。こちらはもう少しこの世でよたよたと横歩きしてみるよ。それまでしばらくの間、さよならだ。この作品集は亜子ちゃんがこの世にいた証であり、心だ。真摯に物事や人間を見つめる精神がある。じゃあ、亜子ちゃん、近々にまた。

佐藤洋二郎

二〇一八年六月十二日　トランプ大統領・金正恩委員長会談の日に。

あとがき

この本は、私、川村湊の亡妻、亜子が書き残した文章をまとめたものである。私と妻は、大学の文芸サークルで知り合い、結婚し、二人の子供をもうけたが、互いに文芸の道に進むことを念願としてきた。私は文芸批評家として書くことを主たる仕事として過ごしてきたが、妻はそうした私を支えてくれるのと同時に、同人誌に参加し、自らの創作を継続する傍ら、韓国語の翻訳を始め、数冊の翻訳本を刊行した。

また、韓国での生活体験や旅行体験を通じて得たものを、二冊の韓国に関するエッセイ集として出版もした。

ただ、妻の本当の夢は、小説家となることであり、創作の道を進むことであったことは間違いないと思う。生前に、何度か創作集を出そうかという話はしたのだが、その都度、まだそんな気にはなれないと消極的だった。まだ、自分でも納得のゆく作品を書いていないということがその理由だった。

だから、こうした創作を中心とした本を出すことは、妻にとって本意に沿うものだったとは思われない。これはただ、妻の創作活動を、あるいは抑圧的に振る舞っていたかもしれない私の贖罪感によるものだ。また、妻とはいえ、私とは別人格の人間の作品として、活字化して（本として）残しておくだけの価値はあると批評家としての私が思ったからだ。

この本には、学生時代にサークル誌や同人誌に発表した習作を除いて、これまで公表した文章のほぼすべてを網羅した。ただし、書評や同人誌に掲載した物故者への追悼文は除外した。もちろん、私の目の届いていないところに書いた文章などは、収録されていない。また、発表以前の未定稿や断片などがパソコンのなかにいくらか残っていたが、そのなかで夫婦で旅行したフランスとブラジルの紀行文の未定稿を若干整理した上で、私自身の思い出のよすがとして、収録することにした。

私たち夫婦は一緒に、韓国、バリ、フランス、ブラジル、アルゼンチンだけではなく、北朝鮮や中国、タイ（チェンマイ、バンコク）、ロシア（モスクワ、ペテルスブルグ）、ギリシア（アテネ、エーゲ海クルーズ）、スペイン・ポルトガル、東欧（ポーランド、チェコ、スロバキア、ハンガリー、オーストリア）、アメリカ（ハワイ、サイパン、ニューヨーク、フロリダ）などを旅行した。そのたびに妻は、旅行の記録を書いていたらしいが、まとまったものは「熱帯官能〈バリ〉」だけで、あとは断片が残されているだけだ。「わたしの旅物語」という題名が残されていたが、そうした題名で、北朝鮮、上海についての書きかけの原稿があり、そのなかで長めでまとまっていると思われたのが、フランスとブラジル・アルゼンチン（アルゼンチンには、まだたどり着いていない）のものだった。他人にとっては単なる赤毛布（あかげっと）話として、興味索然とするものでしかないかもしれないが、私にとってはいろいろなことが思い起こされる貴重な文章群である。

原文の変更は、明らかな間違いや誤植を訂正した他は、算用数字を漢数字に改めたり、若干の文字使い、送り仮名などを整理したにとどめた。

作品の配列の順序は、創作は執筆（発表）時期の新しいものからとし、エッセイと紀行は逆に古いものからの順とした。これで小説とエッセイの境目が曖昧になり、どちらとも川村亜子の作品の世界であることを示したつもりである。

最後に、改めて妻の文章のために誌面を割き、合評などをしてくれた同人誌の仲間たち（『朝』や『水脈』など）や、その読者たち（支援者、協力者）に感謝しなければならない。妻・亜子が細々とながら長い間、書き続けていられたのも、そして私が妻に支えられて批評家として書き続けられたのも、こうした人たちのおかげであると、妻の死後となった今においてしみじみと感じるようになった。

この本を、それらの人々へのささやかな贈りものとすることができたなら、妻と私にとって、これにまさる喜びはないのである。そして、息子と嫁たち、孫たちへの形見としても。

二〇一八年六月二十二日（一周忌を前にして）

川村　湊